北欧
文学译丛

慢性天真

Den kroniske uskyld

[丹麦] 克劳斯·里夫比耶 著

王宇辰 于琦 译

中国国际广播出版社

绚丽多姿的"北极光"

——为"北欧文学译丛"作的序言

石琴娥

　　2017 年的春天来得特别地早，刚进入 3 月没有几天，楼下院子里的白玉兰已经怒放，樱花树也已经含苞待放了。就在这样春光明媚、怡人的日子里，我收到中国国际广播出版社文史编辑部主任张娟平女士打来的电话，想让我来主编一套当代北欧五国的文学丛书，拟以长篇小说为主，兼选一些少量有代表性的短篇小说、诗歌等，篇目大约为50—80 部左右。不久之后，中国国际广播出版社的王钦仁总编辑和张娟平主任又郑重其事地来到寒舍，对我说，他们想做一套有规模、有品位的北欧文学丛书，希望能得到我的支持，帮助他们挑选书目、遴选译者，并担任该丛书的主编。

　　大家知道，随着电子阅读器和智能手机的普及，越来越多的人通过电子设备来阅读书籍。在目前的网络和数码时代，出现了网络文学、有声书和电子书，甚至还出现了人工智能创作的作品，纸质书籍受到极大冲击，出版纸质书籍遇到了很大困难。有的出版社也让我推荐过北欧作品，但大都是一本或两本而已，还有的出版社希望我推荐已经过版权期的作品，以此来节省一些成本。而中国国际广播出版社却希望出版以当代为主的作品，规模又如此之大，而且总编辑又亲临寒舍来说明他们的出版计划和缘由，我被他们的执着精神和认真态度所感动，更被他们追求精神品位的人文热情所感动。我佩服出版社的魄力和勇气。面对他们的热情和宝贵的执着精神，我怎能拒绝，当然应该义不容辞地和他们一起合作，高质量、高品位地出好这套丛书。

大家也许都注意到，在近二三十年世界各国现代化状况的各类排行榜上，无论是幸福指数，还是GDP或者是人均总收入，还是环境保护或者宜居程度，从受教育程度和质量、医疗保障到养老、失业等社会保障，还有从男女平等到无种族歧视，等等，北欧五国莫不居于世界最前列，或者轮流坐庄拿冠夺魁，或是统统包圆儿前三名，可以无须夸张地说，北欧五国在许多方面实际上超过了当今世界霸主美国，而居于当今世界发达国家最前列，成为世界现代化发展中的又一类模式。

大家一般喜欢把世界文学比作一座大花园，各个时期涌现出来的不同流派中的众多作家和作品犹如奇花异葩、争妍斗艳。北欧文学是这座大花园里的一部分，国际文学中，特别是西欧文学中的流派稍迟一些都会在北欧出现。北欧的大自然，由于地理位置、自然环境和气候条件，没有小桥流水般的婀娜多姿，而另有一种胜景情致，那就是挺拔参天、枝叶茂盛的大树，树木草地之间还有斑斓似锦的各色野花和大片鲜灵欲滴的浆果莓类。放眼望去，自有一股气魄粗犷、豪放、狂野、雄壮的美。北欧的文学大花园正如自然界的大花园一样，具有一股阳刚的气概、粗豪的风度。它的美在于刚直挺立、气势崴嵬。它并不以琴瑟和鸣般珠圆玉润和撩拨心弦的柔美乐声取胜，却是以黄钟大吕般雄浑洪亮而高亢激昂的震颤强音见长。前者婉转优雅、流畅明快，后者豪迈恢宏、气壮山河。如果说欧洲其余部分的文学是前者的话，那么北欧文学就是后者。正如鲁迅所说，北欧文学"刚健质朴"，它为欧洲文学大花园平添了苍劲挺拔的气魄。以笔者愚见，这就是北欧五国文学的出众特色，也是它们的长处所在。

文学反映社会现实。它对社会的发展其功虽不是急火猛药，其利却深广莫测。它对社会起着虽非立竿见影却又无处不在的潜移默化作用。那么，北欧各国的当代文学作品是如何反映北欧当代社会的呢？它对北欧各国的现代化发展是不是起了推动促进作用了呢？也许我们能从这套丛书中看到一些端倪。

北欧五国除了丹麦以外，都有国土位于北极圈或接近北极圈。北极光是那里特有的景象。尤其到了冬天夜晚，常常能见到北极光在空中闪烁。最常见的是白色。当然有时也能见到五彩缤纷、绚丽多姿的北极光。北欧五国的文学流派众多，题材多样，写作手法奇异多姿，犹如缤纷绚丽的北极光在世界文坛上发光闪烁。

北欧包括 5 个国家：丹麦、芬兰、冰岛、挪威和瑞典。讲起当代的北欧文学，北欧文学史上一般是从丹麦文学评论家和文学史家勃朗兑斯（Georg Brandes，1842—1927）于1871 年末在丹麦哥本哈根大学所作的《十九世纪文学主流》算起，被称为"现代突破"。从 19 世纪的 1871 年末到目前21 世纪的 2018 年近 150 年的时间里，一大批有才华的作家活跃在北欧文坛上。在群英荟萃之中，出现了几位旷世文豪，如挪威的"现代戏剧之父"亨利克·易卜生，瑞典文学巨匠——小说家、戏剧家斯特林堡和荣获诺贝尔文学奖的第一位女作家、新浪漫主义文学代表塞尔玛·拉格洛夫，丹麦

1944 年诺贝尔文学奖获得者约翰纳斯·维尔海姆·延森和芬兰的批判现实主义作家约翰·阿霍等。"北欧文学译丛"拟以长篇小说为主，间选少量短篇作品，所以除了易卜生，因其作品主要是戏剧外，其他几位大家的作品我们都选编进了本系列。这些巨匠有的是当代北欧文学的开创者，有的是北欧当代文学中各种流派的代表和领军人物，都是北欧当代文学中的重要作家，他们的作品经历了时间考验。

在北欧文坛中，拥有众多有成就有影响的工人作家是其一大特色。有的还获得了诺贝尔文学奖，成为世界级的大文豪。这些工人作家大多自身是农村雇工或工人，有过失业、饥饿或其他痛苦的经历，经过自学成为作家。他们用笔描写自己切身的悲惨遭遇，对地主、资产阶级剥削和压榨写得既具体细腻，又深刻生动。正是他们构成了北欧20 世纪以来现实主义文学的主流。在这些工人作家中最突出的有丹麦的马丁·安德逊·尼克索和瑞典的伊瓦尔·洛-约翰松等。对这些在北欧文坛上占有重要地位的工人作家的作品，我们当然是不能忽略的，把他们的代表作选进了这套丛书之中。

除了以上这些久享盛誉的作家外，我们也选了新近崛起的、出生于1970 和1980 年代的作家，如出生于1980 年的瑞典作家乔安娜·瑟戴尔和出生于1981 年的挪威作家拉斯·彼得·斯维恩等。他们的作品在北欧受到很大欢迎，有的被拍成电影，有的被搬上舞台。这些作品，虽然没有经历过时间的考验，但却真实地反映了目前北欧的现状，值得收进本丛书之中。

从流派来看，我们既选了现实主义作品，也不忽略浪漫主义、超现实主义和意识流的作品，力求使读者对北欧当代文学有个较为全面的印象。从作家本人的情况看，我们既选了大家公认的声誉卓越的作家的作品，也选了个别有争议作家的作品，如挪威作家克努特·汉姆生，他是现代挪威、北欧和世界文坛上最受争议的文学家。他从流浪打工开始，1920 年成为诺贝尔文学奖得主，晚年沦为纳粹主义的应声虫和德国法西斯占领当局的支持者，从受人欢呼的云端跌入遭国人唾骂的泥潭，而他毕竟是现代主义文学和心理派小说的开创者和宗师，在 20 世纪现代文学中扮演了承上启下的转型角色。我们把他的"心理文学"代表作《神秘》收进本丛书。这部作品突破传统小说的诸多常规要素，着力于通过无目的、无意识的内心独白，以及运用思想流、意识流的手法来揭示个性心理活动，并探索一些更深层次的人生哲理。1978 年诺贝尔文学奖得主、美国作家艾萨克·辛格说："在我们这个世纪里，整个现代文学都能够追溯到汉姆生，因为从任何意义上他都是现代文学之父……20 世纪所有现代小说均源出汉姆生。"我们把这个有争议作家的作品选入我们的丛书，一方面是对北欧和世界文学在我国的译介起到补苴罅漏的作用，另一方面也可进一步了解现代文学的来龙去脉，以资参考借鉴。

总之，我们选材的宗旨是：把北欧各国文学史中在各个时期占有重要地位作家的代表作收进本丛书。虽然本丛书将有 50—80 部之多，但是同 150 年的时间长河和各时期各流派的代表作家和作品之多比起来，这些作品还是不能把所有重要作家的作品全部收入进来。譬如瑞典作家扬·米尔达尔（Jan Myrdal，1927—　）是 20 世纪 60 年代中期出现的一种新兴文学——报道文学的代表人物之一，他的《来自中国农村的报告》（1963）成为当时许多国家研究中国问题的必读参考材料，被译成十几种文字多次出版。尽管他的这本书因材料详尽、内容真实、记载细腻而风靡一时，但在这套丛书中，不得不割爱，而是选了其他在国际上更为著名的瑞典作家作品。

本丛书中的所有作品，除了极个别以外，基本都是直接从原文翻译，我们的目的是想让读者能够阅读到原汁原味的当代北欧文学。同英语、俄语、法语等大语种翻译比起来，我们直接从北欧语言翻译到中文的历史不长，译者亦不多，水平不高，经验也不足，译文中一定存在不少毛病和欠缺之处，望读者多多包涵，也请读者给我们提出宝贵的建议和意见，便于我们改进。

本丛书能够付梓问世，首先要感谢中国国际广播出版社社长张宇清先生和总编辑王钦仁先生，没有他们坚挺经典文化的执着精神和开拓进取的勇气，这部丛书是不可能跟读者见面的。我还要感谢本书所有的编委，是他们在成书过程中做了大量工作，从选材、物色译者到联系有关国家文化官员和机构，都付出了辛勤的劳动。不仅如此，他们还亲自翻译作品。没有他们的默默奉献和通力合作，这部丛书是难以完成的。在编选过程中，承蒙北欧五国对外文化委员会给予大力帮助和提供宝贵的意见，北欧五国驻华使馆的文化官员们也给予了热情关怀，谨向他们致以衷心的感谢。对编选工作中存在的疏漏和不足，还望读者们不吝指正。

2018 年 6 月
于北京潘家园寓所

石琴娥，1936年生于上海。中国社会科学院外国文学研究所北欧文学专家。曾任中国－北欧文学会副会长。长期在我国驻瑞典和冰岛使馆工作。曾是瑞典斯德哥尔摩大学、丹麦哥本哈根大学和挪威奥斯陆大学访问学者和教授。主编《北欧当代短篇小说》、冰岛《萨迦选集》等，为《中国大百科全书》及多种词典撰写北欧文学、历史、戏剧等词条。著有《北欧文学史》、《欧洲文学史》（北欧五国部分）、"九五"重大项目《20世纪外国文学史》（北欧五国部分）等。主要译著有《埃达》《萨迦》《尼尔斯骑鹅旅行记》《安徒生童话与故事全集》等。曾获瑞典作家基金奖、2001年和2003年国家图书奖提名奖、第五届（2001）和第六届（2003）全国优秀外国文学图书奖一等奖、安徒生国际大奖（2006）。荣获中国翻译家协会资深荣誉证书（2007）、丹麦国旗骑士勋章（2010）、瑞典皇家北极星勋章（2017）等。

译序

　　长篇小说《慢性天真》出版于1958年，是作者克劳斯·里夫比耶（1931—2015）最负盛名的作品，被公认为丹麦当代文学的经典，是丹麦所有高中的必读书目。《慢性天真》是一部关于青春、友情、爱情的生根发芽和幻想的破灭的小说。它以中学生雅努斯的第一人称视角展开叙述，雅努斯近乎迷恋地崇拜与自己同班的图拉、强烈地依赖两人的友情，而后图拉疯狂地爱上了只愿享受纯洁爱情的女孩海勒，雅努斯则讲述了自己在其间同时爱上图拉与海勒两人的不安与困惑、自己在这三人关系中对自我的迷失，以及他与女孩艾琳之间的肉体关系。而海勒的母亲，容克森夫人，则像恶皇后一样闯入他们的小世界，最终给所有人的前途和命运带来了颠覆性的改变。

　　作者克劳斯·里夫比耶是丹麦当代文学史上最知名、最高产的作家之一，1956年以诗集《我自己的天气》登上文坛，一生中共出版了160部作品，涵盖多种体裁，包括散文、游记、歌舞剧、电影及电视剧本。里夫比耶1967年当选丹麦文学院院士，生前亦荣获重要奖项无数，包括丹麦文学院最高奖、金桂冠奖、北欧理事会文学奖、PH奖、霍尔贝格奖章、赫尔曼·班格纪念奖金、瑞典文学院北欧文学奖等。

　　《慢性天真》一书以其极度口语化、颇具革新意义的语言风格和对青春期少年心理的精准刻画而大获成功。此书写作于20世纪50年代，而其展现的青春期到成年过渡期间独有的热烈情感与困惑厌倦，即便今天读来仍能令人跨越时空之界产生强烈共鸣。2015 年里夫比耶逝世时，丹麦广播公司曾评价其"有熟记成长感受的天赋"，称《慢性天真》一书为"许多代人的心声"，而丹麦《号外报》也评价此书为"无数人的第一本小说"。

里夫比耶胜于把握心理，而第一人称又是叙写心理的最佳手段。主人公雅努斯的叙述常常从生活中一个寻常的点出发，而思绪又从这一点无限向深向远延伸，再辅以第一人称叙述，使得作者对青春期少年心性与思维的刻画达到了绝无仅有的深度。这是一种专一的、沉浸式的对想法与情绪的剖析。全书并无宏大叙事，书中开头部分的情节虽发生在第二次世界大战期间，可里夫比耶少有直接描写战争的话语，提及战争的部分至多是雅努斯与图拉关于"听到过的最猛烈的轰炸"的谈论，是两人在桥上看火车幻想远行时雅努斯一句"此时旅行也最多能去到西兰岛北部"的感叹，又或是对当时坐在街角的德国兵盯着蛋糕店里的丹麦少女看的丑态的回忆。主人公似是置身于战争之外的另一个被包裹起来、毫不受外部风云变幻威胁的世界，这个世界允许其只沉浸于自己的观察与意识，专注于对友情和爱情的幻想。

全文的叙述以雅努斯的视角展开，书中穷尽篇章地讲述了聪明幽默又放肆反叛的图拉在雅努斯心中是如何完美迷人、无所不能，而图拉以及之后出现的同样完美纯洁的海勒都如同雅努斯亲手塑造起来的偶像，囊括了青春期所有理想的美好，完美地诠释了书名中的"天真"。而现实中图拉的继父、容克森夫人，以及英格和艾琳两个与雅努斯有着肉体关系的女孩，则又代表了成长过程中的暗面，围绕着他们的一系列事件打碎了雅努斯心中的偶像，也让雅努斯渐渐对现实让步与折中，割裂自己对图拉的依赖，这份天真由此慢慢消逝。书名中的"慢性"可以诠释为从青春期到成年两个状态之间的漫长切换，以及其中伴随的反抗、让步、接受，直到主动或被动地遗忘，这一过程可以被看作是一场慢性病症漫长的自愈。

在阅读本书的过程中，我们会发现字里行间充满着令人玩味的隐喻和暗示。例如，在图拉和海勒在一起后，雅努斯与两人曾有一段美好的相处时光，三人在周日远足多次看到动物园里的马车且计划要一起去坐一次马车，而在故事的结尾，在海勒家的毕业派对开场前，雅努斯曾烦躁不安、不情不愿地去应艾琳的邀约，在去艾琳家的路上，雅努斯骑自行车经过一辆马车，那马却直直盯着雅努斯看，"好像认出了什么"。再比如，故事的结尾，海勒自杀，作者却完全未借任何人之口道出或是猜测海勒自杀的方式，而只是写雅努斯在回家的路上一直听到海勒家的房子有"剃须刀的声音"，并质问自己"这个房子里的女士从来不用剃须刀，那这剃须刀片又是怎么回事"。此外，主人公雅努斯的名字也颇耐人寻味：书中雅努斯曾提到自己的名字极其怪异，而"雅努斯"（Janus）这一名字却恰好也是罗马神话中的双面神雅努斯（Ianus/Janus）的名字，雅努斯一张脸看向过去，一张脸看向未来，有着开始与结束、光与暗、创造与毁灭等一系列二元性的象征，而这一点也不难让人联想到主人公雅努斯身上的一系列矛盾：雅努斯身上的二元性，是幻想中的纯洁美好和现实给予的漫长乃至肮脏的伤害，是无法逃离的日常生活和心中对传统的学生生活的反叛，是友情和爱情间辨不明的界限，是"同时爱上两个人，而且还是两个不同性别的人"的迷惘混乱，是精神上对图拉（以及后来的海勒）的爱慕依赖和同英格与艾琳只有肉体而没有爱情的关系。

于 琦 王宇辰

2018 年 9 月 17 日

第一章

图拉这个小子，让人没法不喜欢。他是那种能在课堂上突然站起身来做出各种事儿的男生：演猴戏，扮傻瓜，让人笑得肚子都疼了。要是讲台上那些蠢货转过身来，他便开始像个疯猴子一样站在那儿，拿着块猪肝酱当指挥棒，指挥上一整场交响乐，又或是模仿起某部精彩的电影，惹人发笑。他能花上整整一小时在地上找一支该死的铅笔，最后老师们都要对他绝望了，但又没法拿他怎么办，要是讲台下这可怜的家伙连一支铅笔（或者管他是什么让他趴在地上翻来刨去的东西）都没有的话，那他该拿什么写字呢。老师们从来都拿他毫无办法，这小子实在太棘手。他就有本事轻而易举地把老师们捉弄一番，而自己站在一旁看笑话。而且，比起其他那些浑浑噩噩的家伙们，他实在要好上太多。

班里这群野人真是见所未见。他们就是群脑子里装着无数蠢主意的短腿动物。根本没法想象，大人们在场的时候这些家伙会说出些什么话。可图拉却总能找到些滑稽又精彩的话题，让人忍俊不禁。那时他身边那些蠢猴子们便会傻笑起来，我们也跟着笑，笑声铺天盖地充满整个屋子，因为他讲的那些东西实在是精彩，或许也是因为我们内心的一些什么东西被释放了出来。能这么笑上一阵子也再好不过了。正因为如此，那些在空闲时间跟我们一起打闹的笨蛋们也都在这笑声中变得更好更像样了。每当图拉开始搞他那些歪主意时，我们不知为何也都会觉得更有安全感。我发誓，在这时没有一个老师能忍住不笑，无论图拉自导自演的那些玩意儿有多么愚蠢。我们之间存在着某种对他的尊重，就仿佛他是动物园里某种很少能让人看到其被囚禁笼中的样子的动物。他身上有种超人般的力量，它让人无法企及，可它又会让那些欢快又疯狂的主意翻滚着卷挟过我们，让我们在那团混杂着鸡蛋三明治味、屁味和烟蒂味的乌烟瘴气中变得焕然一新。

楼上和楼下的那些班级某种程度上来讲要比我们优秀一些，那些学生比我们更懂状况、更加成熟。而我们班这群人只是一群头脑错乱的奴隶罢了。每天早上，我们穿过市郊那些无足轻重的街区，那些街区里都是泥瓦匠的小屋，还有那些做着经理、自行车匠或轮船机工之类的职业的再普通不过的父亲。其他人的父亲呢，不是律师就是医生，都做着看起来更体面的工作。我们就是一群无足轻重的丑角。当然，我自己是一个工程师的儿子，所以我是属于更体面的一边的。哈哈，哈哈。班上其他家伙都是穷鬼，可他们奇怪又寒酸的父母却又望子成龙，盼着他们的宝贝儿子有一天能成为大学生。这就是我们的班级，一群连学术的影子都沾不上的废物。而高年级的那些学生们，毫无疑问是属于上一层阶级的人物，或者……天知道他们都是些什么人物。他们的头发当然也都每天梳得一丝不苟，手里那些可笑的书有着千奇百怪的封面，书里满是才华横溢的铅笔道画出的心不在焉的标记。极致的复杂与世故。他们看起来仿佛跟老师一样聪明，因为老师们也经常这样在走廊里煞有介事、满怀尊重、饶有兴味地聊天，就好像他们是上等人一样。这群老师让人生厌，他们在其他傲慢的笨蛋面前卑躬屈膝、唯命是从，做出一副思考的样子，头快要低到肩膀里去，低得都能让人看到他们耳朵里有没有耳垢。再看这些家伙的头发：他们的头发总能或被梳成没有头缝的背头，或直挺地顺势立着，而我们这些傻小子们却梳着分头，永远毫无长进，家里有着注定要一辈子扎着裤脚蹬着自行车奔波劳碌、永远住在格洛斯楚普①的父亲。我们就是一群该死的乡下汉，而他们却到处卖弄着学识，胳膊下夹着的是可笑的拉丁语书，叫人忍不住想踹上他们几脚。他们这群人倒也的确比我们要优秀得多：他们会画画会写作会演喜剧，世界上没有他们不会的事。其中一些人还有女朋友，他们会在下午和晚上跟女朋友见面，一起东聊西扯，做些其他无法想象的事情。

我们这些白痴和智障要比他们低级太多。我们在一个糟糕至极的平均水平上停滞不前，有些人甚至连英语都不会讲，也不会翻译，坐在他们之中只会让人觉得自己是世界第一大笨蛋。这些乡巴佬们连最简单的问题都答不上来，只会坐在那里摇晃着身体，拨弄着自己愚蠢的大拇指。

每个清晨他们都会穿着松松垮垮的灯笼裤拎着包坐上市郊列车，接着便开始东拉西扯：通勤车来晚了，瓦尔比②火车站又怎样怎样了……各种家长里短的事情。接着他们便会掏出难闻的鸡蛋三明治，一边吃一边喊叫，别人想看一会儿拉丁语书都不行——不过我们平常也从来找不出时

---

① 格洛斯楚普（Glostrup），位于哥本哈根西部的自治市。
② 瓦尔比（Valby），哥本哈根市的一个区。

间读它就是了。他们就是一群白痴，白痴中的白痴。尤其是想到楼道对面那些捧着笔记本和作业在一起读书（或者管他是在干什么）的高才生们，这些白痴就更加让人难以忍受了。

老师们在讲台上挥着板擦废话连篇，学生们坐的长椅上落着粉笔头。街道的另一边站着一群女人，垃圾工来运走街道下面的垃圾时，里面的老鼠仓皇逃窜。千千万万个十一月的清晨里，窗外永远是雾蒙蒙，一群小子们穿着肥大的灯笼裤来到学校。但不知为何见到这些可怜虫时我却依旧会感到高兴，他们拖曳着脚步，带着用鸡蛋三明治塞满的饭盒，扎着裤脚，跟他们从来没体面过的父母一起走在上学的路上。

可这种高兴的最主要原因其实还是图拉。因为他比楼道对面那些穿着撑得鼓鼓的毛衫的家伙们要好得多。因为他比其他所有人包括老师加在一起都好上千百倍。因为他这个人有趣至极，仿佛可以上天入地一般，让在他周围的所有人都觉得自己是个傻瓜，可还是会因为有他在身边而感到骄傲。他就像是我们这群饭桶的领头羊，是唯一一个能让我们拉出来炫耀一番的角色。跟着班上这群小子在一起才不可能变聪明。其他人根本搞不懂这些家伙能做什么，他们所做的一切都正确、真实、得体而毫无新意。图拉很清楚自己是怎样的人，而这只是他的吸引力的一半；除此之外，他还能在如此招摇的同时又如此谦虚迷人。他可以自己跟自己玩到一起，可以跟他想象出的那些人物玩到一起，还可以跟班上其他那些饭桶们玩到一起，而我们其他人却只能呆呆地坐着，连自己给自己提裤子都不会。当他被叫上讲台时，我们心里都清楚他什么都不会，可他最后还是能想办法答得出问题，让我们所有人都感到一阵畅快。讲台上那群老废物还欣然接受了他的回答，露出心满意足的表情，连被捉弄了都不自知。他们真蠢啊，那帮可怜的老废物，他们傲慢自大的态度，他们的一举一动，全都透着愚蠢。在图拉面前，他们像鼻屎一般卑小丑陋，让人们能真真切切地感受到他们是多么无可救药，他们那些照本宣科的说教和陈词滥调的思想是多么荒诞可笑。从那些说教之中仿佛都能远远闻得到办公室的污浊空气和烟咳的味道了。图拉跟那种童子军式的男孩完全是天差地别，有他在，人们便不会再把身边其他爱打手球、热衷于集体聚会和追求女性的那些头脑简单四肢发达的男孩放在眼里了。这并不是说他不会打手球，他当然会，可他打球时总是会带着种恰到分寸而又冷淡矜持的态度。倒不是说手球本身有什么问题，但也永远搞不清楚他是嫌弃这种游戏还是怎么回事。但肯定的是，他是会打球的。

实话说，他对绅士风度和手球俱乐部这类典型的学校内容完全漠不关心。这倒也很正常，毕竟他跟学校里其他那些饭桶也完全两样。

没人说过图拉是我们的头目，他应该也不愿意去当这个头目。可在我们心中他却的的确确是头目的角色。大家在有问题时都会自然而然地找到他，从他那里得到答案和消息。

他这个角色的可怕之处在于完全没有弱点。有时我们差点儿就要盼望能在他身上发生些他无法掌控的事了，可下一秒便又会转念一想，就算这样的事真的发生了，又能怎么样呢。就算班里没有他，日子不也还是一样过，回家，等死。

每个清晨，若是这群饭桶头上的盖子还正常地盖着，当他们挤到窗户前看街对面住着的女人们换衣服时，班级里便会洋溢着圣诞般的欢乐气氛。我们兴高采烈地站在那儿，跟别的小子们一起一动不动地盯着对面的窗户，等着图拉发话——他总能说出些让所有这些狭隘猥琐的小子们笑趴在地上的话。他这个人可以下流得让人恨不得跌下窗户去，但他的那些话却总带着某种睿智又幽默的腔调，让人们能在笑到不知所以的同时，又深深被他折服。

　　同他相处一久，任谁都会彻彻底底地爱上他。谁都没法不爱他，即便这种爱既不会被展现出来，也不会变成现实。可我们就是不能没有他。我们都对他爱得五体投地，因为他恰好填补了我们自身和周遭世界的那些空缺。我们在他面前可能会觉得自己像个白痴，可每每让我们觉得自己更有价值更成熟优秀的人也又是他。当然这正是图拉的魅力之一：他比我们这群笨小子更像大人。毋庸置疑，每当有什么棘手的问题摆在我们眼前时，站出来回答的人也永远都是他，因为只有他敢。就算是被问到有关性爱的问题，他也总能若无其事地侃侃而谈。就算我们其他人也都对此了如指掌，第一个开启话题的人也总是他：他滔滔不绝地讲着被阉割的马和其他诸如此类的话题，而我们依旧对他满是崇拜。我们带着愚蠢的小脑袋围坐在他周围，试图找到一个能开口说话的姿势，因为讲台上那些蠢货可正在盯着我们看呢。可此刻的图拉依然是四平八稳，说着正合时宜的话，内心却在发笑。他心里清楚，现在坐在那里的我们一个个脸上的表情都如同狼狈的幼儿园小孩。

　　我们的每一日都可以是这么开始的：一群小子像壁虎般涌到窗前，看对面住着的女人站在那里把胸罩带子伸出窗户抖来抖去。他们站在那里看啊看，脑袋里不停在想那胸罩下面和裤子里面都藏着什么、它们长什么样，到最后人们仿佛都能听得到他们嘴里的嘀咕了。这帮人简直像一群小白兔。对面那些女人对他们这些行径也似乎心照不宣，虽然她们并没在表面上显露出来。每天早上她们都会一如往常地走到窗前，在那里站上几个小时搔首弄姿，身上只穿着一条睡裙。她们仿佛熟知对面的窗前正趴着一群蠢小子，他们心痒到马上就要跳出窗子跑到她们身边，撕掉她们身上的衣服，亲吻啃咬，纠缠扭打，上床，事后再坐在床边抽上一支雪茄，衬衫、领带和鞋子都被乱七八糟地扔在四处，周围还看得到袜带、底裤、丝袜和各种女人们的东西。我们就这么挤在窗前坏笑着躁动着，可心中不知何时却又会对她们充满恼怒，因为我们在躁动不安地站在窗前偷看她们扭动身体时，心里也会或多或少涌上些歉意。可此时我们也只要听图拉的就好，他总说得出恰如其分的话，让人听过之后想要站在原地大哭。我们都觉得他对这一切了如指掌，也一定早就尝试过这些事情。就好像他认识对面这些女人、知道这整个过程是怎样的。然而我们心知肚明，他跟我们是同党，他根本没有尝试过这些。其他小子们的卑琐行径都是如此渺小、如此差劲、如此低级，而这同样的行为放在图拉身上，却便要比他们都高上千百倍，多汁如成熟的菠萝。他会谈论起那些女人的胸，再讲上些与此有关的趣事，让人听得想哭——可这是一种完全不同的想哭的感觉：我们开始变得对这些事情满怀期待，也就是说，要是我们有一天真正长大了、得到了做这些事情的许可，我们便可以毫无顾忌地和女朋友在一起谈论各种有关胸的趣事，还可以在这之后上床享受一段充满欢愉的时光，这些全都不会再被看作下流。这时我们便可以感受到真正的成年和自由是怎样的，感受到和另一个人一起做许许多多事情、可以自由决定什么对自己来说才是绝对正确的这种生活到底意味着什么。此后我们便会开始疯狂向往这种生活。我们甚至能感受到大人的生活是怎样的，他们可以谈论很多很多事情，还可以去做这些事，这一切都不会被视作可笑。我们若是终有一天摆脱了这种毛头小子的生活、不用再成天面对身边这群笨蛋，便可以跟一个女孩在一起把这些事情都尝试一番，再用我们现在用的这些名字来称呼这些事情；即便如此，我们也不会被视作出格，相反，这恰恰比什么都好，因为我们亲密无间。图拉虽说讲得出最疯狂的话，可同时却也是个羞涩内敛的人。

上课铃响起时，我们也还是这样一动不动站在窗前，对面毕竟还有那么多好看的事。我们才不把那马上就要进班的老师放在眼里。我们跟对面班级那群人不一样：他们一个个都端坐在书桌前，桌上放着书本、诗集和笔记，乖乖等着他们的老师进来，然后再开始学他们的课程——艺术、科学、知识，外加各种无聊说教。而我们班里的蠢小子们却只是身子半悬在窗外、瞪大了眼睛盯着对面的女人看。有的老师甚至也会在走进班级之后再跑去窗前看上一眼，仿佛他们自己也没比我们大，也同样没有成年，仿佛他们也有偷看那些女人下垂松弛的胸的需求，而不是直接去找那些他们认识的、可以跟他们在一起的女孩们。毕竟女孩们要有意思得多。另外一些老师则是径直走进教室讲起各种不知所云的东西，为了完成考试所需的内容，让我们能够及时毕业，他们不得不语速飞快。每逢此时，坐在讲台下的我们都想走上讲台把手指戳进这些疯子的躯壳里，看看讲台上这东西到底是血肉做成的人，还是只是一张喋喋不休的留声机唱片。

在能够坐在座位上安下身之前，图拉总有那么一两件事得干：要么是得检查一遍他的"粉笔小人工作坊"，以此来弄清楚自己是不是已经为接下来一整天的所有事务做好了准备；要么是得给他的好朋友、住在脚踏板的木条缝隙之间的"桌子精灵"安纳斯报告些什么消息。他能弯下身跟安纳斯讲上数个小时的话，仿佛安纳斯是个真实存在有思想的人。没人能管得了图拉，可这也是正常，毕竟没人有兴趣去管他。

所有那些蠢小子们的后脖颈可以让你一览无余：他们像被飞过的猛禽惊吓到的鸟儿一样缩成一团坐在座位上，生怕老师会走过来抓他们起来讲解作业。他们连作业中的一个问题都没法像样地回答上来，因为那些作业对他们来说是如此枯燥，只会令人生厌。班上唯一一个在家会认真学习的人是吉奥，那是因为他有个寡妇母亲，整天坐在那里拿汤勺敲打着他的头，好让他以后能当上律师，能够养活她和自己，也顺便纪念他的父亲。其他的笨蛋们都只是在每天清晨的雾中坐上城郊列车，在头上老旧顶灯的昏暗灯光和列车关门的砰砰声响中反复钻研着一个公式，可那内容又是如此无趣，无趣到让他们哈欠连天马上就要昏睡过去。还有一些人每天早上都被迫跟父亲一起骑车来学校，因为他们那戴着可笑的裤脚夹的父亲上班的地方也恰好同路。他们中的大多数也会被逼迫着在家读书，因为他们的父母希望他们的小金丝雀之后能有一个安稳的家，白天有足够的吃食，晚上有被子可盖。他们中的有些人跟父母的关系多么奇妙，他们说起话来给人感觉像是活在爸爸的身体里，只能通过爸爸的肚脐往外传话，而且还得时刻留心把自己的话削减成合适的形式，以保证那肚脐不被撕裂。这些人固执得令人抓狂，除了在自己家学到的东西之外，他们不愿去听也不愿去接触任何其他事情，就算他们心里清楚他们父母坐在家里念叨的那些东西都是些最恶心的废话。他们煞有介事地讲着他们的自行车，谈起洗自行车的事，谈起他们是如何把自行车擦净上油，而他们的父亲也在一旁帮忙，然后他们又戴上裤脚夹一起骑车去了森林里，然后又因为无聊而回到了家，又在家通宵复习了拉丁语，试图记得在上床睡觉之前把裤脚夹摘下来。每听到这些玩意儿，人们都会难受得想哀号。

你可以坐下来从背后观察他们，他们掏着耳朵，抚动着桌子下的饭盒，惦念那里面装着的鸡蛋三明治。讲台上的老师也不停摩挲着课本，充满厌倦地想着自己马上就该开始提问台下四散坐着的这些笨蛋们了。这时讲台下的一半人都会缩起身子，因为心理学家也认为只要摆出一副胸有成竹的姿态坐在那里就可以避免被提问了。人们熟知这种经常在老师和一无所知的学生之间发生的场景：老师会先做出一副根本没注意到坐在泥潭中的那可怜虫的样子，可台下那可怜的家伙心里很清楚老师正在四处看，于是便装出一副毫不在意的样子，虽然他心里知道一旦被老师叫上台会有多么可怕。他坐在那里假装气定神闲，而讲台上的那个蠢货却已经把目光扫向了他。讲台上的老师深知台下这蠢小子是怎样的水平，他想着自己应该抓起这小子送他一场好戏，但又忽地一下对自己和眼前这出荒谬的喜剧感到相当恼火。因此，他放过了眼前这白痴，转而叫起了那白痴的同桌，可这同桌也同样一问三不知，只是坐在那用手环抱着肚子期盼着老师赶快放过他，不仅是因为他什么都不会，更是因为他还希望晚上回家之后能睡个安稳觉。

你可以看到他们坐在椅子上翕动着嘴唇昏昏欲睡，想着这堂课有多么可怕，可他们仍然对自己感到很高兴，因为他们觉得自己比走廊对面那群学生要好得多。当然，高兴也是因为我们有图拉。谁都没法忽略他，也没法没有他。图拉可以轻而易举地和对面那群猩猩聊到一起去，他们接受图拉成为他们的一分子。并不是因为图拉崇拜他们，而是因为他能跟他们聊天，仿佛跟这些"拉丁语男孩"们平起平坐地聊天是件理所应当的事。另一方面也是因为图拉是校报编辑组的成员，他们致力于编辑诗歌和各种废话，再把自己的笔名小小地写在下面，就好像还有什么阿猫阿狗不知道这些诗是他们写的一样。

跟他在一起做这么多傻事是疯狂至极的吧。可我们就是没法停止这么做。他也不害怕被叫上前去。他们经常把他叫起来，因为他说话总是风趣幽默。你可以在他身边坐上一个小时，嚼着嘴里的饭试图去听完他那信口开河中的几分之一，那话的节奏听来让人觉得像是在参加蜗牛的葬礼。我们谈的很多东西都是很滑稽的，可讲台上那群家伙中的大多数却像是在几百年前就已经死了，他们想着自己每个清早一起床就必须走进那酱缸，几小时几小时地坐在讲台上盯着下面的人看，从他们那里得不到除了鼻子上拖着的鼻涕和口中的哈欠之外的任何回应——这些想法早已杀死了他们。有时却也会像是什么地方突然裂开了一个洞，人们仿如一下长大了般突然能说得出许多想法来，还回答得上问题，于是便觉得自己在这教室里有了参与感，自己不再只是一个空空的躯壳，而是有了生气。这一切都是值得的。而让这一切开始的也几乎每次都是图拉，他敢说敢做，他从不惧怕制造轰动。

课堂气氛变紧张的整个过程也是完全能感受得到，那种感觉就仿佛置身于一场重要到能够决定一生的命运的会谈。可每当图拉和老师说话时，老师却像是完完全全变了个人：他摘下了脸上的面具。当然你不可能真正看到他摘面具，可他那张脸的确是放松了些，似乎舒活了筋络，舒展了肌肉，不再充满倦意，反而有了生气。

图拉的脸上却从没有这种面具——除非是在他要学动画片里的人物、模仿各种奇怪的声音的时候。即便如此，那也从不是在大人脸上经常看到的那种面部紧绷、牙关突出的样子：大人们总是竭力保持着某种特定的表情，因为他们觉得所有身边的人觉得他们觉得其他人觉得如果他们不做出这么一副表情的话他们身边的人就会觉得……想到这些就已经让我们对长大成人心怀恐惧、头痛不已了，这些念头在脑海里纠缠不已，让人全然摸不着头绪。

若是图拉跟老师讲起话来，班级里的气氛却又会变得既兴奋又放松，因为他能引着老师说出一大堆自己都早已遗忘在肚里脑海里抑或心里的某个废弃角落的话来。整个教室也随即有了色彩，墙壁都好似被挂上了五光十色的布料，自己整个人也都焕然一新，身体里充斥着更大的能量，那能量会让自己脑海中冒出平日不曾有的想法，驱使自己做出平日不会做的事情。

当然，我们聚在一起聊书籍的那几个小时，才是我们真正能让自己释放出最巨大的能量的时刻。有时这酱缸里甚至会小小迸发出几声喊叫，那群可怜虫中的某个人打破了内心的某个障壁，讲起了人们甚至都没法想象自己能梦得到的东西。这时，情形便严重了，相当严重：大家都忘了坐在这里的可是一群小金丝雀，腿上还戴着自行车裤脚夹，而且还有讲台上的老师；平常那一个个被咬碎的巨大字串从他们口中流淌而出时，我们对他们可是充满畏惧的。

　　然后这场景便又结束了，那群小子重新带着他们圆圆的脑袋坐回座位，讲台上的老师不停念叨着说我们现在得进入更重要的内容了、在考试之前我们还有很多东西要学、现在可没工夫闲扯、我们现在得集中精神、赶紧戴上面具咬紧下巴。而我们只是呆坐着，慢慢挨过下课铃响起前的这段时间。有时你甚至还能闻到周围那些人的味道：那是种令人绝望的味道，你从中闻得到他们是怎样度过了晚上在家的时光。他们躺在床上辗转反侧，打着鼾入睡，做着各种荒唐透顶的梦，然后又从梦中醒来望着屋顶发呆，楼下街上有汽车驶过时会有灯光掠过天花板。你可以坐在座位上在他们散发出的味道中观察他们的胡子，那须发形状有如粉扑；这时你还可以想象一下他们中有哪些人会每星期站在镜子前若干次试图刮掉自己脸上那可怜的绒毛。你会发现他们是如此令人憎恶，每天都变得愈加可憎；可以想象，他们在长大成人之后会变得多么愚蠢，那时他们便会被迫讲出各种自己都不理解的话，因为他们一直觉得自己得像自己那戴着裤脚夹的父母一样思考、像他们一样说话做事才对。这些人就是这么一群你能想象到的最无主见的狒狒。他们身上那西米汤的味道也清晰可闻，每到晚上五点半，他们都会坐在四散在城市各处的二十五个小家庭中的餐桌前，把一勺勺西米汤灌进肚子。那里的门廊上挂着大衣，报纸静静地躺在一边，广播里播放着新闻，家里的人们讲着已经被讲烂的无聊透顶的见闻，谈论着鸡毛蒜皮的事，又是各种毛病，又是性生活，又是各种怨气，外加各种读者来信。那小笨蛋们本该去写作业，却又一直不停躲避拖延，又是去给家里的金丝雀喂水，又是读报听广播，再打上一通电话，带着愧疚感跑去电影院看电影吃零食，回家后还躺在床上想着班级窗户对面那些女人身上那肉色和黑色的内衣；他们满心想要把它们从那些女人身上扯下来，嗅着她们身上的味道啃咬她们的身体，事后甚至还要再同她们聊上一番。

下课铃终于响了，所有人都如一群青蛙般涌上走廊，同全校的学生一起跑下楼梯来到晨会室。我们在晨会室里的位置是在那群猩猩男孩的旁边，他们脸上永远挂着一副对眼前一切漠不关心的表情，手指翻动着那配着插图、有着精装封面的歌集。接着我们便要开始唱编号为某某的某某歌，人们又是咳嗽又是吐痰，因为大家都觉得那些歌好笑至极。也有那么几次，那乐声仿佛能被听得更清楚了，合唱也变得享受了起来，毕竟我们眼前不再看到站在周围的人咳嗽吐痰，也不用再看着那些脸上挂着无数层面具、脑袋变得太过僵硬因而无法开口歌唱的老师。那些老师站在那里扯开嗓子唱着，仿佛觉得自己身处体操队或是合唱团。他们脸上的神情像是发现了自己正一丝不挂地站在人群中，害羞得像是有人拽下了他们的裤子。这些老师要么不停放声吼着歌，要么站在那里不停翻动着歌集，仿佛这样就可以把自己藏匿在那书页间。

图拉曾经想出过一个好主意：我们该试试看这些赞美诗到底能被唱到多快。若是大家都唱得快起来，整个节奏便都可以被带快，只留下那些猩猩气恼地站在那里——他们似乎全然没有发现我们正在如此努力地加快节奏，那管风琴师为了跟得上我们，脚趾都快要抽筋了。我们的最高纪录是在十四秒之内唱完了一首《我选择四月》。我们唱得快到琴师都没来得及给管风琴鼓上风，那群站在旁边的狒狒们反应慢到甚至还没来得及打开书。唱完之后，我们涌出大门扬长而去。

音乐老师也是个永远手足无措的笨蛋，四处忙乱却毫无章法，能做的只是把三四十首赞美诗和爱国歌曲硬教给我们，以此来破坏我们的清晨。他坐在窗前歪着头看对面那些女人时，样子活似青蛙，可他把双臂挥得像鹰击双翅般弹起琴时，又能让整个世界都如同一只大热气球般移动起来。他开始弹奏时，所有的蠢小子们内心都会柔软起来，脑海里会如同嗑了药般浮现出无数各种各样的想象，五脏六腑都全有节奏地上下跳动着，带给人一阵欢愉。

当然，很多人在这时也会坐在那里百无聊赖到就要睡过去。可大部分人还是随着这大热气球一同漂流着，在晨会室那老地图和愚蠢地盯着整个教室的石膏像间来回飘浮。

不过，当然还有一些家伙想要在音乐道路上有所发展，最后越来越变得让人无法与之交流。而这都是因为他们拼凑了一张老唱片，现在每天晚上都坐在家里听巴赫、亨德尔[①]和帕莱斯特里那[②]。他们听说这些人的音乐很有价值，除此之外世上再找不到其他有价值的东西了。他们每晚坐在家翻着面播放着这些唱片，试图让自己的歌声盖过家里那金丝雀；那窝里的鸟儿也醒了过来，竭力破坏着巴赫 B

---

① 乔治·弗里德里希·亨德尔（George Friedrich Handel，1685—1759），英籍德国作曲家。

② 帕莱斯特里那（Giovanni Pierluigi da Palestrina，1525—1594），意大利文艺复兴时期作曲家。

小调弥撒曲中那数学般的美感。

　　他们带着从唱片店借来的三十多张唱片，来回播着那老古董般的调子，喝着茶对这音乐高谈阔论，讲着自己有多么热爱格里高利圣咏①，大谈《勃兰登堡协奏曲》②和《春之祭》③的相像之处，听得那金丝雀都快要摔到地上。

　　图拉也喜欢音乐，但从不像这些人一样醉心于戴着眼镜看乐谱研究变调。他是那种对没有节外生枝的正确之事有着直觉的人，从不会犹豫不决。他永远拥有清醒的判断力，只要是他掌控的事情，那一定不会出错。他是我认识的最真实纯粹的人。若是他一时没能说出正确的话——这在他身上当然也会发生——人们便会发现他会羞愧地想跳窗，可他又总能巧妙地救场，轻松地施展着他的魅力，这对他来说，如同撕鸡蛋三明治包装纸一样轻而易举。每当他跟那些疯疯癫癫的人们站在一起时，你便会看到图拉的睿智。在他身边，你会疯狂地迷上他。这些年来我都一直是这样。我们两人每年都会坐同桌。我不能没有他。

---

① 格里高利圣咏，一种单声部、无伴奏的罗马天主教宗教音乐。

② 《勃兰登堡协奏曲》（Brandenburgische Konzerte），德国作曲家约翰·塞巴斯蒂安·巴赫的一套管弦乐组曲。

③ 《春之祭》，美籍俄罗斯作曲家伊戈尔·斯特拉文斯基创作的一部芭蕾舞剧。

第二章

　　我叫雅努斯。我爸爸是个工程师硕士，就是那种会经常在各地跑来跑去，经常得加入各种董事会、共济会和工会的人物。他总有接连不断的地方要去，穿梭于各种不同的场合，跟那里的人们一起喝酒。可他们倒也从不会真正喝醉，这种活动一向都是在温馨愉悦中进行的。之后，他这些同僚们便会跟他一起回家来，到家之后他们还得再来点面包和酒，坐在一起谈笑，讲着他们行当里的人才听得懂的笑话。其实也不该说它们是学术笑话，毕竟真正的学术笑话没人听得懂。他们同时也很接地气，无边际地闲聊，坐在那里讲着关于新港①的笑话，整个人都快要滚到地上去了。他们是如此喜欢对方，喜欢那相处时的笑话和啤酒。

　　我理所当然也要去上初中，然后上高中，顺理成章。不然我还该干什么呢？这对我来说倒也不成问题，不过就是得算几道算术，写几篇听写罢了。可即便如此，我爸妈也还是担心紧张到快要尿裤子，生怕我考不上学校。此后，我们便会被送到各种官称如何如何好的学校去，变成一个像自己父亲一样的人：和一群朋友在一起度过欢快的时光，成为某些协会的会员，讲着自己的学术笑话，戴着好笑的

---

　　① 新港（Nyhavn），哥本哈根一条建造于 17 世纪的人工运河。

小帽子庆祝新年夜。这倒也没什么，人生本就该如此进展嘛。那些考试、成绩和十分钟小测验却也是把我搞得头昏脑涨号啕大哭，我根本不会算那种一个飞机如果在某某地点起飞就会以多少多少的速度飞行的题目。不过最后我也还是通过了考试，可那时的我，当真什么都不是。

那时候的我们不过是些笨小子罢了：到处游来荡去，谈论着世界上各种鸡毛蒜皮的事。我们还是一群拖着鼻涕的野孩子，心里装满了在几百万顿菜色重复的晚餐中随着晚饭一起被吞下的各式见闻。我们像是群小猴子，个性鲜明而又任性，到处卖弄着从大人那里听来的、被我们像饥饿的食蚁兽般吞进肚的无稽之谈，卖弄到直到自己都意识不到自己是在卖弄。而最可怕的是，我们竟然真的就这么把自己当成了天才。就是如此狡猾。若是我们能带着一个 6 分的成绩回到家，瞪大到放光的眼睛和 2 克朗①的硬币便会在那里等着我们，即便那考试的内容愚蠢至极：你要复述一只狗的故事，这只狗为了救回某个世界上最可笑最无关紧要的船员和他的行李袋，从某条世界上最无关紧要的船上跳下了海。可大人们竟会就这么商议起你未来该做什么职业：是该当律师还是该当文学评论家，该当吹玻璃的工匠还是做丸子的厨子，还是就当个鸡奸者……到最后说得你都要相信自己才是煮哥伦布的蛋的那个人了。之后的日子里，我们便成天站在那里想象着自己有一天戴上了白色的毕业帽，伴着丹麦国旗和榉树枝的装点，跟那身披伪装色的"学术精神"一起庆祝毕业——据说这才是真正的"民俗"，这是更高一层的计划中的一环，因为人们都相信，若

① 克朗，丹麦货币单位。

是大家能手捧啤酒、站在包厢里跟其他的"民主英雄"们用直接而又民俗化的腔调一起把那肮脏的历史谈论上一番的话，这历史便不再那么肮脏了。

我以后也必须长成这种聪明的、坚持己见的家伙。这样的人倒也不是愚蠢，他们只是疲于讲述除了自己此时口中宣称的东西之外的任何其他新见解。好吧，做到这一点其实也很容易，你只需要自己相信一切都正处于最严谨的秩序中，相信整个世界就只是一条向前延伸的平滑直线，任何问题都不存在。

而后来我的生活也当真如此般进行了下去。我进了新学校，在那里，我突然便被和一大群之前从没见过的怪人搅在了一起。从那刻起，我便不再是大街上的野孩子，而是成了一个最低年级的班级里的可怜虫，目光所及之处只有班里其他的笨蛋。他们的身高随着座位一排排递增，到最后一排时，那些圆圆的脑袋们都快要碰到屋顶的排水管了。接着便是一通喋喋不休的说教，那些内容我们当然是一字不懂，因为我们早已进入了梦境，下巴上的肌肉扭成了结，眼皮一颤一颤。你可以打量一番其他的小家伙们，他们身穿短裤，顶着被夏日的阳光漂白了的头发，背着他们的新书包。有些人还拿着手拿包，一下下敲打着他们的腿；他们还穿上了长裤，仿佛是觉得自己进了所新学校就一下成了大人。这些人都笔直地站着，做出一副对眼前这通说教相当感兴趣的样子。他们对接下来的学校生活是如此期待，期待到恨不得马上就逃出校门跑回自家街上，回到妈咪身边钻进她软软的怀里。那些脑袋快要触到屋顶的高个子家伙们更是要让人绝望到大哭，想要迫不及待回到家钻进被子下听妈妈在客厅里的脚步声和谈话声。我们倒也曾

019

试过一起聊些什么，可这谈话却总会以双方都发现对方令自己难以忍受而作结。我们顶着一头被阳光漂白的头发结识了一大群从各地来的小子们，却没遇到一个来自这里的人；除了抱怨自己想尽快冲出门溜回家之外，我们也没别的话好谈——当然我们没真的这么做。没有没有，我们可没当真做出这事，毕竟我们心里也希望自己有一天能成为那种头脑灵光、戴着毕业帽站在高处的人。于是，我们只好站在原地发着呆，等着大人们来指挥我们，让我们搞清楚自己该做什么。

我身边站着一个男孩，是那种身材极瘦的类型，这种人一般都有着形如积木的凸出裤腿外的方形膝盖。他看上去很友好。到目前为止还没有人过去跟他搭话，因为他样貌跟我们其他人都不太一样，没长着那种泛白的浅色头发。站在那的他像是在对自己笑，仿佛脑海里有另一个人正同他讲了什么搞笑的事情，而不是在抱怨自己想尽快逃出校门。他立在脚跟上前后晃着身子，仿佛自己正站在自己身体里边摇晃着这具躯壳。这个人的表情像是在嘲笑我们，可那表情却又全无邪恶之意。他皮肤晒得棕黑，看起来几乎像个会从身上掏出匕首和弹弓的印第安人——就好像他觉得每个笨蛋都会用这些。学校院子里有几个提供饮用水的水龙头，水柱会向上喷涌而出送进人嘴里。突然，我旁边这男孩径自出了队走向那水龙头喝起了水，仿佛只是因为他觉得这么做很好玩，顺便自己也有些口渴。他自然地站在那里让那水柱向上涌进口中，一直喝了个够，然后又若无其事地走回队伍。那些浅发色的小男孩们全都呆望向他，那场面就像忽然从地里钻出了一个中国人；这家伙竟然有胆量若无其事地走去那水龙头前喝水，他们看着这一幕，惊得快要摔倒在地上。在场那些高年级的人也都看呆了，七嘴八舌地大声嚷着这群蠢小子们都在想什么，是不是以为只要响了铃就可以这样像个傻子似的随便走去喝水了，等着吧明天可有他们好看的，明天他们受洗的时候这水都得被浇回他们头上去。可这黑头发的家伙却只是平静地走了回来，重新站回队伍，依旧对着自己笑着。他仿佛根本听不见周遭的纷纷议论，可心里仍然对身边的状况一清二楚。我向前挪了挪位置，让自己站到了他旁边。他的双腿好看极了，皮肤完全晒成了棕色，上面覆着颜色浅浅的毛发。不知怎的，我那想逃出学校大门的冲动竟慢慢消退了去，现在我得以站在这高大的家伙身边，似乎自己也参与进了他先前的生活：他整个夏天都带着弹弓跑来跑去，总是一个人，却从未感到无聊孤独。我继续目不转睛地看着他，直到他也转过身来看向我——或者他只是在假装自己此刻突然注意到了我，毕竟他心里肯定清楚我一直都站在他身边等着他投来视线。周围还有一些人也在斜眼偷看他，可我却是离他最近的那个，看来第一个跟他搭话的人该是我了。仿佛从这一开始我们便得争抢他。我想去同他说些什么把他吸引上我的钓钩，让他既无法再从我身边溜走，也不再只是站在那里一个人摇晃着身子。"你在看什么？"我说出口的是这么一句话——我真是被上帝遗弃在这世上的最大的大笨蛋。"你在看什么"，这话听来好像那一直站在原地目不转睛、眼球都要从眼眶中迸出来的人不是我自己似的。我真恨不得此刻就冲出大门跑回妈妈身边。可他只是重新转过了身，若无其事地看着我，微笑着对我说了一句"嗨"。

"嗨，我叫图拉。"

嗨，啊，天哪，我僵硬地定在了原地。他笑着对我说了"嗨，我叫图拉"。

"嗨！我叫雅努斯。"怎么会有人叫"雅努斯"呢。雅努斯，巴努斯，萨努斯，哈努斯，玛努斯，帕努斯，拉努斯……该死。不过我还是吸引到了他。我仿佛是成功捉到了他，那想逃离校园的冲动也在此时消失殆尽了。

"你看那边那个老师。"他说。

那边有一个老师叫嚷着走了出来，喊我们所有人都保持安静，一起到体操房里去。操场上其他所有人都起哄了起来，还吹起了口哨，他们都认识这个老师。我们于是便听了指挥向体操房走去。我走在图拉身边，打量着这奇怪的校园和那些从四面八方盯向我们的石膏像与油画。然后我们便来到了体操房，那里闷热而吵闹，听不到每个人自己说的话。我一直都站在图拉旁边。其他那些小子一个个看起来都像是嗓子里卡着一团没法咽下肚去的报纸，尤其是在看到那些自己不认识的新老师时，那表情愈加明显。那些老师也都傻傻地笑着，以大大的微笑欢迎着这群蠢小子，仿佛自己有多么喜欢他们，多么热切地盼望这帮小子来搅乱他们的生活。我们像一群小鸡般缩着身子站在那里，接着，整个体操房便忽然安静了下来，校长从一扇门里走了进来站上了讲台，在那里站了片刻让窗外的阳光洒在自己身上，仿佛觉得自己是个先知。那讲台上立着一面旗帜，此时我们都真正感觉得到学校的生活即将开始，我们已经在这路上前进了一大步。校长站在讲台那面旗帜下讲着话，而下面所有的笨蛋都在翻着手里的歌集，做着各种表情，像是他们已经知道了接下来要唱哪首歌似的。台上的校长宣布我们要唱的歌的号码时，大家都笑了起来，那身材矮小、歪瓜裂枣的管风琴手也已经准备就绪。所有人都在跟着唱，校长声称这歌是这所学校自己的校歌，然而这首曲子我们所有人都会唱，我们在之前的学校就已经学过。我把目光转向图拉，他也站起了身跟着唱。于是我也便跟着唱了起来——这歌其实我很喜欢。我们的歌声起劲到如同雷声般隆隆回荡着，毕竟唱校歌给我们带来了一种对这学校的归属感。在场的所有男孩们都站起身低头看着歌集，中间还时不时抬起头看一下有没有老师在看他们，可老师们的注意力都集中在了高年级的学生们身上。我们于是唱得愈加起劲，因为这首歌我们都十分熟悉，它从某种意义上来讲像是一条连接着我们的过去、连接着我们来自的街道和小路的纽带。在管风琴一阵咿咿呜呜的鸣叫后，整首歌便结束了，我们也回了自己的教室。此刻的我们还完全没有意识到，在我们离开学校长大成人前，我们还要出入这教室七年。大家只是纷纷挤进了这屋子，试图为自己占一个好位置。我们心里都有些害怕，刚才听说明天是我们的受洗仪式，为了不把自己那些漂亮衣服弄脏，我们得穿旧衣服来学校。进来通知我们这事的老师说这仪式可能会有些"猛烈"。这所谓的受洗仪式，其实不过是给高年级学生们一个把我们从头到脚浇成落汤鸡的机会而已。他们也被允许给我们举行"欢迎礼"，也就是用手心最靠下的部分在我们后脖颈上拍打几下，敲得人觉得五脏六腑都要从头顶冒出来。

我们走进教室时，图拉早已在窗户旁的一个位子上坐了下来，他喊我坐到他旁边。听到他这么说，我一下喜出望外，于是连忙跑到他旁边的位置坐下。从现在起，我有了图拉，什么都不成问题了，我们会一起搞定这学校生活的。图拉也会帮我搞定一切的，毕竟他一直都坐在那里笑，仿佛对眼前一切都漠不关心。

老师们一个接一个进了班，向我们浅浅鞠躬致以问候。一些活泼的家伙大声笑着，如同被人赞赏地拍了肩膀的童子军，十分令人反感。还有一些人觉得站在那里盯着眼前的一大群傻小子很是不爽。也有一些表现得很正常的人，他们安静沉稳，让人有种想嘲笑他们的冲动。他们的言谈友好而风趣，说出的话不会给人感觉那么有"爆炸性"。

图拉坐在座位上打量着其他同学，我坐在座位上瞟着他。从他脸上的表情我便可以知道此刻站在讲台上的这小子是不是个正常的家伙。我对他的观察绝对不会出错。

最后我们重获了自由，可以回家去了，回到那安全的岛屿上去，那里有妈妈柔软的怀抱，有她的各种嘘寒问暖，还有那熟悉的街道。回家路上我一直都走在图拉身边。我们并肩走下那条红色的街，街道两旁是一幢幢大房子，街上车水马龙、人来人往。我们两人都一直盯着脚下的碎石路面。

"呐，他们看起来还都挺友好的。"图拉说。

"是的。"

"你要回家吗？"他问我。

"对——"我答道。

"嗯。"

我们继续盯着脚下那碎石路面向前走去。我边走边想，跟图拉一起在这所学校上学让我感觉很舒服，我们定会有一段有趣的校园生活。我对接下来的学校生活充满了期待，我们会一起搞定学校的一切，还会从中得到许多快乐，而这一切都要归因于我认识了这个男孩。

"我们也可以一起走走的。"我说。

"好啊，咱们可以去桥上看火车。"他说。"你喜欢火车吗？"

"喜欢，火车很棒的，我特别喜欢。"

我们于是一起来到了桥上，站在那里看着下面的火车。它们正吃力地来来回回调试着轨道。

我知道许多关于火车的知识，因而便跟他滔滔不绝地显摆了起来：哪哪哪台发动机是在日德兰生产的，能拉动多少多少节货车厢……

"这些信号升起的时候，就说明要发车了。"我站在桥上指给他看，就好像还有哪个傻瓜不知道这个似的。他只是微微笑了笑，然后又站在那里晃着身子，脸上的表情又回到了先前的那种笑。我心里几乎是涌上了愠意。

"嗯。"他只这么答了一声。

我明明对这些锈迹斑斑的火车了如指掌。我爸爸是铁路工程师，他比所有那些钻在车底卖力地干着活的工人们都更了解火车。

"你，"他说，"你，雅努斯，你就从没想过从这里跳上一辆车，一直坐到遥不可及的地方吗？一直开出国去，或者去到其他更远的地方。"

"想过。"我答道。可就现在来说，这件事毕竟难以想象，时值战争，旅行也最多不过能去到北西兰岛之类的地方罢了。

"当然，我常会这样想。"

"这么做一定很有趣吧。我们可以去到各种各样的远方，在那些地方四处游逛，再跟当地的人们聊聊天。当然现在肯定是不可能了。现在还不可能。可就在我看着那些冒着蒸汽的火车时，心里还是会涌起一种想去远方的强烈冲动。"

听过我这番话后，他站在那里把身子探出栏杆外，脸上的表情像是能想象得出我们坐上火车飞驰而过的一个个地方、看得到那里的所有人。那些人穿着夏天的衣装行走在城市的街道，从自家的宅子里探出身子，以一种我们只在极少的几次偶然中见到过的方式向我们招手微笑。仿佛他看到的每个人每件物都会对他微笑。他似乎是正站在这里向往着一个我从未见过的世界，可我却又能感觉出这个世界一定能在什么地方找得到。

　　"学校里的那些人看着特别友好。"他转身向我说道。"其他人也看起来很友好。"

　　看来现在才是时候聊聊学校的事了。

　　"是，他们看着很友好。"我说。"你猜我们会有机会打手球吗？"

　　"我猜会。"他说。

　　"你打过手球吗？"我问道。我想知道他这个看上去什么都会的人会不会玩手球。

　　"没打过，在我之前的学校里我们一直都是踢足球的。不过足球和手球也差不多嘛，只不过手球是用手打的罢了。"

　　"嗯。"我说。

　　我们站在桥上盯着那铁轨看了一会儿，仿佛能从中瞧出什么名堂一般。

　　"呐，我们回家吧？"最后他说道。

　　"好的，我们也可以一起走走。"我说。我还不想同他道别，所以才这么说。我们慢慢下了桥走上大街，我本可以在那里坐电车回家的，可我一声没吭。我们拖曳着脚步向远方走去，两人都一言不发，只是一直向前走。后来，他终于开口说道：

"雅努斯——这是个奇怪的名字。"

"是啊，一个很蠢的名字。"我答道。我立马就承认了这名字蠢得很。可听到他也这么想，我竟还是觉得有些难过。

"唔，我倒不觉得这名字蠢。"他说。"倒不如说这名字很有意思，不是吗？听着有些过时，但我觉得很好听。雅努斯，雅努斯……雅努斯。"他口中念着，停下脚步稍稍向后仰着头品味着我的名字，仿佛他之前已经把我的名字吞进了自己肚子，而此刻又把它从胃里和心底反刍了出来。

"雅努斯，"他站在原地说道，"这个名字其实很好听。它像匹骏马，也像块磐石。雅努斯，雅努斯。很有味道的一个名字。"

这个人是疯了吧。不过话说回来，他这样站在这里像品尝蜂蜜般品味着我的名字，这倒是给我带来一种很好的感觉。

"你爸爸是做什么的？"我问他。我就是条蠢狗崽，我想不出任何其他可问的问题。

"我没有爸。"

尴尬和脸红就快要把我逼疯。可他却只是继续自顾自讲着：他父母离了婚，他有一个父亲，但那个人并不是真正意义上的父亲。他现在和他母亲住在一起，而他父亲住在别的地方，他从未见过他。真奇怪，他竟没有真正的父亲，而是一直和他母亲两个人住在一起，跟他父亲只偶尔见几次面。这情况乍一听让人觉得难以想象：我想到了我自己家，那里从没有争吵，无论是在自己需要父母的时候还是躺在床上在病痛中呻吟时，他们总会在身旁。不过他妈妈一定是一个很出色的女人吧。他带着那骨架突出裤腿外的膝盖走在这里提到她时，那张充满暖意的晒黑的脸上满是欢喜。

"你可以一起去我家跟她打个招呼。"他接着说。我完全没留意到我们此时都已经走到了城中心的一条街上，这条街我们家只有进城的时候才来过，而我家住的地方是奥斯特布罗。他已经迈上了第一级台阶准备进门，我还像个傻子似的目瞪口呆地站在原地。

"进来呀，你这个呆子。"他说道。

我跟着进了门，反正我家里人也不知道我们今天早放了学。而且我也不想让他就这么从我身边消失掉——他脸上那愚蠢的微笑是那么烦人，就好像他心中早已对一切胸有成竹，只跟着一个母亲也能生活得很好。不过母亲当然也是最重要的亲人。

我们于是跑上楼来到了他家住的公寓。他家在四层，门上写着"里梅尔"。所以，他的名字是叫图拉·里梅尔吧。

他有一把自己的钥匙。我并没有自己家的家门钥匙，我一直都按时回家，就算哪次没能准时回来，家里也会有女佣为我开门。可图拉的母亲看来并不是时时刻刻都在家。我们来到了门厅，那里看得到通向两侧各个不同房间的门。那里很黑，图拉开了灯，我们两人把书包扔在了门厅里。

"妈妈！"他大声喊道。公寓深处有人应了一声。

"是我，"他喊着，"我带雅努斯一起回来了。"

就仿佛她已经认识了我，知道我名字叫雅努斯。

"我妈在里边。"他边说边拉我进了一间房间。那房间被一扇巨大的窗里透进的阳光照得通明，像是画家的房间。

四周墙上挂满了我小时候很害怕的那种风格诡异的画：那些画上布满各种斜角和方块，有着胡萝卜般的色调。可其中也有几幅很漂亮、能让人看得出画的是什么的画——风景之类的。角落里的一盏灯前站着一个身穿碎花罩衫的女人，正站在一个支架前揉着什么东西。她就是图拉的妈妈。

她很漂亮，样子比我妈妈要年轻许多。她抽着一支烟，手上沾满黏土。她正在那摔打着那团黏土，打算用它做头像或全身人像之类的东西。我手足无措地站在一旁，全然不知该同她握手还是该如何是好。可她却只是和走过去亲吻了她的图拉一起笑了，对我说了句"你好，雅努斯"，又对我的到来表示了欢迎。她问了问我今天在学校如何、新学校和新同学都怎么样，然后又请我坐下，问我们两个想不想吃点东西。我一下便安下心来。

可看到图拉亲吻她的嘴唇却让我感到很奇怪。我家从不会这么做，我也只见过我爸爸亲吻我妈妈的脸颊，那样的吻像是除了普通的表示友好之外没有任何更多的含义。可图拉亲吻他妈妈的时候，看起来却像是在亲吻一件他很喜欢的东西。

里梅尔夫人又站在那里塑起了黏土像。整个房间被阳光照得透亮，她朝那支架弯下身去切黏土时，头上的一盏灯一晃一晃。她边摆弄着那黏土边让我们自己去厨房找点饭和牛奶，或者自己看看那里有什么其他吃的东西。她说她很高兴图拉这么快就找到了说得上话的朋友，可这话大概更多是说给我听的，她心里肯定知道图拉完全不需要任何可以说话的人来让他适应学校生活。图拉只是站在一旁微笑着看着她。忽然一下子，他把双臂张得像飞机机翼，嘴里喊着"呜——！！！"，然后我们两人便一起穿过走廊来到了厨房，脚步声隆隆地回响，如同两架正准备俯冲的喷火式战斗机①。他也着实像一架喷火战斗机般向前冲了去，手里紧握机关炮的手柄，按下驾驶杆，向着下面一架亨克尔 111 轰炸机②直冲而去。他发起毫无保留的攻击，让人眼前仿佛看得到敌机断裂的机翼冒出的浓烟，看得到敌机驾驶舱里的家伙随着残机在空中打着转、然后朝着地面全速坠落而去。"呜——嗡——"，他口中喊着，然后又拉高了飞机，声音响亮，如同歌唱般带着降调，和那些夜晚掠过我们屋顶的战机发出的声音一模一样。我们每次都会躺在床上听着这种轰鸣，心中满是恐惧，可却还是宁愿死三千次也不愿承认自己害怕。我们两人在厨房餐桌前坐了下来。他这架战斗机准备好了降落，我们俯冲下来，稳稳地落上跑道，只发出几下小小的颠簸，然后便停在地面上，只待向塔台发去一切顺利的信号。

然后我们一人吃了一块配着猪肝酱的面包。

我们两人谁都没见过真的喷火式战斗机。它是最好的机种，有着尖状的机鼻，机翼上带着机关炮。那些在晚上嗡嗡轰鸣着划过夜空的飞机中可能就有它，在那一刻，我们都正汗津津地躺在床上听着从那高高的夜空传来的轰鸣，心里竟会期待着发生些什么，可到最后却什么都没有发生。令人觉得奇怪的是，飞机上的这家伙竟要飞去远在天边的

---

① 喷火式战斗机（Spitfire），英国在第二次世界大战中使用的战斗机机种之一。

② 亨克尔 111 轰炸机，德国空军在第二次世界大战中使用的一种中型轰炸机。

英格兰，而我们每天能看到的却只有容克和道尼尔215[1]。当然还有那从雷夫斯哈勒岛[2]起降的"唐老鸭"，它愚蠢的柴油发动机隆隆燃烧，给人感觉从不会变样，也绝不会消失。谁都没法想象这个世界能发生什么变化，它永远一成不变、日复一日，我们也永远不知道这世界上都正在发生些什么。我们觉察到的只是德国人控制了一切，可同时又隐隐觉得丹麦的广播里说的东西却似乎更有道理，而且比那诡异又不真实、充满各种尖锐嘈杂的噪声的英国广播和T.T.电台那用慈祥的大叔声音播送的瑞典广播都更亲切。我们不懂这些，可坐在喷火式战斗机或者飓风战斗机[3]中向下俯冲的感觉一定好极了：去把那亨克尔111的机翼和驾驶舱都撞得支离破碎四处飞溅，看那德国人在空中打着转试图推开驾驶舱顶——可他当然是没法赶在飞机失控坠落、拖着浓烟消失在空中之前推得开了。这样的情节很好想象，它更现代也更机械化，比那种原始的破坏活动容易想象得多——搞那些破坏活动的人既没有统一的制服，也没有现代化的装备。广播里成天都说着这种破坏不该进行，因为它会给国家带来损失。

我们就这么在厨房里坐了一会儿，吃了些猪肝酱面包。那是个很温馨的厨房，墙壁粉刷得很漂亮，墙上的碗架古色古香，上面还摆着几个小盆栽。

"我听到过的最猛的爆炸——就是那种破坏行动搞的那

---

① 容克、道尼尔215，均为二战期间德国空军所用轰炸机。

② 雷夫斯哈勒岛（Refshaleøen），位于哥本哈根的工业、军事用岛。

③ 飓风战斗机，二战期间英国空军所用战斗机之一。

些爆炸，"我对图拉讲道，"是他们去炸伯迈斯特韦恩公司 ①
的那次。喔，那爆炸声可真大！当时我刚躺到床上，感觉
屋顶都要被掀飞了。简直是猛，而且还连着炸了七次。"跟
他讲起这些，其实主要是想知道他怎么看待德军和这些破
坏行动。

"兄弟，那次轰炸的时候你应该在我家这儿看看。"
图拉说。"当时我跟我妈正站在窗前，就那么看着飞机从
我们头顶飞了过去，都没来得及往地下室躲。"

"啊……"我说。

"这楼下街上也经常有人开枪。"图拉说。

"是的，住在城里很热闹的。"

"没错，时不时就会出情况。"

"你妈妈是干什么的啊，"我问道，"是雕塑家吗？"

"是的，她也办过展览，不过我爸爸不住这儿以后她就
很少办展了。"他说。

这可真是个诡异的话题。

"我爸爸是建筑师。"图拉说。

"哇。"我说。

"我爸爸是工程师。"

我们为什么非得聊自家爸爸是干什么工作的呢？好像
世界上再找不出其他比这重要的事情似的。好像这话题多
有意义一样。可它其实真的很重要吧。很好，图拉的父亲
是建筑师，母亲是雕塑家。建筑师和工程师，这般配得很，
而我们两个从现在开始就要在同一所学校上学了，以后也

---

① 伯迈斯特韦恩公司（Burmeister & Wain），丹麦大型造船与船用
柴油机制造厂商。

将要成为这样的两个人。我有了图拉，这简直不能再好，他是个绝对正确的人。跟他在一起会让人觉得很安心，你可以确信他开口的时候永远不会说错话。而其他那些笨蛋呢，只要跟他们讲上三分钟话就会让人疲惫不已，因为你不得不站在对面装出一副乐在其中、对他们那可笑的抱怨饶有兴致的样子。

她妈妈进了厨房，走到水池前洗手。黏土结成长条滑落下来。她笑着问我们"今天没有作业吗"，我们便答她说老师在这第一天就给我们布置了作业，不过那作业很幼稚，我们早就完美搞定了。她的笑意愈加明显了起来，告诉我们说做些这样的正事是有利于成长的，我们之前大概从没干过什么正事吧。事实也确是如此，我在之前从没做过学校里的功课，可从现在开始，一切仿佛都使我既心生畏惧又激动万分：我们要真正开始做功课了。想着自己将会和图拉一起学习钻研，一起学到真正的知识，我便顿觉兴奋不已。

"我得回家了，"我说，"我要是回去晚了，我妈妈会疯掉的。她每次都会以为我在街上遭到了枪击，或者有炸弹掉到了我头上。"

"那你真是得赶快出发了。"图拉妈妈说。"不过，你现在给她打个电话告诉她你在这儿不是更好吗？"

"不了，"我说，"其实没那么大必要。"

我一边站起身一边瞟着图拉。这里是如此温馨，这样舒服自在，我实在是一点都不想回家。

"那，我们明天见。"我对图拉说。

"嗯，"他说，"你说我们明天会打手球吗？"

"会吧，体操老师跟我们说了明天带橡胶手套的。"

他妈妈站在一旁边擦手边对我们笑。好像我们在她眼里一直都很逗笑一样。

"太好了。"图拉说。站在那里的他也在微笑。

"好，我得回家了。"我说。我刚才明明已经说过一遍同样的话的。

"拜拜，雅努斯，"他妈妈说，"有空常来玩！"

"好的，谢谢。"我说。真好，真好……真好。这个开头棒极了。来他家的感觉跟去那些完全相熟的、住同一条街的普通男孩们家里的感觉完全不同。这里的一切都是新鲜的，人也都是未曾谋面的人，这个图拉也让我觉得我先前仿佛根本没有朋友，而现在正站在一扇通往梦幻般精彩的新世界的大门前。当然我现在还不能说他是我最好的朋友，毕竟我们这才是第一天认识。可我万分盼望能够继续加深这友谊，我想把握住它，我想从中收获许多。

我们慢慢走上走廊，我抓起书包，挥着手向里梅尔夫人道再见。图拉同我走到了楼梯上，我们站在那里看着对方。

"那，拜拜咯。"我对图拉说。他站在比我高几级的台阶上向下望着我。真好，他站在高处，我站在下边，我们停下脚步道着再见，但明天我们就又会见面，这样的日子还会延续许多许多年，永无休止地延续下去。好到不真实。这样的日子太美好，它不可能延续得下去吧。

"拜拜了，雅努斯。"图拉说。"明天见。"

"好的，好的。"我边下楼边说。"明天见。"

整个故事便是这么开始的。这第一天就已经令人疯狂。我快步向家的方向走去，跳上一辆电车，站在司机旁边望着窗外的街景。电车在霍尔门斯路①换了轨,整段旅程愉快至极,连国王新广场②上的暴动都似乎为其增色了几分。我们看到一个男人被警察拖了走,几个德国人站在那里指着他们做出各种手势。德国人开了枪,一大群人开始向新港的方向猛逃,电车司机猛地将控制杆转到了底,带着我们驶离这里。

到家后,我冲上楼梯走进客厅,想把路上看到的这些德国人的事讲给父母,但转念又想到我提到此事后母亲肯定会彻底抓狂,质问我为什么不放学后直接回家。这样一来,我便只是跟他们讲了讲学校里很有趣、今天老师就已经布置了作业,然后便径直回了自己卧室。自从我哥哥结了婚搬走之后,这间卧室便成了我的。我只字未提图拉,我还想拥有一小段让他独属我自己的时光。不过,我应该尽快请他来我家一次的。现在我有了自己的卧室,我们可以坐在我房间里一起谈天说地。图拉也应该有自己的卧室吧,只是我还没看到而已。

哥哥留给我的这个房间很是舒适,透过窗户可以看到对面的一排排屋顶。房间里还有几个漂亮的书架,他搬家的时候没能把它们全都带走。唯一遗憾的是他把这里的两把旧手枪都带了去,当时那两把枪其实也一直都只是被他闲置着挂在墙上,可他依旧是不想把它们丢在这里。不过我倒是得到了他的一个鸟标本和一把他没带走的气枪,所以实话说来,这房间还是很不错的。我想图拉也一定会喜

---

① 霍尔门斯路(Holmens Kanal),哥本哈根市中心一条短街。Holmens 为"小岛"之意。
② 国王新广场(Kongens Nytorv),哥本哈根市中心一处公共广场。霍尔门斯路位于其附近。

欢这里。在春日里，这个房间会布满温馨的氛围，只要打开窗便可以听到乌鸫立在房檐上鸣叫，一直叫到快要窒息为止；房间里还能闻到烟斗的味道，那味道总会让我觉得自己愈加长大成熟，让我想开始抽烟。可我的傻瓜父母却早已跟我约定好如果我在21岁之前都不抽烟的话就给我三百克朗的奖励。

我扯下身上的书包开始读今天发给我们的那些课本。今天学校发了一大摞书给我们，不过其中有一些是得一直用到第四学期的。

天知道图拉的爸爸妈妈到底是为什么不在一起了呢。因为他们不停吵架摔东西，她妈妈忍不下去了？或者是还有别的原因？

图拉和他妈妈看起来都很快乐。我很难想象父母双方还能不一辈子生活在一起，怎么可能有这样的事情。父母要是离婚的话地球不该直接发出一声巨响爆炸掉吗？我能想象到的世界上最简单愚蠢的事情也不过如此：妈妈四处忙活着，给爸爸和他那些兄弟们递上啤酒和烧酒；那些人跟着爸爸一起回了家，他们得在包厢中的聚会后再来上一杯啤酒，然后再平静惬意地坐在一起讲上一段故事。妈妈站在一边微笑着看他们，仿佛他们都是她的孩子，而爸爸是她最亲的那个。我也没法想象父母不在一起的周日会是什么样子：周日的时候托本总会带着他妻子回来，恩斯特也会回来，我们一家人会一起吃一顿晚餐，七嘴八舌地聊着脆皮烤猪肉，聊着周日；刀叉在盘子上撞出叮叮当当的声响，背景里的广播正不停播放着，先是瑞典的"每周头条"，然后是瑞典 T.T. 电台的下午新闻。图拉也一定经历过这样的生活吧。可现在这样的日子对他来说已经过去了。

他和他妈妈两人脸上都挂满微笑，让我想一直留在他们身边，再在那里睡上一个好觉——如果他们允许我留下来的话。

外面是真真正正的八月天。我们之前都去了乡下，而现在得开始新学校的新生活了。一般来说开始一件毫无把握的事情会让人很不舒服，可这新生活开始得却是如此顺利。这次我似乎很幸运，我把图拉这么个家伙吸引到了身边，他还有那样一个一直站在支架前塑着黏土的母亲。她的工作间是如此明亮，她笑得是如此快乐，让人无法相信离婚是件多么痛苦的事。还有图拉，他就那么在中途走出了队伍喝水，像是周围一切都与他无关，那么放肆，又那么完美。而我现在抓住了他。一切都好得不真实。这样的日子定然不会长久吧。

第三章

　　要不是真正亲身体验过的话，没人能说得上来，跟图拉这么一个家伙一起长大是种怎样的经历。我像是长在了图拉的身体里似的。图拉和雅努斯，雅努斯和图拉——我们永远形影不离。每次如果发生了什么事，那一定是图拉跟雅努斯一起干的。当然主要还是图拉。我并不介意我们在一起做什么，只要是图拉喜欢的，我也喜欢，因为图拉有兴趣的事，那一定是正确的事。

　　新学校的生活马上开始了。我们不久便发现，跟我们一起上学的人简直就是一群糟糕的蠢货。不过他们之中有那么几个人倒是很友好。如果我们真的想要去做的话，我们也完全可以操控好其他那些奇怪的家伙们，指挥着一切朝着我们想要的方向发展。操控着一切的，总是坐在教室最后排的我们。有一次，我们都把一个年轻老师给弄得大声哭喊起来：我们把一只死老鼠拖回了教室，放在讲台上，又把教室门的钥匙藏了起来，把门把手也卸了下来。这样一来，这位可怜的年轻老师想逃都逃不了。那死老鼠趴在讲台上，一双愚蠢的小眼睛直愣愣盯着他，散发出一阵阵臭味；那老师根本不敢碰这老鼠尸体，它虽然已经有点开始腐烂了，但看上去还是跟一只活老鼠没什么区别。他呆呆地站在那儿不知所措，而我和图拉在一旁煽风点火，领着其他那些小白痴们开始起哄，起哄声整齐得像个合唱团；我们所有人又是吼叫，又是窃窃私语，像是一堵墙一样不断逼近讲台上这小年轻。这小年轻站在讲台上发出阵阵啜泣，最后又想冲出门去找校长告状，教室门却早被锁死了。他只得一动不动地站在那儿，把目光转向另一侧盯着黑板。我们的起哄声和嗡嗡议论声依旧毫不停歇，直到最前排有人开始安静下来，他们之中有人悄声说道，老师在大哭。此刻，我们其他人也安静了下来——一个成年人站在班级里开始号哭，这也太奇怪了。我们安静下来并不是因为同情他，而是因为我们觉得，一个大人能在教室里大哭起来，简直丢人。

而后，站在角落里的艾克萨说道，门把手和钥匙都在讲台抽屉里。但那老师依旧站在那儿一动不动，好像什么都没听见似的。于是，艾克萨蹿上讲台，打开抽屉，从里面刨出了门把手和钥匙，走到那小年轻面前，伸手把它们递给他。艾克萨伸着手在那儿站了许久，但那老师只是站在原地艰难地喘着气，时刻试图压抑住自己的抽噎声，因为他觉得要是让我们听到他在哭，那可就更丢脸了。后来，他总算是接过了把手和钥匙，来回摆弄着教室门，试图把门把手和钥匙都重新插上去。但他又把钥匙给弄掉了。我们中的一个傻瓜跑上前去，帮他把钥匙捡了起来，但他忽然一把抱住了那男孩，撕扯着男孩的头发，像是完全发了疯；他敲打了几下男孩的后脑勺，好像这一切都是眼前这个男孩的错一样，而那男孩只不过是走过去把钥匙捡了起来而已。一旁的我们什么话都说不出，都没有人喊"呸！"，因为这一切都是如此错乱。接着，那男孩大声哭喊起来，扬言要回家告他父亲，因为他根本什么都没干，老师却打了他一顿然后又把钥匙插上门自己消失了在门外，嘴里只发出一声嘟囔，听起来如此愚蠢，像是某种抽噎和打嗝混杂在一起的声音。我们所有人都愣在原地一言不发，一切都看起来如此失控，眼前这男人发疯似的胡乱打人，谁都预料不到下一秒会发生什么。接着，我们能想象到的最蠢的事情便发生了：这蹩脚的小年轻真的跑下楼去告了状，动用了他能想出的一切招数，让我们都抓去被审问，抓出这场恶作剧的幕后凶手，因为这些凶手理应遭到惩罚——我们这群人毕竟马上就要成年了嘛，这根本不是我们该做出的事，我们这种粗野的家伙应该被开除出学校。我们只是呆呆立着，对被迫站这么久听各种废话感到越来越疲倦，就好像被迫观看一个大男人站在那儿像个婴儿般号啕大哭对我们来说还不够折磨似的。

后来，我们终于被允许下楼到院子里去。这整件事也不了了之了，毕竟大家都觉察到了这场闹剧是多么幼稚可笑。大家都斜眼看着这年轻老师，像是在想，这人就是个从来做不出什么像样事的家伙。

我们可能也同情他，但我们还是冷酷得说不出任何同情他的话。

图拉和我导演了这一切。这简直精彩：我们把老师弄哭了，同时又无意间让一个跟这事毫不相干的讨厌鬼也挨了打。整件事像是超出了我们的预期效果。然而看到一个脸面上不加任何掩饰的男人也是让人不舒服，我们平常都看惯了人们整日整夜戴着一层一层又一层的面具。不过，看着他这种样子也不至于让人太难受：他那张脸既不是完全端着，也没有完全崩溃掉，而是像一碗冒着热气泡的粥，随时可能变稀然后流淌掉，只留下两个哭泣着的黑洞洞的大眼眶和一个空荡荡的脑壳。

我们有着强大的力量。图拉有这种控制力：他能操控着一切，让一个大男人彻底崩溃掉。这确实是很恶毒，但这么做也是因为那一切已经完全超脱了我们的控制，变成了一出戏：我们坐在一边，盯着看一个大男人彻底地崩溃掉，变得像我们一样渺小，只剩下一副空空的头骨和一双四处飘浮着的眼睛。

然后我们便一下感觉到，我们和大人之间也并没有多大的差距——我们目睹了这么一个大男人失控崩溃的样子。遇到糟糕的事情时，大人们也是会像我们一样恐慌的。

但是图拉和我应该跟他们有所不同。我们应该做给他们看，能克服一切的真正的男子汉是怎样的。

我和图拉成天在一起，日日夜夜形影不离。在晚饭几乎还没有被彻底吞下去的时候，我便跑出了家门去找图拉，飞快地跑到图拉家去，跟他一起坐在他的房间里，热火朝天地谈天说地。唯一恼人的是，因为当时的宵禁和各种暴乱，我不得不早早回家；但有时在周六晚上，我也被允许在图拉家留宿，于是，我们便可以躺在床上，聊天聊到天亮。楼下的街上常常有暴动，人们开着枪四处射击，而我们根本不明白外面究竟发生了什么。我们不知道那些人到底是抵抗军 ①，

---

① 抵抗军（Sabotør），第二次世界大战期间丹麦人民组成的军团，在 1940—1945 年间的德占时期对建筑、船只和铁路进行破坏，以抵抗德军。

是沙尔堡党卫队①，还是"协保"②的人，只感到冷意顺着脊背一阵阵往上蹿：窗外一片漆黑，枪声就在我们脚下炸裂。有一回，里梅尔夫人走进了我们的房间，我可以感觉到她很害怕，但她还是安慰我们说别怕，不会有什么事的。可我们听得到外面的人们在喊叫，这让我们也想叫出声了——出于对外面一无所知的惶恐，也出于听到这如此骇人的喊叫的不安。这绝不是电影里演的那样，这种情节要是在电影里，只会让人觉得精彩又刺激：人们趴在地上，四处射击，以某种特定的方式倒下——踮着脚尖站着，转上一个圈，然后倒在地上，喊出一声"呃啊"。但是眼前这一切完全不同：外面的人用某种我从来没听过、我猜图拉也肯定没听过的声音吼叫着。某人在楼下的街上发出一声醉汉般的"啊——呃——呜"的叫喊，紧接着便又是一串"咔咔咔嗒嗒嗒咝咝咝"的声音或者爆炸的声响，这声音和电影里截然不同，听起来更瓮声瓮气，并没有电影院里听到的那种尖锐的金属感。而后一切便又重归平静，第二天早上也什么都看不到——我和图拉在街上来回走着，试图发现些什么痕迹，但街上什么都没有。连一个空弹壳都找

---

① 沙尔堡党卫队（Schalburgkorpset），第二次世界大战期间志愿以纳粹德国党卫军外籍军团身份进行活动的丹麦军队，其主要活动为对抵抗军进行反击。该军团建成于 1943 年 2 月 2 日，后于同年 3 月 30 日被命名为"沙尔堡军"，以纪念 1942 年在苏德战争中的杰米扬斯克保卫战牺牲的丹麦籍党卫军军官克里斯钦·弗雷德里克·冯·沙尔堡（Christian Frederik von Schalburg）。

② "协保"，音译自缩写 HIPO。HIPO 为德语 Hilfspolizei（意为"后备警卫军"）的缩写，是纳粹德国"盖世太保"于 1944 年 9 月 19 日建成的一支由丹麦人组成的后备武装力量。其主要作用为协助盖世太保反击丹麦民间的抵抗活动。

不到。我们两个会收集空弹壳。可是所有人都揣着一肚子关于昨夜的消息：有人说是一个特务被射杀了，有人说被杀的是抵抗军的人，还有人说，根本没人死。从这些说法中，我们得不到任何有用的消息。昨夜开枪的那些人就不像是人，他们大概只活在重重黑暗之中吧，白天一来，他们就不复存在了。

令人恶心的还有那些非法的地下传单，它们时时刻刻涌到我们的住处，在家里四处堆着。我老爸把它们背回家来，然后它们又被扔进每个人家的门缝里。这些传单当然是为了发给人们读的，但让它们堆在家里，则令人心烦：要是某天德国人闯进来，我们就会被家里堆着的这些传单出卖；德国人会把我们押走，我们根本抵抗不了。可图拉——或者不如说是他的母亲——却比这更放肆：她时不时就会把图拉派去发这种传单，让图拉把它们递到不同人家里去。图拉怎么可能不害怕，可他还是照做了。他背着塞满了传单的包走在街上，路过一群成天在街角的蛋糕店里游手好闲地坐着的德国人，我每次都害怕得快要尿裤子，而他却满脸挂着微笑。我是那样紧张，就好像知道他们马上就要冲过来把图拉的包收走似的。那群德国人整天坐在那儿，盯着店里的女服务员们看，那些女服务员站在那里，头发都用布包起来，梳成下垂的发髻，额前的碎发却还都直挺挺地立在空中。她们站在店里谈笑着，发出阵阵女孩子的窃笑，坐着的德国人们嘴里塞满奶油，奶油时不时被吹出几个泡。我们两个在沿街走出两步远之后都吐了几口——当然那时德国人从店里已经看不到我们了。

图拉当然也来过我家无数次，我爸妈在他面前时，也和在其他人面前一样，表现得相当笨拙。他们尽力不让自己表现得太特别，但还是看得出图拉来家里让他们相当高兴；就好像图拉的来访是某种荣幸，又好像是他的到来让整栋房子都蓬荜生辉。图拉总能以那种很合大人们心意的方式跟他们聊天：要表现得尽可能成熟，礼貌而带着微笑，同时眼中还得不时闪出些许讽刺的目光。这样的话，大人们就会彻底被折服了。这些对图拉来说易如反掌。他会讲起他这一天中见到的各种动物，让整顿晚饭都充满大笑。他用我父母的那种方式起劲地讲起话，叫着他起给他们的昵称时，我老爸都笑得快要弯腰栽到面前的甜汤里去了。他还能跟我住在楼上的哥哥恩斯特聊得起来，我哥哥已经是高中生了，但图拉还是能把他逗乐，让他回应他，就好像他们是同龄人一样。可图拉和我都还只是初中生。我们不停从一个学校辗转到另一个学校，因为德国人慢慢开始扣押流亡的百姓。我们觉得这种生活相当有意思：一切都没了秩序，谁都不知道第二天还用不用去上学。

后来战争结束了。我们看到一群群小伙子，我们完全不知道他们是谁，但看得到他们手上戴的臂章；他们开着卡车四处转悠，躺在货仓板上，掏出手枪在空中放上几响。这时眼前的一切又都像电影一样精彩刺激了，现在再不会有任何危险，所有人都欣喜若狂，我们也不例外。

老爸打开了他的烟草罐子，那是他在战争期间存下来的，但里面的烟草都发霉了，我妈妈看到后笑得快要岔气。我和图拉在那些曾经的德占区之间跑来跑去，那时这些区域都已经完全开放了，在那里，我们找到了一大堆武器和弹药。我们还带着鸡蛋和胶卷跑去英国人那里跟他们换香烟，然后站在街角，装模作样地吸着换来的"Wild Woodbine"

和"Senior Service"①。

我不记得后来发生了什么，我只知道，图拉要离开了，因为他母亲要去日德兰投奔某个人。他们两人从那栋公寓中消失了，图拉也再没有来过学校，而我不知道我自己一个人要怎么过下去。

他要走的前一晚，我们在街上边走边聊了很久。我们像两个彻头彻尾的白痴一样，聊着各种不相干的话。因为我们没法开口谈起该谈的事。人就是这么蠢吧，一个笨小子，在街上闲逛着，想要拥有很多，却一无所有，只有继续闲逛下去，人高马大的外表下，是孱弱渺小的内心。

"今天的作业你做了吗？"图拉问道。就好像他都已经跟我在街上晃了一整天，还不清楚我根本没做作业似的。

"唔，没。你还不也一样，"我说，"你现在得去乡村中学上学了吧？"

"闭嘴。"他说。他要去奥尔堡了。他才不是要去什么乡村中学。但我才不在意这些，他就算是要钻进地里的一个洞上学我也不在意。我不能接受的是，他要走了。他走了我要怎么办呢？没了他我什么都做不了。毕竟，那个脸上挂着放肆的笑掌控着一切的人，一直都是他。

他母亲在日德兰那边找了个男人，现在他们要搬到那儿去了，这对我来说，意味着一切都结束了。我身边什么都不剩，只剩下学校里那群肤浅的小子。自从我遇到图拉以来，我跟住同一条街的其他男孩们也断了来往。里梅尔夫人会搬到那一边的日德兰半岛去，继续捏着她的陶土，她会与图拉和那个新男人一起做各种有趣的事情，图拉和那个

---

① Wild Woodbine、Senior Service：英国香烟品牌名。

男人也一定会成为好朋友——怎么可能不会，他们三人会像牛蒡果般黏在一起，我知道。妒意已然在我心中燃起，我想跳起来，我想紧紧咬住他的胳膊，再也不松开。

"一起回我家喝杯茶吧。"我提议。

"好主意。"图拉说。看来现在这整场"马拉松"终于要结束了，我们已经不知把这整条街来来回回踏过了多少遍。然后我们回了我家，但没进客厅。图拉曾经在那里待过，又在那里向我们告别过，现在不需要再让这些再重演一次。我们悄悄溜进了我的房间，在那里坐下，我烧了一壶水，取出一包"多佛尔"茶，那包茶已不知被我藏了多长时间。然后我们便坐在那里，沉默着四目相对。

房间里的气氛后来渐渐温馨了起来。我们一起在我房里贴了许多张海报，不紧不慢地。房间里的味道变成了我们自己的烟草味，而不是以前那样只闻得到我哥哥的味道。

图拉坐在那儿，看起来很开心。突然一瞬间，他看起来又像是很期待离开似的。

"我妈妈简直彻底疯了。"然后他说道。而我也早已知道一切。

"她简直已经为那个男人彻底疯狂了，我从没见过她这样，她彻底疯了，"他说道，"我们要搬去那边的奥尔堡了，我要转到另一个学校去，这简直荒唐，我们明年可就得升高中了。我从没见过她这么疯狂这么不正常，她现在连工作也没了。"

"那个男人我连一面都没见过，"他继续讲道，"他从来过我家，至少在我醒着的时候，我从没见他来过。她每次晚上出门，应该都是去见这男人了。我们明天就要搬走了，真是荒唐至极，不过也挺有意思的，她把这一切都安排好了，虽然我根本就不认识这男人。"

"我一定会写信给你。"图拉说。我只是坐在那儿，抽着烟向他微笑，像是置身于一场真真正正的欢喜。写信，算了吧。写信这事，人们只有在暑假的时候才会干吧，而且顶多会写上一封罢了。现在看来我们要靠着写信过活了。现在我们得靠吃图拉寄来的信过活了——把它们当作上帝赐来的吗哪① 吞下肚去。可我早已习惯了图拉就在身边的日子，我只需要伸出手，就可以找到他，他就在那里，笑着，一双眼睛看起来像是能比别人的眼睛看到更多。

"现在你不用再见那个卡西莫多了。"我说。好像这有多遗憾似的。

"对，不过在奥尔堡也肯定会有无数个这种卡西莫多。"图拉说。"卡西莫多"是我们的一个老师，他就是个神经病，只要我们背不上来课本里的一个字，这蠢货便会大发雷霆。

"我会想你，"图拉对我说道，"不过假期我们肯定会见面的。"

"嗯，"我说。"嗯"。只一声单薄的"嗯"。

"不抽支烟吗？"我随后问道。

我们抽了最后一支烟，然后他就离开了，他得回家打包行李。我们在临街的家门口站了一会儿，然后我看到我父亲不知从什么地方回来了，我们便开始沿着街往下走，因为我们现在谁都没心情跟他讲话。我们走到了街角一个卖烤香肠的小车旁边，在那儿停了下来，那里站着一个人，

---

① 吗哪（Manna），《圣经》和《古兰经》中记载的一种天降食物。《出埃及记》第16章记载，古代以色列人出埃及时，曾度过40年的旷野生活。其间，耶和华降吗哪给以色列人作为食物。

跟卖烤香肠的人喋喋不休地讲着什么关于"外汇透支"的东西。我们得站在这儿道别了，图拉要走了。这简直令人崩溃。到了我们不能再继续在那里站下去的时刻，我们握了握手——这简直是最奇怪的事，因为我们平常几乎不会握手。我们互相道别：再见、照顾好自己、再见了你小子……我们说着这样那样的道别的话。

我随后就马上回了家，把自己扔到床上，躺在那里想各种各样的女孩，直到再没有东西能让我想下去。我觉得自己就是世界上最可怜的人，我找不到我自己存在的意义。后来我睡着了。第二天早上醒来时，图拉已经不在了。可三个月后，他又出现在了我面前。然后再也没有离开。

第四章

后来某一天，他又重新坐在了我们的教室里，就像从来没离开过一样。我们只需要走到他面前打个招呼，一切便又一如往常。至少在刚踏进班级门的那一刻，我们是这么觉得的。但在更走近他、然后在座位上坐下来之后，眼前的一切却又变得有些棘手了。他那张脸的正中，是一种奇怪的空洞，我们看到之后都差点儿以为有人顺着他的头削了一刀，把什么东西给削掉了。他脸上少了些什么，但谁也没法一下子说得出到底是少了什么，而与此同时，他脸上还能看到些之前从来没有过的东西——可能是那种有些淡漠的神情，又或是那双目光变钝了的眼睛。

我们瞬间便把那些因高兴见到他而起的、早已挂在嘴边的欢呼声咽了回去。我们拘谨地站在那儿，把刚才那巨大的喜悦感重新吞回肚子。因为他看起来像是早就忘记了我们这群人的存在。不过之后情形又变好了些。他突然看到了站在那儿的雅努斯。然后我们互相问了好，我问他这段时间过得怎么样，他告诉我相当好。其实他不必回答的，我站在三百公里开外都能看出他在说谎。其实他不必回答的。他的回答让我很受伤。不过他也马上觉察到了我们之间的不对劲儿，他一定只是一时忘了他是图拉，而我是雅努斯。可我们也没再继续聊下去，因为得开始上课了。我感到如此幸运，脊背一阵阵颤抖，暖意沿着脊梁骨上下蹿。他回来了，现在我们可以继续向班里那些大大大大讨厌鬼宣告，图拉和雅努斯又回来了。图拉回来了，图拉回来了，图拉又回到我们身边了！我要把他眼睛上蒙上的那层灰擦掉，我一定要。

我们互相写过的那些通愚蠢的信，写得倒是很好很有趣，但从它们之中根本找不到任何蛛丝马迹能让我搞清楚图拉脑袋里那些缺了又回来了的东西究竟是什么。不过我很快会弄明白的。我们只需一起在这座城市的街上来回闲逛上几遍，我就马上可以知晓一切。然后我们就又可以伴着烟草和茶一起坐在卧室里聊天，聊到五脏六腑都要冲破头顶飞出来，那样的话，我们可以把它们挂在脖子上，或者把它们像月桂树冠一样给对方戴在头上。

忽然一下子，我可以开始像打量别人那样打量他了。我之前对他的长相从没有概念，之前我们一直都是并排着在街上走。但现在我能看得清他了。把这家伙当作一个人类来观察，可真是种奇怪的感觉。他就坐在我旁边的位子，盯着黑板看。我先前从不知道他长得好不好看。对，他真好看。我觉得他的肤色是黝黑的，他身上所有部分也都带着黑或棕的色调。他有一头浓密乌黑的头发，它们被顺着额头向后梳上去，长长地延伸到耳后，在那里被固定下来。可能是鼻子的缘故，他看起来像个印第安男人。继续细看他的时候，我在想，他可能真的是个印第安人吧。没错，他是个印第安首领。他经历了一场漫游，现在回到了家。他现在回到了他的族人中，不再是只在无边无际的凶险的大海上漂流的小船。他回到了他的印第安妻子身边，他回来了，而我，也谦卑顺从地低下头去，好像我也是这么一个属于他的部落女人一样，时刻准备好跳进身边的井，只等着酋长一声令下。他脸上那些之前从未见过的神情甚至让他有了更强大的力量。他离开了三个月，完全没有我的参与的三个月。他的印第安女人吃醋了。一想到他经历了什么事，让他那张脸变成了现在这般，我便感到一阵失落。他一定是觉察到了我坐在那里盯着他上下看，因为他忽然转过身来，看向我。一阵热流在我胃里上下翻滚着。坐在那里看向我的人是他啊。他这蠢猪。

"你们最近都在干什么？"他问道。

我弯下身子靠在埃里克宽阔的后背上，好让我自己能回答他。

"最近有好多事，"我说，"你回来得正好，我们正好要办一个庆祝会呢。这事你知道的，我很久之前跟你讲过。我们中间有一些人要升高中了，还有一些要上职业学校，所以，学校允许我们办个大派对庆祝一下。但当然现在还没人能把这事真正组织起来。现在是时候了……学校已经批准了我们可以把 18 号教室装饰一下。但我们还是得去问一下那些家伙，我们到底能带多少啤酒。"

实话说，我们之中根本没人热衷于喝啤酒，毕竟我们现在还在以茶为生。但既然是现在这么个情况，那我们手上肯定得来瓶皮尔森①，只要先把一瓶喝下肚，第二瓶就容易多了。

"啤酒？"图拉说，"买苦艾酒和琴酒②都没问题！"

"校长手下那跟班不让，"我说，"那家伙看见牛奶瓶的

---

① 皮尔森，啤酒名，产于捷克。
② 琴酒（Gin），又译为"金酒"，又名"杜松子酒"（geneva），世界第一大类的烈酒。

铝箔纸盖都能醉倒，他肯定会觉得，我们的身体受不了酒精。这段时间什么都变得越来越'正经'了，实在让人不能忍。"

先前我只有一次喝醉过，在我大哥办的一场派对上。图拉心里清楚我们从来就对烈酒没什么概念，但我们还是不停谈着这个话题，就好像我们是群酒场老手似的。

那堂课终于结束了。那一整节课都在试着保持清醒的老师嘟嚷着走出门去，打着哈欠，头都快被那哈欠撑裂了。教室被一种无所不在的死气沉沉的气氛笼罩着，此时没人有兴趣下楼到院子里去。外面很冷，就因为某个傻帽说过给肺里来点冷空气对年轻人有好处，就把自己赶下楼到院子里去，完全没有意义。再想想这么吸进去的那些"新鲜空气"——我的天，那还不如直接去矿井里面吃上一勺煤。但接着，楼层看管员就突然叫嚷着闯了进来，把我们请出了教室，赶到了楼下的院子里。我们发着牢骚走过他身边时，他用他手上那弯曲的小棍子在我们每个人的后脖颈敲了一下。他经常拎着这小棍子到处走来走去。

我们走到了自行车棚旁的一个角落里，跟其他"派对委员会"的人们会合在了一起。毋庸置疑，图拉是这个"委员会"的会长。其他的"成员"还有我、艾斯本和科特。艾斯本还算正常，他能为筹备派对帮得上忙，而且还会画画；但科特就是个招人烦的蠢货，一个成天在各种地方蹿来蹿去、什么事情都要插上一脚的无名小卒，油嘴滑舌，令人反胃。这家伙又如此黏人，只要想想忍受这么一个家伙有多难，就让人觉得是无法忍受的折磨，不想再继续想下去。

图拉用胳膊肘撑着一根柱子，斜倚在那里。

"看到你回来真是太棒了。"那小马屁精说道。这虚伪的家伙。在图拉回来之前，他费尽心思上位，他觉得自己才是我们"派对委员会"的头目。可现在已经没他的份儿了。图拉回来了。

"看来我们每人不能带超过一瓶啤酒，"艾斯本讲道，"我们去问他能带多少啤酒的时候，他脸色相当奇怪。"

"我们今天放学后会得到具体消息的。"我说。

"我搞得定他。"图拉说。他依旧用胳膊肘撑着柱子斜立着。他斜倚在那儿，用一只脚站着，整个人都很放松。他脸上那奇怪的神色消失了些许：他现在又开始接手那些我们其他人从来搞不定的事了。

"他算什么东西，我们总共有多少钱？"图拉问。

管账的人当然是科特。他除了算账什么都不会：他坐在那儿，用香肠样的小手指写着一列列整整齐齐的数字，拿着一把算尺把它们算出来。他坐在那儿写下"阿尔纳还欠 2.85 克朗"，看起来像在写一部 14 世纪的用花体字书写的圣经的开头。然后，他便开始了一长串的絮叨：我们有多少多少钱，他觉得应该把多少多少钱用来买香肠，餐具还得花多少多少。图拉只是心不在焉地站在一旁。

上课铃又响了起来。我们拖曳着脚步向楼梯间走去，其他那些讨厌鬼像一群虱子一样挤在我们周围。我紧紧挨着图拉向前走，好似躲进避风区。我们听得到科特跟在我们后面用一种礼貌的笑声笑着，声音让人反胃。我跟图拉之间还是隔着一层障壁，我还没能彻底打破它。他就像藏身于一滴巨大的水滴，人们清清楚楚地看得到他，却无法触及。

"你妈妈怎么样了？"然后我问道。

这话只有某位雅努斯问得出来。只有我这头蠢牛做得出这事。我当然一直清楚，哪些事情我不该问。但，看吧，事已如此。这问题优美地在空气里盘旋着，钻进图拉的耳朵，仿佛一条冰冷的蛇钻进耳孔，让人只想一把拽住它的尾巴，把它揪出去。现在并不像是那次在桥上那样，那次我问了些关于他爸爸的事，然后便听说了他没有父亲，因为他父母离婚了。那时当然也是个错误，但当时也没怎么样。可现在，我犯了个大错。

他只是顺着楼梯向上走。不回头，也不看我。

"嗯，她挺好的。"他说。

他终于抬头向上看，但那张脸又蒙上了一层灰。

校长站在楼梯平台上喊我过去。"都听着！"他的声音听起来让人觉得他怕得快要尿裤子了，因为他得跟我讲，我们每个人只能带一瓶啤酒到派对去。

图拉在楼梯平台上停住了脚步。校长目光转向他，脸上马上换上了喜悦的神色。可图拉就像没看见这么个人似的。我也的确不知道图拉到底看没看见他。

校长从我身边溜过去，向图拉走去，费劲地走到他面前，直到图拉看到了他。校长脸上挂着种愚蠢可笑的神色，对着图拉宣称，他有多高兴他重回学校来。忽然他又想了起来他本是要来找我们谈什么的，于是，他马上变了另外一张脸，蜷起身咳了几声，告诉我们每人只能喝一瓶啤酒。他也愿意来参加这个派对——他说——如果他也会收到邀请的话。

"嘿嘿，嘿嘿！"他笑道。

我站在一边，用脚踢着地。因为看着这么个老家伙露怯实在让人尴尬。这么大的一个人，都不知道在一群十四岁的男孩面前应该怎么表现，那做大人对他来说一定是场最可怕的酷刑吧。是人长大了就会变得这么蠢吗？还是他一直就是这么蠢？科特也是这么个家伙。一个胆小鬼。一个伪君子。一个马屁精。这儿的所有人几乎都是这样。或者他们就是一大碗稀饭里的灰色的小饭块，有气流冒上来时，它们便会不时发出零零星星的"咕噜"声冒到表面上。

图拉直挺挺地站着，好像在扮演一个童子军，立在那里准备好接受"打破用特别的原始方式清茅房的纪录"的才能奖章。狂妄从他的脸上闪出来，那又老又蠢的校长应该已经嗅出些不对劲儿的味道了。而图拉只是静静站在一边，任由各种连篇累牍的絮叨从他那两片嘴唇间流淌出来，就好像他脑袋里装的都是啤酒面包汤一样。终于，我们可以继续上楼了。楼梯因为校长把我们拦住讲了那么久而变得空荡荡的。我们谁都不说话。之前问出口的关于他母亲的话让我觉得害怕。我们沉默着一言不发。可我舌尖上就挂着些想说的话。图拉觉察得到。我们之间就好像有一个等待被填满的空洞。或者他也可能在想，今天不能再让什么棘手的事情发生了。或者——我打赌——今天也不会再有什么棘手的事了，这可是他回来的第一天。今天我绝对不能再说错话了，不能再冷场下去。今天不能再有难堪的事了。我想填满我们之间这个空洞，可我不知道该怎么去填。现在开口聊关于派对的事也是错的。那样听起来也太不自然了，图拉不可能觉察不出来。

在我们快到教室的时候，他转向了我。

"你放心吧，我们会有烈酒的。"他说道。

我眼前就是他的脑袋，因为他的一转身让我们站得如此之近。包裹在他外面的那层壳仿佛裂开了，我几乎听得到它迸裂的声响。他的眼睛又看起来跟三个月前一样了。它们被彻底地吹拂干净了。这时我才第一次开始期待那场派对，我几乎都没办法平静地站着。

"是吗，见鬼，我们要把烈酒往哪儿放？"我说。

"我们可以把它们放到那个小楼梯后面，那样的话只有校长理事会的人能看到。我们也可以随时跑去看着它们。"

"我们还得……"我几乎是吼了出来，"我们还得，我们还得……妈的。"我忽然不知道我想说什么，我只知道，我们还想做更多更多有趣的事。

"我们还得把我们自己灌醉呀。"图拉帮我解了围。

没错。我们得把自己灌醉。

我想到了我的父亲。大概是计划喝醉这件事让我忽然想到了他。我甚至没有注意到讲台上的老师因为我们回来晚了有多生气，因为此刻我脑子里只有我家那老头子。他经常喝醉，但从不会喝得不省人事，只是跟朋友们一起高兴地谈笑，像动画片里欢乐的小猪一样。他在这时会变得和蔼起来，快活地发表上一通关于学生生活多么快乐、别忘了趁年轻好好享受你的生活之类的说教，虽然喝醉这事对我们来说还太早。其实我想，那些在他眼里看来有价值的人，都曾以学生的身份四处游荡，无论他们当时是老还是年轻。我们得先拿到毕业帽，或者得先有希望拿到毕业帽，才能算数。这与学识无关，只是，那些关于毕业帽和各种协会和各种共济会和各种其他乱七八糟的想法，让这老头子觉得自己已经站在了高高的云层上，跟霍斯楚普[①]

---

① 延斯·克里斯钦·霍斯楚普（Jens Christian Hostrup, 1818—
1892），丹麦诗人、剧作家。

肩并着肩。

　　我没办法停止把自己也想象成这么一个人。这可能是我人生中第一次想到，成为这样一个奇怪的人也并不是多么值得欢喜——他们每天上蹿下跳、自我吹嘘，就好像觉得，一瓶啤酒、一盅烧酒、几块小三明治、敲着桌子碰着酒杯一起合唱起的协会歌曲册第48页的会歌，这些加在一起就是他们的天堂；他们从中感受到欢乐的气氛，还得挤出几滴眼泪，来纪念他们不知第几百万次这样温馨地聚在一起，和同样的人一同享用着同样的三明治。不过跟图拉在一起的话那就不一样了。我们这个派对可是为了庆祝他回来。我们两个还要滴血结拜，我们两个还要一起喝啤酒，我们还要一起调苦艾酒。我们要饮下啤酒琴酒苦艾酒然后结为兄弟，这样我们才能重新找回自己。如此纯粹，一切都会如此纯粹。这样的醉是完全不一样的醉，跟那群聚在一起多愁善感的中年人完全不同。啊，不，我们应该把它搞成一个原始的荒蛮人民的聚会，大家一起喝到烂醉，聚起全身力气以头抢壁，再被弹回来，以此为乐。我们应该成为古代的勇士。我知道，图拉可以成为这样的勇士。上帝哪，他可以喝到烂醉如泥，从百层高楼的窗上跳出去，用头着地，然后还毫发无损地走回里面，冲上五楼。而我，之前从未喝醉过，我根本都不知道自己能不能受得了醉酒。

　　科特，这狡猾的小蛇，忽然把我从思绪中唤醒了。他坐着，手里递出一张纸，上面写着我们有多少钱和多少张装饰用的皱纹纸、我们还需要多少纸拉花。我把那张纸塞给图拉。图拉在看账单的时候，这小蛇卑躬屈膝，顺从地快要贴在桌上打滚。突然，图拉手上的铅笔在整个账单上划下一道巨大的叉，上面的所有字都看不清楚了。那小蛇溜走了，像吞了一只炉灶似的。他那"富丽堂皇"的账单不见了。这小宝贝的整个世界都崩塌了。

"我们得喝到醉，不是吗？"图拉说。

那小蛇坐在那儿，嘴里喃喃着什么东西。但他没胆开口，虽然图拉搞毁了他的账单。多棒啊，图拉又回来了。

"你得喝到醉，科特，"图拉继续说道。"不对吗？"

"对。"他咕哝了一句。

"皱纹纸和拉花要怎么弄呢？"图拉问。

哎哟哟，哎哟哟。这小雀儿坐在那一言不发了。我们当然也不需要什么拉花和皱纹纸——虽然话说回来当时提这主意时我也有份儿，那还是在图拉回来之前。现在用不着了。我们的大首领又回来了。我们现在得搞点完全不同的事情、更刺激的东西。

我们站在18号教室开始布置的时候，那小蛇又重新恢复了精神。我提议把整个教室弄成维京海盗的风格：我们可以在墙上画上穿着维京海盗衣服的老师们。"卡西莫多"就画得更白痴一点，比他平常还白痴。还有那个"小灵猫"——学校里另一个奇怪的畜生，就画成个贫血的弗丽嘉①的样子好了。

我们在那里跑来跑去、忙上忙下的时候，教室里有种令人愉悦的气氛。图拉站在一把椅子上，试着把墙上的一幅画取下来，同时还指挥着我们其他这些趴在地上、在纸卷上画装饰的人。我们唱起歌来。那是我们自己编的唱校长的一首歪歌。歌词的大部分都是图拉写的，我们唱着，把那首歌吼了有一个小时之久。"校长大白痴，校长搞砸事，

_____

① 弗丽嘉（Freja），北欧神话中的女神，是爱神、战神与魔法之神。

校长大屁股，校长爱放屁，校长大狗屎，校长爱吃屎，校长——王——八——蛋！！！"最后一句特意被加重了声调，摇摆在空气里，在整个校园里回荡着。科特继续吼着第二段："教会是妓女，那里长着毛""谁要是耗子，谁就能偷看……"我接着他喊。这简直成了一场盛大的狂欢。我猜科特之前从没把这种词说出口过。至少他绝对没吼出过"教会是妓女"这种话。但他现在竟然也跟着我们一起唱了。这小蛇。图拉继续唱道："你脱下裤子，就……"，但忽然又住了嘴。因为除了他这个领唱的头号人物之外，没人还在开口唱了。我们根本没有看到他，他就那么用他惯常的方式潜入了我们之中。此刻，他傻站着，不知该说些什么好。他清了清嗓子，终于咕哝着说道，我们不该把这首美好的宗教歌曲唱成这样，尤其是在办派对的时候。"这可是丹麦的'文学瑰宝'① 之一。"他终于让自己开口说道。然后他溜出了门，剩下我们在那里笑得快要窒息。我们笑得直不起腰来，整整一个小时都在学他说"文学"和"瑰宝"，学到恶心为止。科特还是在为自己说出了那样的词感到有些害羞。可与此同时他又露出些像只大公鸡般的骄傲神态，就好像是第一天学会自己骑自行车似的。

我们周五晚上一起回家的时候，图拉一直不太说话。外面街上在下雨，在夜晚的光线下看我们的学校，有种奇异的感觉。我们只看到过它在日光下的样子。这感觉就好像听到过汽车轮胎擦过湿漉漉的柏油路面时发出的那种与平常不同的咝咝声响一样。可或许这种不同的感觉也只是因

---

① lidderadur klenodier，意为"文学瑰宝"。本应为 litteratur-klenodie，说者将 litteratur 一词中的 t 全部说成了 d。

为街上的霓虹灯反射出的光，而我们恰好正带着颗昏昏沉沉的脑袋走在路上。学校只是个白天来的地方。但现在我们得了允许，晚上也可以来学校，这相当棒。要是图拉在我们单独相处的时候能开口说些什么，那就更好了。不过他说的我也不一定听得懂就是了。他在奥尔堡可能和其他什么人之间发生了一些事，与他母亲无关，而我之前的那些荒谬的想法都是错的。这可能才是现在我们之间的不对劲儿的由来。他可能在奥尔堡又遇到了另一个雅努斯吧。他何不直接告诉我，让我知道是怎么回事呢？不过无所谓了。我不在乎。我才不在乎他是不是在那找到了另外一个比我更好的好朋友。可能他觉得现在就直接向我坦白不太好吧。对，得等派对过后再说。如果他真的是打算等派对之后再告诉我的话。我们现在还可以一起享受一个派对。然后我们还会恢复如初，就像这之间什么事都没发生过一样。

　　一瞬间，我脑中闪过一个模糊的画面：一个剪影，可能是个人吧，然后又是一条连衣裙、一条短裙，我脑海中不停地涌现出各种无关紧要的物件。这让我觉得毛骨悚然，差点儿就要钻进旁边的他的身子里去、用手捂住他的嘴大声喊起来——"等等……"他看向我，就好像在看一个神经病一样。这时的我也确实是个神经病，不然我怎么会整个人像犯了癔症似的呢？

　　"啊……好，"他说道，"你怎么了？"

　　"没事。"我答道。我刚才连呼吸都快没了，现在必须得小心点，别一下子吸气吸得太猛。

　　他向前看去，我们继续向前疾走。其实我们并没在疾走，而是拖着脚步穿行在雨里，向市政厅广场走去。穿过市政厅广场的时候，我瞄了一眼街角的电子钟。要是不想一直走回家的话，我就得在这儿坐电车了。

"呐，我得从这儿去十四站台了。"我对图拉说。

"嗯，没关系。"他回道。

"那，晚安吧。"他说。"拜拜，雅努斯，路上小心。"

我上了站台。"好的。"我对着站台下的他说道。这情形完全像是我要去奥尔堡似的。我们这是在演什么闹剧？我把身子探出电车后门，向图拉挥着手，好像要跟他诀别，好像我们马上就要死了。但这只是个稀松平常的周五晚上而已，他只回到我身边不多几天。可我现在就站在那儿快要哭了。简直再糟糕不过。

"拜拜，"我向雨中喊去，"拜拜，路上小心！"

然后我们回了家。然后睡觉。起床。上学。坐在教室里。在心里数着现在距我们的派对只剩多少多少天多少多少小时。然后再告诉自己，现在不要去想它的话，时间就过得更快了。自己跟自己说出这么智慧的话，感觉真棒。

我们的指挥官图拉已经安排好了一切。他让艾斯本买了啤酒和琴酒。它们现在都放在艾斯本家的车库里。我们只需要把它们偷运来学校。我们还为这派对安排了一个小舞台：当然，那是个阴森的角落，法语老师经常在那儿拉小提琴，还有另一个老师也经常在那儿读各种东西。他们当然也会来我们的派对，毕竟得有人盯着点我们。但我们已经买通了他们。买通他们的是图拉，一如往常。一切都按计划顺利进行着。

周六下午三点的时候，艾斯本带着我们的东西来了。它们毫不费力地被带进了学校。我们把琴酒裹在夹克里，做出一副漫不经心的样子带着它们走上楼回到 18 号教室。我们就这么放肆地走上了楼，连猫都没瞧见我们。然后我们站在那儿，盯着那些啤酒箱待了一会儿——我们一共有四箱啤酒，可学校只允许我们带一箱。我们也别无选择，只能把它们背上楼，碰碰运气。要是有人忽然来问的话，我们就说我们只有一箱，那一箱正在被搬上楼。我们开始了我们的搬运工程。整个过程进行得很顺利，没有一个家伙开口抱怨。我们正往楼上搬第三箱的时候，不出所料，校长下了楼准备去某个地方，我们装模作样地鞠着躬向他微笑。他愚蠢地提点了我们几句，让我们笑到要吐，然后他就消失了，我们便接着把剩下的啤酒都运上了楼去。我们开了几瓶啤酒。把它们喝下肚的感觉也没什么特别的：得先逼自己把第一瓶顺着嗓子灌下去。可我们还是兴高采烈地说着干杯，碰着啤酒瓶。科特喝下第一口啤酒的时候，眼泪都冒出来了。在这种小宝贝儿身上人们能找到不少乐子。图拉把酒瓶立在他脚边，活像个泥瓦匠。那瓶子就静静地立在那儿，给人一种相当老成的感觉。到快四点的时候，我们已经喝了两瓶啤酒。我还能感觉得出来。我们跑来跑去，嬉笑喊叫，兴奋至极——这可是属于我们的派对，是我们自己办的，厨房里那两百瓶啤酒、那些琴酒和苦艾酒，还都在等着我们呢。大家都看起来兴高采烈，就好像是提前预支了成年后的生活，因为我们有酒，我们可以想喝就喝，虽然在此时这还是被禁止的。

　　之后的几小时就变得奇怪了起来：我们得熬过派对真正开始前的那几个小时。那几小时如此诡异：我们在这巨大的快乐前不安了起来。我们到处走来走去，重复做着上百遍根本没意义的事，只是为了找些事做，以此掩盖掉心里那些真实的情绪。我们去一家小酒馆吃了晚饭，每个人都觉得很不自在，因为我们从来不习惯下饭店。科特一直坐在那儿盯着他的钱包看来看去，想着那三块五够不够他付那盘烤肝的钱。这种家伙让人觉得遗憾，他们跟别人一起出去的时候，从来都表现得手足无措。

　　一刻钟过后，在派对开始前，我们回到了学校。而其他人现在正要往城里去。他们正坐在四面八方开来的电车上，环绕着这座城市，也和我们一样对接下来的一切充满期待。校园立在那里，看起来像时时刻刻都会飞起来，它里面装了太多不寻常的东西，所以分分秒秒都会爆裂。那些啤酒瓶可别跑出门外出卖我们，我们可正沉浸在这放纵的一切中，期待着发生些什么不平常的事。

　　我们回到学校的时候，校园那扇大门却还是一如既往地来回摆动着，石膏像们伫立在夜空中盯着那片黑暗，一如往常。人们都要为这些石膏像感到难受了，因为它们从来没法合上眼睛，永远只能盯着前方。我们上了楼，点亮了桌上的蜡烛，其他人也都在这时陆陆续续进来了。他们打扮得快要能给圣诞树做装饰：他们大大的眼睛闪着光，就像圣诞老人的眼睛一样，身上还穿着几乎小到不合身的蓝色套装——他们已经长高了。他们的嗓音怪怪的，吼着又升又降的调子，听着像把坏了的口琴。时不时地，他们还要在一句话中间喊上一声"嗨"。我和图拉跑来跑去，动作猛烈地挥舞着手臂，给每个人指派着位子。那些也要来参加、顺便来盯着我们的老师，也都来了，跟大家握着手，让人觉得很傻。最后来的是校长，就跟每天早上的晨会那样，让我们分分钟觉得他会让我们打开书唱"那高高的山上……"——旧歌集第77页，新歌集第218页。可他只是站在那儿，嘴里含混不清地说着我们把教室装点得多么多么漂亮。他根本不知道，外面的楼梯间还藏着我们的"烈酒军团"。墙外十米处藏着那么多烈酒，多到这胆小鬼可能一辈子都没见过这阵势。派对开始了，我们给每个人发了用纸餐盘装着的三明治。然后我们喝了我们"被允许喝"的那一瓶啤酒。酒精催生出了热烈的气氛。我们唱起了那首里面有许多关于老师的歌词的歌，每次我们想要回头看向某处的时候，都会先吞上一大口琴酒或是苦艾酒。教室的正中，图拉站起了身，对着老师们和校长讲了一番话，为他们允许我们办这场派对致了谢，也感谢他们来加入我们，监督我们。其他所有蠢货们都爆发出了一阵大笑。我们笑得更开心，因为我们清楚，我们把校长给捉弄了。而现在校长真的站了起来发表了一大通讲话，说我们现在开始了真正严肃的生活，因为我们要升高中了，还有一些人要去职业学校。没人愿意听他讲这些，可现在他又开始了那套令人难受的假大空的说教。可我们还是得坐在那儿，想着我们今年已经多大了，想着这个年龄是多么美好，因为从现在起我们终于是个算得上数的角色了。那天晚上他们甚至还准许了我们吸烟，我们坐在那里，一支接一支地抽着，把烟圈吐到校长跟老师们的脸上。

　　表演节目的环节要在一个小舞台上进行：那"舞台"在房间的尽头，后面还挂着一块窗帘，看起来都像一个真的戏台了。那窗帘的后面是一扇通向楼梯的门，那里藏着我们的啤酒。我们中场休息了一下，让大家能出去换换气，男孩子们也可以趁此下楼去趟厕所。他们下楼去到院子里的洗手间时，便会发现，只需要溜上后门的楼梯，就可以找到我们的啤酒了。于是，大家纷纷溜上楼，取来一瓶又一瓶啤酒和琴酒。他们又是窃笑，又是用脚刨着地，我觉得校长、看门人跟老师们都马上要被他们招过来了。可图拉打点好了一切，他随时留着几个小子在教室里。可是之后所有的浑小子们都跑到了院子里，声音吵闹得比地狱更恐怖——酒精冲上了他们的脑子，他们绕着院子跑来跑去，跟在打手球锦标赛似的。

现在，灌下一瓶啤酒已经再也不困难了。我一瓶接一瓶地喝，科特也马上要酩酊大醉。他手拿着一瓶啤酒，以一种奇怪的姿势坐着，一边嘴角看起来有些下垂。我走过去跟他说，他现在得控制住自己，表现得正常些，然后他反问我，这关我什么事。我告诉他，他现在得离开这里，他听了之后竟显出种相当愉快的神情，因为他终于不用再逼迫自己喝完手里那瓶啤酒了。我喝干了自己那瓶酒，站在那里想着，我现在也快跟我爸爸一样了。我听到图拉在教室里喊了几句，然后我过去把教室里那些小子们都赶到了院子里，好让他们等会儿能上台表演。在我踏进教室的那一刻，我听到了一声叫喊和一阵喧闹：所有人都凑在一起，激动得快要沸腾，老师们也带着张扭曲的脸站在那儿，因为他们马上得上台表演了。图拉爬上高处，脸上又带上了他放肆的微笑，等着一切归于平静。他看上去像是深知自己就是这场滑稽戏的导演，一切都会如他设想的那样进行下去。我手心忽然冒出冷汗，眼前这一幕忽然让我想到了死老鼠那件事，那天所有的事都超脱了我们的掌控。要是现在场面也忽然失控该怎么办。可他忽然从高处把目光转向了下面的我，我们两个之间忽然就像牵上了一根线，一根电话线，他不断顺着这根线把力量传给我，像输血那样。我一下便对眼前的一切松了口气，这也是因为我现在觉得身体有些发热，刚才灌下肚的那些东西让我一阵晕眩。

我马上要醉了。艾斯本看起来害怕得要命。他大概从没有喝过这么多酒吧。

图拉请了法语老师登台。法语老师胳膊下夹着小提琴爬上了舞台。他说他打算拉段巴赫的曲子。我看到，科特马上换上了副相当巴赫的表情。我差点儿就要冲他吼起来，可又一下察觉到了自己喝得有多醉。台上那人开始"锯木头"了，那呻吟般的琴声回荡在整个校园。之后他又拉了段莫扎特，拉了段勃拉姆斯，然后最搞笑的压轴一幕就来了：他唱起了高音，但这"高音歌手"听起来跟拄着双拐在唱似的，我们还是头一次听这种男高音。所有人笑作一团，天花板上的灯都笑趴下了。台上那可怜虫看到后还以为自己的表演有多精彩，于是唱得更卖力了，让人禁不住开始同情外面的猫。终于，这家伙演完了，站在那翕动着嘴唇，接受着那潮水般向他涌来的口哨声、欢呼声和掌声。然后我溜出了教室。我一直坐在教室最后，以便能随时偷偷溜出去。我顺着黑暗的楼梯跑下去，来到院子里。那里我可以看到楼上的18号教室，也听得到图拉的声音从窗户传出来，他正在对安德森老师精彩的表演表示感谢。天空飘着些小雨，我站在那儿打了几个酒后的饱嗝。这是场欢快的雨，是所有落向校园的雨中最欢快的一场。我站在院子正中，融入了黑暗的夜色，任由雨滴落在我的发间，听着楼上教室里和学校另一侧路上驶过的汽车的喧嚣声。我是个幸运的人——因为我们在18号教室这场盛大的狂欢，也因为图拉的归来，是他让所有事情都顺利地进展了下去。我走向自行车棚，给了某根柱子一记耳光——我忽然很希望发生点什么事情。图拉结束了他的讲话，现在开始了内斯达尔老师的朗诵。几个零星的词从窗里传出来，中间还不时伴着几声大笑。我走向远处，撒了一泡尿，用手撑着墙斜立着，享受着这一刻。然后我顺着后门的楼梯上了楼，走到了我们的"藏宝处"。我用脚踹着立在那的无数个酒瓶，门的另一侧同时爆发出了一阵喊叫。让我一下以为世界要毁灭了。可是什么都没发生。我身后的门外是一片黑暗，我坐在那儿用奇怪的姿势摸索着我身边的一切。我摸到了一瓶琴酒，拿起来大大地喝了一口。那口酒在我胃里烧着，都快烧到盲肠去了，但这感觉真猛。现在，图拉马上就会和我一起回家，坐在我的床上，把他经历的所有事情讲给我听；我们还会打开窗户，躺着看向房檐外，看雨水汇集到檐沟，然后像一条河流一样向排水沟淌去。我们还要追几个女孩，我们马上就到这个年龄了。可要是图拉和我之间忽然有了别人，会很奇怪的。不过就算这样，也没法阻拦我们依旧像以前那样做什么都在一起，因为能跟我们两个在一起的女孩，肯定会觉得这没问题，而且我们做的事情她们也一定会感兴趣。否则，她们根本不可能成为我们的女朋友。好吧，我完全不必为此担心。只要图拉还在就好。只要他不去奥尔堡，然后再带着一双蒙了灰般的眼睛回来。至少图拉肯定会有个很正常的女朋友的。我在把那瓶"云杉"放回去之前，又喝了最后一口。总有一天会有一个女孩跟图拉在一起的，一定会的，可要是图拉有跟他在一起的女孩，而我却没有，那就很奇怪了。所以如果图拉有了女朋友，我要怎么办？我要怎么办？怎么办？没错，图拉总会有女朋友的，这对他来说是毋庸置疑的事。不过现在我觉得是时候下楼回18号教室了，不然计划会乱套的。可我心里总梗着些关于图拉和他的女朋友的事，让我有些不舒服。我完全没法想象那时自己该怎么办。

我再回到院子的时候，像是走入了一面墙：雨忽然下得如此猛烈。我走上楼溜进了教室。我重新出现在教室的时候，一群傻小子盯着我看，因为我浑身上下都湿透了。但内斯达尔老师忽然做了些什么动作，他们又把目光转回到了他身上。可图拉明明看见了我，却又表现得像是没看见似的。就像那天在教室里一样。他整个人很诡异，像是忽然见了鬼然后什么都看不见了一样，对周遭一切视而不见。我感到心被刺痛了一下。这小子到底怎么了？我只觉得一阵头晕，胃里翻江倒海。台上这家伙能快点完事就好了，我想着，看向台上的内斯达尔老师，他正在那儿努力护住自己的假牙不掉到书上。

派对终于结束了。法语老师把几个蠢货引上了台，跟他一起唱二重唱。他用小提琴伴奏。台上还有几个人讲了些故事，眼前一切在一片雾霭中进行着，我坐在一边，脑袋里嗡嗡作响，试图抑制住反胃的感觉。校长致完最后的感谢辞、男孩子们准备回家去的时候，已经快要晚上十一点了。有几个人过来问我说，我们不是还剩了很多啤酒吗，我坐着告诉他们，剩下的那些我们可以退给卖啤酒的，之后钱还可以退回来。他们便悻悻走开了。安德森夹着他的小提琴走了，校长过来说了晚安，叮嘱我们走之前把教室稍微收拾一下，我嘴上答着好，心里期待着他们赶快离开，好让我和图拉能单独在一起。

他站在教室最后的窗帘前等着我。我们两个人各自站在教室的一角。我站在门边，我们之间是一整片桌椅组成的汪洋大海。头上那些白色圆顶灯发出的光如此刺眼，教室里烟雾缭绕。一切看起来都像笼罩在一层白雾里。也是因为桌上还铺着白色的桌布，还放着白色的纸餐盘和白色的歌词单。眼前天旋地转。他要能从那片桌椅的对面抛一根缆绳给我，把我拽回地面上就好了。马尾结，马尾上面打个结。"马尾结，"我冲着桌子对面喊道。"还有黄金打，"我继续嚷着，"拉斯敏、冯姆和蒂普，还有皮普跟凯伊。图拉！图拉，你个老赌徒！我们要不要下楼一起去尿个十字，去吗？"

然后我便冲着他面前的椅子倒了下去。他接住了我，抓紧我，站在对面紧盯着我的脸。

"你喝醉了。"他说。

"对啊，那可不，怎么了？我就喝它到个不能再醉，不行吗？这不是你管得了的吧？你能吗？你管得了？"

我几乎是哭喊着说出那句话。这是真真正正的醉汉的哭喊。因为我对眼下的一切不知所措。因为他就站在那里，扶着我，直直盯着我的脸。

"松手，"我对他说，"让我一个人待会儿。"

"好，好，"他说，"坐下吧。"

我摔倒在了楼梯上。科特把脑袋从门里出来。我冲他大喊，让他滚开。他嘴里咕哝着说我们应该回去打扫卫生，但最后还是消失了。

"把那瓶酒给我。"我对图拉说。

他递给我一瓶啤酒，可我想要的是那瓶琴酒。我想要琴酒，他没权力决定我喝什么。我取来了琴酒瓶，"咕咚"灌了一口。然后图拉从我手上拿过瓶子，自己喝了三口。

我们就坐在那儿，盯着那片黑夜。我脑瓜里天旋地转，整个世界都在转，让我恶心。我胃里像是有只动物，不停试图爬上我的嗓子。

"既然一切都成了这样，你为什么要回来？"我对着夜空喃喃道。"你为什么不直接消失掉？我到底怎么了啊，你个蠢猪，你干吗这么盯着我？啊？你为什么这样？"

我可以清楚地察觉到，我现在口中说的，一如往常，全是错话。可我现在已经成了这么个白痴，我没法停下来不说话。他只是坐在那儿，带着一张空白的脸对着夜空。

"你可以说点什么吧。"我喊道。"你连答我一句都不能吗？图拉？"

"能，"他说，"当然能。"

我踉跄着走向那堆瓶子，抓了一瓶苦艾酒出来，把一口温热辛香的液体吞下嗓子。我感觉我要吐了。那边台阶上到底发生了什么诡异可怕的事？为什么有股旧袋子的味道？他们为什么不开灯？他们是故意关了灯让我们看不见的吗？

"你听不懂话吗，我们现在得去尿个十字！"我对他嘟哝道。

"我妈妈病了。"图拉说。

他用不着在我说到撒尿的时候跟我讲这个的。这事他怎么能就这么说出口。

"你说什么？"我问。我清清楚楚地知道他说了什么，他的声音那样清晰，就好像他每说出口一个词，那个词就变成了霓虹灯在空中闪着光。

"没错。那个保罗……"他嘴里又冒出了更多的霓虹灯。我感受到了些什么令我恐慌的东西，它们片刻后就会被写在空气里也刻在我心里，让我无法忍受。保罗，就是那男人吧。现在我清楚地知道，他就是个人渣。他就是那个毁了一切的人。

图拉开始正常地说话了。"我们搬到了对面的奥尔堡，"

他说，"住在保罗那里。我妈妈给自己安排了工作。我觉得一切都很平常，只是看到妈妈跟那男人在一起觉得很奇怪，我看惯了她独自一人的样子，你知道的……"

他又沉默了片刻，我试着把我的眼睛像照相机那样聚焦在他脸上，但我做不到。一串串的话又从他嘴中冒了出来。

"因为那个保罗相当奇怪，而且就在我们刚搬去没多久的时候，妈妈就突然找到我跟我讲，她现在要和保罗要一个孩子。我站在那儿不知对这一切说什么好，因为保罗这个人，也因为他们才结婚没多久。她看到我站在那儿不说话，脸色奇怪起来，然后就走开了。我就觉得自己如此不幸……"

他直直看向我。里梅尔夫人，头发间散落着阳光的里梅尔夫人，手里拿着陶土的里梅尔夫人，离开了图拉。我预料不到这一切，因为这简直如此离奇。我沉默着不说话，只坐在那儿，前后摇晃着身体，有气体从胃里蹿上来。

"然后我开始害怕。"图拉说。"因为保罗一下消失了好几周，就那么没了人影。我以为他死了还是怎么的——不过他确实该去死一死……"他的声音伴随着一声奇怪的吸气消失在了那堆啤酒瓶里。许久，他站在那里一动不动，脸上只有一层灰白，像是个没画红嘴唇的小丑。

"我说不下去了。"他说。他站在台阶上，身体前后摇晃着，我觉得他马上就要摔下去了。他整个身影被浑浊的灯光抹去了。外面下着雨，一场永不停歇的倾盆大雨。我以为他要喊出来，可字句只是慢慢从他嘴里流淌出："……我晚上可以听见她在房间里哭。我们两个根本没法交谈。可之后他又忽然回了家，走到我的房间里问我，我到底是怎么想的，能这么对待自己的母亲，说我简直是条疯狗，他怎么招来了这么个野孩子……这时候妈妈走了进来，她看起来很不对劲儿，像喝醉了似的。然后她走到保罗面前，狠狠推了他一把，他踉跄着后退了几步，嘴里吼着'这到底他妈怎么回事'，然后跳起来打了我妈妈一耳光。我妈妈一下倒向我，眼前这一幕让我完全不能理解，一点都不能理解……这之后他又消失了，妈妈整个人颤抖着，一言不发，只是坐在那眼睛直愣愣地盯着前方，脸上毫无血色。然后她回了卧室躺下，我也下楼回了我卧室。一切就又平静下来了。可我听到她嘴里念叨着什么，然后又大喊了起来，我跑进她卧室，可我几乎不敢跟她说话，因为眼前一切都这样可怕。之后她就要生了，这么早就要生了……"

图拉一动不动地坐着，手紧紧抓着栏杆。然后我一下子吐了，因为一个词在我脑子里无时无刻地回响着，马上就要把我扼死。因为我听到有人在楼梯上喊着"流产"，可这里除了图拉和我再无他人。因为"流产"这个词被刻进了我胃里，被嵌进了墙上，被写在了地上那堆呕吐物里。我跌跌撞撞下了楼，站在院子里，把头靠在整栋建筑上，那房子一点一点倒向我，然后我又吐了。然后，那张白色的假面从门里走了出来，我跟在它身后，直到走出校园。刚才的呕吐物黏在了夹克上，那夹克散发出一阵酸臭。我没法跟这张假面说话。我走近它，试图说服自己图拉就在这假面后面，然后，我抓住了他的手。我们就这么沿街走了下去。

第五章

　　我们后来还是恢复了正常。在那些长长的日子里，我们会一起坐在我的卧室或图拉的卧室里，一直聊一直聊，聊到耳朵都开始嗡嗡作响。里梅尔夫人也和我们在一起，但她有些变了：她说话的方式变得与之前不同。她整个人就像被罩在了一个茶壶保暖套里，只能透过那层棉花跟我们说话。她一天中相当长的时间都在工作，可我们都觉得，她其实只想把手里那黏土摔在画板上，用手揉圆，就像做白面包那样。她工作时相当专注，谨慎小心，同时又不停地盯着前方，就像是从那里能看到她那个从未出世、从未真正存在过的孩子似的。我和图拉都不再谈及她。

　　我家的情况现在完全不一样了。一切都迈着蹒跚而艰难的步伐向前行进着。我们升了高中，不久就要成为大学生了，我家里人都为此感到相当高兴。有一天，爸爸讲了个很不正经的故事，我跟母亲都在旁边听着，故事很有意思，但听到自己的父亲把这种故事堂而皇之地讲出来，总归是种不太舒服的感觉。他讲故事的时候，我奇怪地坐在一旁，缩在椅子里。一会儿，他又看向我，就好像我已经真正长大了，真正开始了属于我的生活，开始接触生活的方方面面了。妈妈提了一句意见，因为客厅里的气氛有些特别，我发出的那阵笑声就像一朵小小的、潮湿的云一样，飘在客厅地毯的上空。父亲大声斥责了起来，我在能溜的第一时间就溜下楼回了自己卧室，看着窗外，想着之前的那次醉酒呕吐。我没法让自己不去想，现在发生的事和之前在我身上发生过的那些事，究竟有多大的不同。

同样的生活日复一日。我们早上去上学，晚上晃悠着回到家，试图在家学习一会儿，但从来都做不到，因为我们根本不需要这么做。不过，我每天会多学一些东西，比跟图拉说过的要多，因为我必须得多努力一些，才能跟图拉站在一起。他却恰恰相反：他在家碰都不碰学校要学的东西，却会在此之外读许多其他的书。他读的那些书我也会看。那些书并没那么有意思，但我试着说服自己，因为他在读这些书，所以我也要。

我们经常会谈到女生。想象自己跟一个女孩在一起是怎样的感觉，是件很有意思的事，就好像那个女孩是件属于自己的物品一样。跟一个女孩挽着胳膊沿着街来回逛，一定很美好。不过对这一点我们谈得倒不太多，我们聊得更多的是跟女生上床。可在独处的时候，想象的边界却被限制在了跟女朋友挽着手、在"走街①"上来来回回逛上二十遍。当然，有那么两次，我们两个也被邀请去参加有女孩在的舞会，但她们总是站得离我们惊人得远。她们让我们根本无法接近，因为我们觉得，她们根本看不上我们。

高中第二年刚开始的时候，我们得参加一个舞会：我们学校的一整个班都收到了邀请，作为男伴被请去一所女校，参加她们高中二年级的女生的舞会。实话说，我们都

---

① 走街（Strøget），丹麦首都哥本哈根市中心的一条商业步行街。国王新广场位于"走街"的东北端。"走街"呈西南—东北向延伸，西南端为市政厅。

不太清楚在这么一个场合应该怎么表现。而且相当奇怪的一件事是：好些从葛洛斯楚普那四百排土豆地里出来的小子，竟然深谙如何在女孩子面前表现自己。早从那些礼堂或牧区集会室或者别的什么地方，他们就学会了自在地跟女孩子们相处，比我和图拉更自然。而我们俩就像两个气球似的，心里鼓鼓地装满了对女孩这种生物的各种奇怪想象。所有的小伙子都是直接冲到女孩们面前，然后便带着她们跳起了快滑步或者追并步或者什么我完全不懂的舞步，就好像从娘胎里就学会了跳舞似的。就连科特这家伙也嗒嗒冲下舞池，带着自行车夹之类的乱七八糟的东西抓起一个女孩跳起了舞。不过当然他回家之后也为此挨了一顿批。

舞会邀请是通过校长下达到我们和那些女生们手上的，因此，我们也没对这事特别热心。不过图拉和我还是带着期待的心情去了，毕竟参加派对很好玩。既然现在我对他很放心，一起参加聚会也便很有乐趣了。

舞会是在女生们的练操房进行的，图拉和我跟着大家走了进去。我得到了一套新礼服，它诡异地合身——好像它本应该过大似的。图拉上身穿着一件短花呢夹克，下面一条灰裤子，在我看来，他英俊无比。他戴了一条领带，衬得他的肤色更加黝黑，更像个印第安人了。

我们到场的时候，大家都在脱外套。我们径直冲进去，不左顾右盼，因为我们觉得那样会太引人注目。当然，我们还是在偷偷观察着一切。进女校的感觉真奇怪。这里能闻到某种跟我们那里完全不同的味道。我们走进门的时候，图拉大口地喘着气，我们站在那面被从更衣室搬出来放到练操房的镜子前梳头的时候，我可以看到，他的鼻翼轻轻颤动着。那里的女孩们大声谈笑着，吵闹着，让人没有兴趣看她们一眼。图拉把身子靠向我，说道："嘿，你不觉得这挺有意思吗？她们中的某个人很可能就会有我们的孩子，只要我们想的话。"

我冲他笑了一下。我有点迷茫。这想法倒不错，但我觉得我做不到。

"当然，行动起来的话很快的。"我向他说道。

我们进了练操房。里面已被装点一新，但还是完全看得出那是个练操房。里面很冷。我们跟艾斯本坐着聊了一会儿，图拉给我们演起了滑稽戏，又给我们讲了一段加里·库珀①的电影，他在里面演了个枪法准得要命的狙击手，躺在战壕里，开枪崩掉一个又一个德国人。图拉做出端着步枪的动作，精准无比地模仿着加里·库珀在电影里面射击的动作，然后又倒在地上，就像他同时也是那被射中的德国人似的。我们大声地起哄，又开始笑他，因为我们觉察到了脖子后面远远盯来的目光——有几个姑娘正注意着我们。

一个高中校会的姑娘走上讲台，向大家道了欢迎，祝我们在舞会上玩得开心，又说了些感谢校长之类的废话——每次都得被迫听这一套。

"她这屁股长得跟我大姨的墨水瓶似的。"图拉悄悄向我耳语道。

"对，看起来像能把大便拉进油瓶里面。"我说。

"她本来就能，"图拉说，"你不知道吗？"

他把整个身子都弯向我，一张巨大的脸出现在我眼前，

---

① 加里·库珀（Gary Cooper，1901—1961），著名美国演员。

跟我说："她刚在提勒吕斯 ① 的一场大便比赛里得了第一名呢。"

　　然后大家便四下散开了，因为我们得开始跳舞了。一支糟糕得吓人的校乐队奏起了《奥尔嘉波尔卡》。图拉和我赶快往舞池边走去看他们跳舞，并且差一点儿就准备向那些女生走过去，因为那边还有些女生没找到舞伴，她们站在那里，脸上带着轻蔑的神情看向舞池另一边。我们站在那里不知所措，恨不得钻进墙里消失掉。我们走到在练操房角落里搭起的吧台，一人喝了一瓶啤酒。我觉得我们从来没能喝一瓶啤酒喝这么长时间。我们聊着各种我们其实根本从来没想过、也从没听说过的事，呆站在那里看着艾克萨和科特还有其他那些人，他们手里拉着一个又一个不同的女孩，在舞池里跳着。看来，能被允许跟一个女孩挽着胳膊走在街上，只能是个遥遥无期的梦了。空气中的这种气味也是。我们现在是在一个练操房里，这里是女孩子们平时转圈蹦跳、拉伸手臂和双腿的地方。这里的一切都如此躁动，我们只能不停聊着聊着，到最后，下巴都要因为说了太多话而垂到地上去了。我们的眼睛却一刻都不歇，目光不停扫向舞池另一侧，不错过对面的每一双腿、每一双眼睛和每一对胸。它们在某种意义上可以证明我们来过。有一些女孩斜眼瞟向图拉，但他自己却完全没注意到。我们又聊了几句那个乐队，点评了几句正播放着的爵士乐，就好像平·克劳斯贝或者路易斯·阿姆斯特朗 ② 跟我们有多大关系似的。可只要周边还萦绕着这种我们并不习

---

① 提勒吕斯（Tølløse），丹麦西兰岛西北部铁路城市。

② 平·克劳斯贝（Bing Crosby）、路易斯·阿姆斯特朗（Louis Armstrong），均为美国著名爵士乐手。

惯的、令人紧张的空气，我们就只能这么下去。

　　练操房里还有老师站岗，他们得看着我们，别让我们对小姑娘们做出什么不自重的行为。要是这些蠢女人知道，我们只是站在那里想，我们接下来的某一刻会被一声号令逼着开始跟某个女孩跳舞，从而不至于让自己在接下来的整个人生里都觉得自己就是个傻瓜，但只是这么想想就足以让我们手足无措了……好吧，那她们肯定不会摆出现在这么一张脸了。

　　我们站在那儿，诡异地吹着手里的空啤酒瓶。突然一下子，舞池另一端像是亮起了更多的灯。我只知道，我们两个都同时开始向上看去——我和图拉。我忽然恍然大悟了，心中升腾起一种巨大的快乐，像是肚子里开出了一朵来自热带的花一样：她就在那儿。可能几十万年都已经过去了，她才到来，可现在我一瞬间就知道，属于图拉的女孩降临了。我用余光盯着他，他并没注意到我在看他——每一次都是这样。他的目光定格在了她身上，她就那样带着那两道目光四处走动着，它们就像是被用大头针钉在了她身上。她和一个我们不认识的男生跳着舞，她很快就能吸引人们的注意，因为她是那种只和特别的男生跳舞的女孩。她瘦高纤细，让人想把她揽在自己怀里，让她倒在自己臂间，一边跳舞，一边笑。她也一定会很愿意，会表现得很自然，会看起来像全然忘记了她身边围绕着的那群傻瓜一样，只对眼前人展现笑靥。现在她看起来就很认真：她完全沉浸在脚下跳着的狐步舞中。但她之后一定会成为图拉的女孩，我完全不会眼红，完全不会。因为，我们之间先有女朋友的当然得是他，在这件事上，跟他争是完全没有意义的，因为他百分百会是赢家。我从口袋里摸出一支烟，用我新学会的方法点着——只用一只手。然后，乐队的一个男孩走过来，问我们要不要再来一瓶啤酒，他们的乐器箱里还有一些。图拉跟我完全没看对方的眼色，却不约而同地说出了"好"。于是，我们手上的空啤酒瓶很快就被换下了。第二次醉酒会比我们想象的来得快很多，因为某些注定要发生的事，已经就在眼前了。

图拉完全专注于我们两个。他一门心思地思考我们能做些什么恶作剧。同时，他又不停地把他的注意力从后脑勺送到舞池另一边去，就像一条长长的、伸向另一端的章鱼触手那样。他内心早已准备好把舞池里那闪着熠熠光芒的女孩圈为己有。我很清楚，她很快就会无法抵抗他发射来的讯号。很长一段时间，我们就站在那里跟随着乐队的节奏摇晃身体，用脚打着拍子，晃动着上身。可我一个傻乎乎的表妹就在这时突然过来了，她也在这女校上学，不过是低年级。她走到我面前，请我跟她一起跳舞。我看得出来，我身边站着的那些人都在心里喊起了"喔""哟"，幸灾乐祸地想着还好她邀请的人不是他们。她把我拖到了舞池中间开始跳舞，我惊恐地发现，我们要跳探戈。我被她拖着不自在地转来转去，活像条肉冻里的鳗鱼，时刻试图抑制住从她身边逃跑的冲动。中途我看到图拉沿着舞池边缘向出口走去。然后，我便看到，那闪着光芒的女孩也要往外走。然后，我那表妹紧紧抓住我，拽着我跳了几个诡异的袋鼠跳。科特跳着舞晃过我们身边，脸上带着不能再大的救世主一样的微笑，我忽然有种冲动想把他就近扔进下水沟。他看起来就像身体里被上了个钟表发条，只能清醒到十点半，只要时间一过，他就得回家瘫在床上睡觉。

在这期间，乐队改奏起了华尔兹。我那表妹拉着我不停地转圈，我一条腿都快要瘸了，因为我只能用那一条腿站着做动作。我眼睛一刻不停地盯着练操房尽头的大门，就像在害怕图拉会跟那女孩一起走掉似的。我中间三次踩在了我那表妹尼拉的漆皮皮鞋上，但她全不在意。不过，她也不该发牢骚，毕竟是她自己先把我拖进舞池的。

之后便是舞会的中场休息时间，打击乐手特地敲了一下大镲，以示休息。我跟着尼拉走到舞池边，跟她鞠躬行了个礼，她笑着说谢谢我陪她跳舞。然后我走向了乐队。我问他们下半段开始的时候能不能演奏一下《天降好运》①。我背对舞池站着，想着外面的图拉现在怎么样了。他对那女孩已经相当有把握了。我一下子觉得，这一切都在照着某个被事先写好的剧情进行着，我们一直都对接下来要发生的事情了如指掌。或者这么说，我们虽然不知道接下来会发生什么，但我们一直能预料到，事情会朝着什么方向发展下去。我们的人生中从来没有过真正的意外。

乐队以一种相当慢②的节奏奏起了《天降好运》。我把身子转向舞池，我能看得到现在的自己是副什么样子。我看起来疲倦得要死，仿佛是身处泽西城一个地下酒吧③，而不是在哥本哈根某所女校里一个糟糕的练操房。来到这里我很幸运，因为现在图拉朝我走了过来，带着一个女孩，一个真真正正的女孩，连衣裙下藏着一对胸，丝毫不需质

---

① 《天降好运》（Pennies from Heaven），发行于 1936 的一首美国流行爵士乐。

② 原文为英文 slow。

③ 地下酒吧，指 1920—1923 年美国禁酒时期售卖酒精饮品的非法酒吧。

疑。我看到他们猛地一下就走了过来时，惊慌得双手都有些颤抖，我想逃开，但我脸上的表情让我没法逃，于是，我停在了原地。我也知道，我根本不用逃。我直直地看向图拉的脸，他回望向我。我们就这么盯着对方愣了一会儿，像是发现了什么不对劲儿似的，因为忽然一下发生了太多事。可他看向的其实并不是我吧。我手心在那一瞬冒出了汗。这想法也是荒唐。图拉在有了这么一个女孩后，想到的第一件事可是把她带到我面前，让她认识我。在我站着的地方，几声单簧管的乐声在我脑袋上跳动着。那是《天降好运》的旋律。那旋律砸在我头上，又掉在那个被图拉推向我的女孩的脚背上。在这么近的距离里，我看得到她脸上有雀斑，但让整个大厅都明亮了起来的，应该是她那头颜色很浅色的头发吧。看得出是被精心护理过的——她的头发。我该对这头头发和头发下的这个女孩说些什么好呢。不过，图拉已经开始介绍我们给对方了：他介绍说，我叫雅努斯·图尔纳，她叫海勒·容克森。海勒·容克森。容克森这个姓吸引我看向她，可我眼里却分明看见了那个容克[1]贵族俾斯麦，他骑着马跃过篱笆。这个联想有点滑稽，但这是我在 OTA[2]公司的某本老广告册上看到的一幅画，我还记得。她是个容克的女儿，她看起来是。我跟她握了手，她微笑着。然后，我们就那样站在那儿，什么都没做。

"想不想来杯苦艾酒？"图拉问她。

---

① 容克（Junker），指以普鲁士为主的德意志东部地区的贵族地主，起源于 16 世纪，于第二次世界大战后基本消亡。文中海勒的姓氏为 Junkersen，为 Junker 一词加上后缀 -sen（斯堪的纳维亚地区常见姓氏后缀，为"……之子"之意）构成。

② OTA，丹麦食品公司，成立于 1898 年，主要生产早餐燕麦。

她摇了摇头，跟图拉说"不用，谢谢"，然后笑了起来，因为图拉这句话说得感觉像要买杯香槟给她似的。我很想看看，她要是答应了的话，图拉要怎么办，因为图拉口袋里一分多余的钱都没有——至少没有买苦艾酒的钱。不然的话，我们就没有坐电车的钱了。

乐队奏起了《亚历山大拉格泰姆乐队》[1]。狐步舞也是一种我会跳的舞步，于是，我脑子里便冒出了一个蠢主意：请海勒·容克森跳一支舞。我问她想不想跳舞，她便把自己的背包递给图拉，就好像图拉在我俩跳舞的时候给她看包是世界上最顺理成章的事一样。她的舞姿自在轻盈，她能合得上我不时掺进来的"特别"的步子。

我的目光落向了她鼻子上的雀斑。我问她，她现在在上高中几年级。她回答说，她现在是高中第二年。这时，我第一次真正察觉到女生和男生有多么不一样。我跟她一起在舞池中央跳着舞，环绕住她的身子，感受到她移动着脚步，她的腿滑进我的腿之间，又滑出来，这给我一种猛烈的惊喜感，再加上，她和我是那么不同。然后我抬起目光看向她的双眼，一瞬间我竟又想从这里逃走，但我还是让自己停在了原地，因为我察觉到，她忽然很诧异，不知道我忽然一下怎么了。之后，我向她鞠躬致意，跟她说了谢谢，然后两人并排着走向图拉。站在那里的图拉整张脸上都堆满了笑。我看得出，他因为我们两个一起跳了舞而相当高兴。这样的话，我跟她便有了更多交集，他可以更加确定我不会妒忌。

---

[1] 《亚历山大拉格泰姆乐队》（Alexander's Ragtime Band），美国著名词曲作家欧文·柏林于1911年发行的流行歌曲，此曲为其成名作，使他闻名全美。

"你们是理科生吗？"海勒·容克森问我们。她笑起来，整个身体都晃动着。

我们两个爆发出一阵不怀好意的笑。"天哪！我们要真是的话，那说明你就是个傻瓜，"我们两个异口同声地说道，"我们是学现代语言的。"

"我是学古典语言的。"她说道，充满期待地望向我们。我们惊讶地看向她。

"真不得了。"图拉说。他眼中闪着赞美的目光。

"所以你得上那些拉丁语课喽？"我问。我用难以置信的眼神看着她。跟她一比，我们简直是一群粗人。

"我以后想学艺术史，"她说，"我觉得古代的玩意儿特别有趣。"

"对，是很有意思，"图拉说，"但在我们学校教这些课的只有一个蹩脚的家伙，每次下了他的课，雅努斯都得带着个脱臼的下巴跑来跑去——因为他上课的时候哈欠打太多了。"他推了我一下。海勒又笑了起来。

"我跟着我妈妈在意大利连着待了两年。"她讲道。我可以看得出，图拉从没想到过她还会有父母或者别的什么亲人。那一瞬他愣住了。

"在这边学了这么多关于这些的东西之后，再到罗马城里走一走，很是美好。"她认真地说。图拉和我根本说不上话，因为我们除了去过马尔默①或者最多单独去一趟挪威之外，就再没到过其他地方了。我眼中儿乎看到了她穿着浅色的连衣裙走在罗马城里，那些肤色黝黑的意大利佬全

---

① 马尔默（Malmö），瑞典城市，位于瑞典最南部，与哥本哈根隔海相望。

都盯着她看。我还看得到，她去过意大利这件事让图拉觉得多么美好。现在她看起来更美妙了，因为她曾走在意大利，亲眼看过那些在其他人印象中远得可怕又相当不真实的东西。他看起来很开心。她那么美，让图拉整个人都闪耀了起来，我只在他去奥尔堡之前见过这样的他。我深深吸了一口气，然后屏住了呼吸。我觉得有些眩晕，不知是因为我刚才吸进去的氧气，还是因为我们此刻正处在一种欢乐的氛围中，不说话，只是坐在那儿，孤立于周围的喧嚣，准备着让生活开始新的篇章，在那新篇章里，一切都还是空白。

一个女老师拍了拍手，示意管弦乐队停止演奏。马上就要十一点了，是时间结束舞会了。现在该奏上一曲晚安华尔兹了，但灯光还不像是要被熄掉的样子。我看到科特悄悄把他木偶一样的小脑袋机械地凑向他女舞伴的脸颊，就像上好了一道发条一样，只等晚安华尔兹的乐声响起。图拉和海勒已经走向了舞池。我还是站在乐队前，任由晚安华尔兹的乐声飞过我双耳。图拉一直在跳舞的时候跟海勒说着话。他一定在问她关于罗马的事。他心里一定在盘算着什么时候跟她一起去次罗马。

我不知道我对眼前这件事该作何感想。她可是我的竞争对手——但其实也不是，因为她并不会打扰我们两个之间的那种亲密。图拉是我的骄傲，他总会有个女朋友的，而且我有种预感：他将来的女朋友就是眼前这个女孩。我们三个也会舒服地相处的，很舒服地相处，因为她笑起来如此令人愉悦。从现在起，我们就是"三个火枪手"了，而不是只有两个人，这也许更自然一些吧。难以置信的是，这一切现在就已经发生了，一点都不轰轰烈烈。我们在几小时前幻想过的事，现在对图拉来说已经成真了，对雅努斯来说其实也差不多了。因为，我现在总算可以看得到应该怎么去谈恋爱了。现在起，我可以把一切都摆在自己眼前，把图拉和海勒两个人摆在放大镜下观察，但同时，我们三个也是密友，分享着彼此的秘密。这样的角色对我来说再适合不过，因为对我来说，我要做的，只是做出一个有经验的年轻小伙子的样子，时不时地给他们提些好建议，就是这样，就和先前一样。

音乐停了下来，整个世界都在这时涌向了那衣帽间。我们落拓不羁地故意留在人群最后，我们不用像其他可怜虫那样去赶最后一班城郊列车。图拉牵着海勒的手。就在一天之前，这对他来说还是想都想不到的事。我斜眼向他看去，对上了他的眼神。他冲我笑了。我们三个一起走下楼的时候，我不停地从他俩的一侧换向另一侧。在楼下的大厅里，海勒的身影消失在了女更衣室里。图拉向我走来。

"呐，怎么样？"他问我。

"她相当迷人，"我答道，"看起来不能再可爱。"

"不能再可爱，"他模仿着我的语调，"说是美好才对。"

我抬眼看向他。他望着更衣室那扇门，她将会从那里走出来。"我们等会儿送她回家？"他说着，回望向我。

我应该跟他说我可以自己回家的。但我看到他的脸时，又了然了。他不会希望我这么做的。他不想把海勒据为私有。他想让我也参与其中。

"好吧，"我说，"如果她住得不算太远的话，我们还是有钱一起叫辆出租车的——那边有！"

她从女更衣室走出来，径直走向我们。她梳了头发，那头头发看起来更加灵动了。可能也是因为她眼睛里闪耀着的光。她忽然唤起了我的什么记忆，可我又说不上来我想起了什么。

图拉帮她穿上大衣。我们走出门，出了学校。很久，我们都只是一言不发地走着。我们并排着走在路上，于是，我可以时刻从我那一侧观察着他俩的动向。这时，要是该挽住她的胳膊的话，那也应该是我们两个一起挽住她。这种挽手是同伴式的，不带丝毫炫耀做作。但我们谁也没有碰她。

"我们要不要叫辆出租车？"图拉问道。他斜眼看向海勒。她也看向他，摇了摇头，很快说道：

"不用了，我们还是走回家吧，走回家更温馨。"

"今天天气很不错。"我说。她转向我，笑了。

"我也很喜欢这种天气。"她说着，抬起鼻子，嗅了嗅空气中的味道。我们穿行过一排排街灯，踏过一圈又一圈光晕。有小小的雨滴落进发间。路灯发出的光看起来像画。

沿街走着的时候，我们之间的氛围很亲密。我们很亲切地谈着天气。当然，那是场很肤浅的对话，但在谈天气的时候，人们还是可以在谈话中带出很多关于自己的东西来。我很高兴她也喜欢这种天气，因为这种天气与这座城市很合衬，与我和图拉也很合衬。这是正正好好的"派对之后走路回家"的天气，路上汽车很少，它们静悄悄地滑过路面，除了我们三个之外再无其他行人。图拉，我，还有一个货真价实的名叫海勒·容克森的女孩，她愿意跟我们一起走在街上，而且，看起来，跟我们在一起是让她愉快的。当然，这其实只是个时间问题：如果有这么一个女孩出现，那她一定得能跟图拉愉快地相处——还有我。

他那印第安人式的脑袋随着步伐高高低低跃动着。

我们在一个十字路口前停了下来，让一辆车先过。在我们要走上十字路口的一刻，海勒把她两只胳膊分别伸向了我们两个的臂弯下。她轻轻拉了我们两个一把，我们离她更近了。就像是在外面受了伤的小男孩回到了家，回到了妈妈身旁。我们脸上挂上了僵硬的表情，不想让她看出来我们有多惊诧。之前在练操房里图拉也牵过她的手，但那更多的是种隐秘的牵手：那只是在跳舞的时候，两人把手交叠在一起，比平常稍稍有些越界罢了。可现在，我们走在夜晚的大街中央，臂弯里挎着一个女孩子，表现得就好像这是世界上最自然的事一样。

海勒突然一下笑了起来。

"你们真是好玩的小伙子呀。"她说。她抬眼看向图拉。

"谢谢表扬，"他说，欠身鞠了鞠躬，"雅努斯他不定期就会很好笑——每个'不定期'中间都得隔很久。"

我傻笑着，什么都没说。

"因为你俩说话的时候，讲的东西之间根本没有关联，"海勒说，"你们每次说出来的就只是单个的词，或者单独的几个词，然后你们就懂了对方要说什么，我听着觉得这简直就是黑话。"

"对啊——没错，"图拉说，"你跟雅努斯说话的时候，你就只能用跟小婴儿说话的那种语言，不然他听不懂。我都试着教育他很长时间了，但他就是这么冥顽不化。"图拉说最后一句话时，用的是种做作的女声。

"喂，你闭嘴。"我说道，眼睛看向前方。

然后我看向海勒。"我俩已经认识很多年了，然后，我们的语言习惯就像是慢慢变了：我们两个说话的时候，很多词都可以省去不说，但还是能相互听懂。"

她点了点头。我开始想，她跟她班里的其他女生并不经常说话，这很是奇怪。她好像有点孤僻。她跟她学校里的人说话的时候，用的肯定不是我们这种奇怪的语言。

　　大概女生们都是有些独来独往的吧，就算跟同学在一起的时候也是。她们之间可能没有像我和图拉的这种友谊吧。她们可以成为朋友，但我猜，她们肯定不会像我和图拉这样，你中有我，我中有你。可现在，她就走在我和图拉之间，她可能有一天会尝试到真正属于一个人的感觉吧。

　　"我们要不要唱个歌？"图拉问。

　　我和海勒朝他笑了。他接着便唱起了《丹麦的歌谣，金发的女郎》①，歌声在一幢幢房子间回响。然后他又换了一首四分之三拍的圆舞曲开始唱，把海勒从我身边拽走，两个人在人行道上跳起了舞。我站在他俩身后的路灯下，我还能真真切切地感觉到她刚才胳膊挎着我的位置。他们两个旋转着，差点儿撞在一个悠闲地路过的男人身上。图拉松开了她，深鞠了一躬给那倒霉的男人道歉，那男人摇着头走远了。

　　"他不懂艺术！"图拉指着那男人对我喊道。那男人把身子往自己的大衣里缩了几厘米，赶忙走开了。图拉还想搂住海勒继续跳，但海勒拦住了他，冲我喊着，要我过来。我走向他俩。

---

　　① 《丹麦的歌谣，金发的女郎》（Den danske sang er en ung blond pige），丹麦流行歌曲，歌词原为丹麦律师、诗人凯伊·霍夫曼（Kai Hoffmann）所作诗歌，后由丹麦作曲家卡尔·奥古斯特·尼尔森（Carl August Nielsen）为其谱曲。该诗创作契机为1924年丹麦一场全国范围的合唱团集会。

我们朝着腓特烈斯贝 [1] 的方向走去，走上了腓特烈斯贝大道。大道上空无一人，行道树在街灯下闪着光。我们加快了脚步。

"我得在十二点之前回家。"海勒说。

我们看向她。

"你住在哪儿？"我问。"我们可以叫辆出租车的。"

她摇摇头。"不用了，我们马上就要走到了。"她说。

她得在十二点前回家——这也没那么令人焦急，但那是个周六，而且那天有学校的派对，十二点前就回家还是太早了。

我又独自一人向前走去，专注着脚下，不让自己踩到路上地砖的接缝。不小心踩到它们的时候，我便告诉自己，这并不意味着什么。我不赋予这事什么特别的力量，但还是小心翼翼地注意着脚下向前走，因为我决定，如果我踩到接缝，我就惩罚自己只活到三十岁。忽然一下子，我发现自己孤身一人。我惊慌地倒吸了一口气，因为我发现，他们两个已经从我身边消失了。他们大概还是两个人悄悄逃走了吧。我在一块地砖前停下了脚，上身弯在半空中。然后我向前绊了一步，又笔直地站在那里。我并没有很快就回过身去，只稍稍转动了下脚跟，他们两个站在一个角落里，看到那个像傻子一样停在那里的我时，一下就笑出了声。

"你睡着了吗，小雅努斯，"图拉冲我喊，"我们俩止想留下你偷偷溜走呢，但那样太罪恶了。"

---

① 腓特烈斯贝（Frederiksberg），丹麦哥本哈根大区自治市，四周为哥本哈根市所包围。

我们听到市政厅的钟颤动着敲出了十二点的声响。并不是每一声钟声都曾传进我们耳朵，但我们还是清楚地知道现在几点了。

　　"我现在得回家了。"海勒说。

　　她的声音中带着一丝不安。她身上有什么东西变了。让人觉得，她并不能随时都带着笑被拥入怀里。她身上不再像之前那样闪出光芒。

　　我们拐到了腓特烈斯贝大道旁边的一条小路上。我们谁都不说话。跟海勒在一起的时间要结束了，我们都觉得很难开口，因为我们谁都不知道，下一次再见会是什么时候。而且她也变得比先前更拘谨了。我们突然觉察到，她只是个我们在几小时前认识的女孩，我们实际上对她一无所知。我斜眼瞄向图拉，毕竟那可是他的女孩，我想看看他有没有察觉到些什么。从他的脸上，我什么都看不到。他的鼻子那么坚定地挺立着，像一道船桅，划破那片潮湿的夜。大衣下我的身子有些湿冷。海勒在一栋有些远离大街的别墅前站住了脚。那是栋真正的"腓特烈斯贝城堡"，有塔楼，有常青藤，有栅栏。它一片黑暗。

　　我们在那儿站了片刻，用脚跟蹭着路面的地砖。海勒翻着她的手提包，图拉看着她。我第一次感到，他大概希望我此时正在别处，别的任何什么地方都好，只要不是这里。

　　海勒走远了些，停在花园的大门前。有光照在她脸上，鼻梁在她脸颊投下长长的暗影。图拉的脸隐没在夜色中。我站在那儿，扭动着脚跟。

　　"你们搞来的那个乐队可真糟糕，"我随后说道，"你们从哪儿找到这乐队的？"

"他们是克里斯钦港 [①] 一所高中的，"海勒说，"我们有一次去他们那儿参加过舞会。"

我站在原地，等着图拉开口说些什么合适的话，但他只是像块黑色的斑渍一般站在那儿，一言不发。现在该说话的人是他。我不想再在这里待下去了。我差点儿就以为我们已经长成大人了，因为我们那么轻松地就能跟海勒相处在一起，而且一切都那么自然。可现在，这一切像是出现了些危机。我闻到了她身上好闻的味道，可这味道中又好像透露着什么我不懂的东西。我想，我们需要很长时间，才能习惯这味道吧。因为它是种陌生的味道，它不止属于她，也属于她身后的过去，而她的过去，其实也就是她。她距离我和距离图拉都一样远，就和我们还未与她相识时一样。此刻，她那张脸看起来就像一个孤身一人孤立于周遭世界之外的小女孩。她看起来很孱弱，同时却又很危险，因为她周身散发出的味道中净是陌生，就像食肉动物的那种气味一样。她很紧张。

海勒刚想开口说些什么，别墅里就亮起了灯光。图拉忽然颤了一下，他整张脸都被灯光照亮了。那灯光看上去就像是从一躯陌生的肉体里照出来的，里面的肠子，里面的血管，里面的淋巴，人们一下子都能看得清清楚楚。就好像是在一个肚子上开了个四方形的大口子，只是因为这口子上被装上了玻璃窗，里面的肠子才没有马上流出来。我们眼前看得到的一切，都被笼罩在某种超自然的亲密之下。窗子的中间勾勒出一个女人的身影，她直直盯着我们。

---

① 克里斯钦港（Cristianshavn），哥本哈根市市中心的一个城区。

她可能早已站在这大肚子里窥视我们很久了，只有我们全然不知。现在我们可以看到她，她是一片黑色，没有具体的样子，映衬着背后刺眼的灯光却发散出种毛骨悚然的气息，背后的椅子、书架和桌子，都被暴露在了我们眼前。她只是站在那里，双手贴在玻璃窗上，透过玻璃望向我们。

海勒大口喘着气，我害怕得整个人都僵住了。图拉把手伸向了海勒，就像他每次与我告别时那样。海勒也伸出手，握了握图拉的手，很快地说着"再见"和"谢谢今晚的一切"。她目光直直地看向我，叫了我的名字，跟我说再见。然后，她便沿着花园的小径越跑越远，跑上大门口的三个台阶，脚步还没停住，钥匙就已经伸进了锁孔。

窗户上那女人的影子走远了，我们看到走廊上亮起了灯光。门被打开了，灯光顺着台阶倾泻而下。海勒消失在了门里，但就在她走进门的一瞬，我看到了她的脸。她转过身回望我们，就像是想要跑回我们身边。然后她就消失了。可能只是照在她脸上的光给我的错觉，但我还是忽然一下觉得，她已经老了，我和图拉不再配得上。我希望我们再也不要见到她了。

我转向图拉，他还是立在原地，抬头看着那房子。他只是站在那儿，像是完全忘了那大窗户前的女人，只记得他和海勒在街道上跳过的华尔兹。他没注意到，刚才我远远看向站在那黄色的肚皮里盯着我们的女人时，我整个人都僵住了。不过，在有什么事情要发生在一个女孩身上的时候，图拉也不会害怕吧，不会像我一样。那恐惧感也根本没法穿透他。

"过来呀，别傻站在那儿了。"我对他说。我说得如此微弱，他根本没注意到。

"她这个妈妈有点不对劲儿，你看她刚才走回去时候的那样子……"图拉说。

我们又走回了腓特烈斯贝大道，像是从一场去向荒凉的极地的探险中返回。夜空明亮了些许，月亮升了上来。在圣托马斯广场上，我拦了一辆出租车。图拉上车的时候，我又借着明亮的灯光看了一眼他的脸，他脸上浮现出一种不安，让我忽然开始想，刚才路上发生的一切可能还是没让他太受触动吧，不像我想的那样。他应该已经察觉到了些什么。图拉一直有着敏锐于我百倍的洞察力。

第六章

　　接下来的新生活就那么变得奇怪了起来，毋庸置疑。毕竟，就算这两个人是图拉和海勒，我也依然是像个多余的第三者般出现在那里，甚是诡异。不过我也从中学到了很多。他们让我见识到了两个人竟然能花如此长的时间来互道再见。我坐在另一个房间里，一等再等，听不到他们房间里有任何动静。曾经的我以为所有的吻都会发出声响，可我从他们身上见识到的却完全不同。接吻是寂静无声的，还可以进行上数个小时之久。我久久地等待着图拉从房间里出来，可除去间或传来的像是低语声和衣服布料抖动的声音之外，环绕着我的只有死寂。我呆望着前方，那里除了一片漆黑外什么都没有；我感觉得到花园就在窗户的另一侧，那里一定比这里更黑；我感觉得到窗内的另一个房间内还坐着两个人，他们正在接吻，而他们中的一个，是我最好的朋友。

　　许久，我便会听到他们站起身，这时的我则要调整好表情，不显露出等了太久的神色；同时我还得表现得足够成熟，展露出一副对他们的状况心知肚明的样子。

　　第一个从那扇双开门里走出来的是图拉，大大的脑袋上挂着一个相当天真无邪的笑，同时还又用有些不安的眼光偷偷瞄向我，看我有没有因为他们坐在那里接吻接了太

094

久而生气。海勒也随后走了出来。他在黑暗中拽着她的手，我开了灯，他们两人站在屋顶那枝状吊灯的灯光下，一双身影显出苍白的色调。我内心被深深触动，就好像他俩是我的孩子，我坐在那里照看着他们，让毫无防御的他们向对方说再见。若是有人来打扰他们，我定会为保护他们而战，演上一出好戏，为他们做出一切我能做的。现在，他们享受过了专属他们的时光，我俩若是还想赶上最后一班电车的话，现在就必须得动身告别了。

"你们花了好长时间啊。"我说着，对海勒笑了笑。

"你是嫉妒吧。"她答道，却又在下一瞬间后悔说出了这句话。

我抬头看着图拉，他正站在那里往身上穿一件防风夹克。我心里并没有什么不好受之类的感觉，我只是看着他，确认了他交到了一个女朋友，确认了他们刚经历了一场四十多分钟的吻别。

我穿上了我的短风衣，在走路的时候，把它穿在身上比挎在胳膊上要方便得多。妈妈有一次也说过穿着外衣走在街上的样子看起来最好了。此刻，海勒又走向了图拉，在他脸上啄了一小口。我侧身对着他们。然后，她又放开了他，走了两步到我面前，抓住我双臂把我身子转了过来。她把身子倒向我，吻了我一下，这个动作让她险些失去平衡，于是，那个吻便落在了我下巴和脸颊之间的一个奇怪位置。这么可爱的我，确实也同样应该得到些回报嘛。可我得到的也有些太多了，然而在一刹那间，我又觉得我们所有人都不过是一场电影里的角色，这样想来，便也觉得无所谓了。

"快点啊，"图拉喊道，"现在没时间给你俩磨蹭。"

我们两人于是冲出了门，沿着石板路跑向海勒家花园的大门。在中途我们又回了一次身，向海勒挥手道别。然后，我们跑向了那条岔路，跑上韦斯特布罗大街，6路电车刚好在那时驶离了车站。我们也没跟对方说话，只是一起向老城的方向走去。

　　能和图拉独处，和他一起步行穿过这片寂静的街区，让我觉得很开心。我试着让自己去相信自己并不介意他与海勒的相识。我说服了自己去相信我们的友谊只会因为有了一份要守护的美好而更加坚固，我们圈子里的人多了起来，这只会让我们的关系更加紧密——而且还是多了一个女生。一个海勒这样的年轻的、纯洁的、女性的个体。沉浸在思绪里的我轻轻吹了一声口哨。纯粹的爱情，一生仅此一次的初恋，击中了我们。它击中了图拉。

　　穿着敞开扣子的薄大衣穿行在街上，是种很享受的感觉。图拉身上那件防风夹克也敞着拉链。就在我正盯着前方发呆时，他扭头跟我说起了话。

　　"我今天问了海勒晚上要不要跟我一起睡，但她说她不想。"他突然说了这么一句。

　　我以不扭头看他回应着他的话。图拉要跟海勒上床，这当然不是什么难以想象的事，但这件事就这样被他说了出口，这真真是让人有些难以置信。我还没完全理解这话的真正含义。我只是领会到，他把这一个个词说出口，是要向我敞开许多事。海勒和他上床。海勒不跟他上床。海勒不想跟他上床。这或许也并不是什么值得吃惊的事，我们还没长大，我们最大的梦想还停留在带女孩子一起去逛"走街"。可另一方面讲，海勒不想跟图拉上床，这也着实让人很难理解：他们如此相爱，她想和他上床才应该是理所应当的事。"跟他做爱"，我脑子里忽然响起这么一个声音，它如同一发炮弹一样炸裂开来。

"奇怪。"我说。

他笑了起来，可表情依旧有些快快不乐。"应该这么想，她跟我上床也一定只是因为在跟她妈妈赌气。"

玩世不恭在此刻可不太适合他。如果是图拉或者他的女朋友想做这事的话，那一定是最干净纯粹的，只出于一个原因，那便是因为他们是被选中来做这件事的，而世界上的其他人都不是。不过，他开始跟海勒谈及这件事了，这也很符合他的做法，他理应时刻都确保自己不伤害到她也不吓着她。他一直都在小心翼翼地为那神圣的一刻做准备。那盛大而纯粹的一刻绝不应令人错愕地忽然来到，而应该是缓缓而来，它该是一场有着分界意义的神谕才对。

"我只是不理解她竟然用那么一种方式拒绝了我，"他说，"像是这件事还遥不可及、完全没有意义一样。我跟她提起这事的时候，她整个人都变得陌生了起来。"

我们已向着进城的方向走出了很远。图拉有些心不在焉，这件事似乎让他很受打击。我靠近他时，可以闻到一种味道，那味道似曾相识，可我又从没在梦境之外的现实中闻到过。那是种想让人深深吸气的味道。

"唉，你知道的，女孩子什么的……"我以一种难听的声音说出了这句话。

我们穿过一条满是正开张的酒馆的街。我问了他要不要去喝瓶啤酒，以此来掩饰刚才的唐突。下酒馆和下饭店还让我们不太习惯，我们口袋里从没有钱，而且，伴着茶我们也一样能愉快地谈天。我只是需要一个转换话题的借口罢了。

我们转了弯沿街向下走去，行过一块块亮着灯的酒馆招牌。街上某处散发出一阵恶心的尿味。我们谁都决定不下来进哪家是好。最后，我们慢吞吞地走进了一家我们还算熟悉些的酒馆，那家酒馆名叫"旅人"，那里时不时便会有身上带着钢笔的人前来光顾。我们一如往常地有些紧张——我们身上根本没多少钱，那些钱也根本不足以让我们光顾此地。

我双手揣在兜里，用手肘推开了门。在我推门的一刻，有个人刚好要往外走，那门不偏不倚地拍在了他额头上。我忽然害怕起来，样子看起来比我想象中更加傲慢。那男人摇摇晃晃后退几步后定住了脚，醉醺醺的眼神盯向我们。

"喂，闭嘴。"他说着，同时把上身弯向我，紧紧抓住我肩膀。然后，他撑着我的肩，就像撑着一块跳板般，一下子蹦出了门。他蹦起来时，手里还紧紧攥着自己的风衣，没让它滑到地上去。那风衣因此被撕了个口子，他顺着台阶滚了三级，躺在地上，嘴里不停咒骂。图拉脸色惨白，他轻轻推了推我，我们走进门里。我整个身子都在颤抖，酒馆里的喧闹声朝着我们脸的正中砸来。我是如此害怕身后那扇门再一次被打开，让刚才那醉汉又出现在我们眼前。不过最后什么都没有发生。

这酒馆里已经没有空桌了。一个酒保从我们身边挤了过去，用他那肚子把我俩扫到一旁。"两位先生要是不介意的话，可以坐那边那张大桌！"我们于是脱了外衣，在一张配着沙发的方桌边坐下身，那里已经坐着一拨醉醺醺的人了。那酒保的肚子又一次扫了过来，我们两人各点了一杯啤酒。图拉把身子凑近了我，似是要对我说些什么，可他却又只是笑，我便向他说了些"现在我们可是真正出了门享受生活"之类的话。周六夜里的此刻，天色已晚，让眼前所见之景都变得无聊至极。方才点的两杯啤酒端了上来，我们把那两杯酒灌下了肚。我旁边坐着一个老女人，她身子马上就要倒在我身上。她那身躯虽说也没歪倒得很厉害，只是我能感觉到她如何一点点倒向我，让我不得不再小心翼翼地一点点把她推回去。最后，她坐在那里抬头看向我，呸了呸嘴唇，像是得让两片嘴唇在开口说话之前先放松一下。有口水滴到了她下巴上。

"嘿，一——块儿喝个啤酒吗，大——学生？"她直冲着我的脸问道。

"好呀，你想的话，反正我没钱。"我机智地回她。

"哎——"她冲着我的嘴嚷着。"他没……没——钱——！嗨——！"她又冲着桌上其他人吼了起来，"嗨——！没钱——！"

最后她醉倒了过去，倒在了同一桌的一个男人身上。

海勒不想跟图拉上床。坐在这个地方想海勒也让我觉得不舒服起来。想到她赤身裸体躺在身边的样子，让我觉得很难受。我在那里坐着，心中对她燃起一阵怒火，她竟然拒绝了图拉，这他妈怎么可能？图拉提出这件事的时候，她该毫不犹豫地接受才对，而且是充满感激地接受。而他们在床上时，我会手握长长的焰形剑①，站在门外守护他们。

我跟图拉碰了一下杯，两人都把头靠向了椅背。那冷啤酒味道不错。透过那玻璃杯底我看到了舞者在舞池正中旋转起舞。玻璃杯底的折射放大了她们的双臀，扭曲了它

———————————

① 焰形剑，流行于欧洲中世纪的一种双手剑，剑刃呈波浪形。

们的形状。我放下杯子，盯着某几个舞池中起舞的妇人和女孩更仔细地瞧了起来。我在想，要是去问她们愿不愿意上床的话，她们之中应该很少有人会拒绝吧。

我俩闲扯了几句，聊到今天是周六，聊着桌边坐着的那些人。我们丝毫不谈及我们自己，这种酒馆不适合谈正经的事。我们桌上有人想请大家喝啤酒——连那俩"大学生"也一起请！我们歪着嘴冲那请客的男人笑了笑，说了声谢谢，端着新得来的啤酒喝了起来。而后，图拉站起了身，挤过人群走向洗手间。我伸直桌下的两条腿，却不小心踢到了旁边坐着的女人。她没对我这一脚做出任何反应，只是坐在那里嘴里不停自言自语地发出"扑哧，扑哧，扑哧"的动静。一种完全被孤立的陌生感涌上我心头，比任何时候都要强烈。我该做给他们看的！于是我站起身，径直走到整个酒馆里看起来最干净的那个女孩面前，侧身向她鞠了一躬。她抬头看我，露出一个有些蠢的微笑，把手中的香烟按熄在了烟缸里，手挎上我的臂弯，我们一起滑进舞池。海勒不想跟图拉上床，这关我什么事，如果时机合适，我完全可以摆脱我的童男之身。我从没想过每次跟我一起跳舞的女孩都是不是处女，然而这次我确定，眼前的这个女孩不是。我怀里的这个女孩用她的胸蹭着我的身体，好像是被付了钱才来这么做的。从前，天真无邪与世故老练之间的界限一直离我很远，远到无法感知，而此刻，这条界限却就摆在我脚尖前。上帝哪，她又不是海勒，所以没问题的，这只是个被我拉来一起在舞池里转上几圈的女孩，然后我们再来些形式上的事，除此之外再无其他。

"您真会跳舞。"那女孩抬眼看着我说道。在最后几分钟内，我们大概挪出了有半米远。那两瓶啤酒只让我感到微醉。跟我跳舞的这女孩很无趣，但如果想想将在她身上发生的其他事，还是可以麻醉一下自己，让自己好受些。雅努斯·图尔纳和他的童男之身。可以考虑考虑这事了。我的生命此刻就在我手中，我为什么还要把时间虚度在那么多无意义的事上？我向那张大桌子望去，想看看能不能给这姑娘找一个位置，然后便看到了图拉正在跟一个男人说话。占了位置的这男人看样子像个酒鬼。我们又继续跳起了舞，我低头看着眼前这姑娘的头发，那头发滑稽地卷曲着立在空气中，她头上没有头路。我清了清嗓子，问她叫什么名字。

"您可以叫我英格。"她答道，带着醉意的目光看向我的脸。"您可以叫我英格"。呸！远远之外就能闻到这话散发的恶臭了。可我却无法抑制内心涌来的对她的柔情。每个人都在演戏。我们现在该长大了，我们可以去感受那件事了，那令人心动的事。我才不畏惧她的那句"您可以叫我英格"。

"我一定能行。"我对自己说道，同时又看向对面桌旁的图拉，他脸色奇怪地发青。那陌生男人整个人都靠在了他身上。图拉仰起头，看来像是想避开他污浊的呼吸，然后他便看到了正在跳舞的我们两人。我感觉自己是时候回到他那里去了。我把手从英格的腰上移开，两人一起走向图拉和那男人。图拉抬起目光看着我们，他没有笑，只是很简短地打了个招呼，又想起身给眼前这个女孩挪个位置，可那陌生男人把一只手放在他膝上，把他又按回了座位。我瞪着那个男人，然后，我一下便想到了这人是谁。这是那个保尔。我脑袋一阵发晕，可英格却在一旁嘟囔着说，我们举止太奇怪了，她只能站在这里看着我们，都没人站起来挪个位置给她。我差点儿就要喊她闭嘴，可就在那时图拉又一次站起了身，问我要不要走。我点了点头，图拉向后退了一步，可保尔忽然向他倒来，两条胳膊就快搂住了他。图拉眼神一下呆住了，那男人的两条胳膊正正好好环着他的腰。我身边那姑娘窃笑起来。

"你不能劝劝她吗，"那男人喘息着说，"你不能劝劝她吗？？"他两手依旧环着图拉，图拉往后退了一步，想甩开他那两条胳膊，那男人都快要被从椅子上拽了下去。周围的人全都伸长了脖子向我们望来。保尔一下子失去了平衡，他摔倒的那一刻还不停挥动着双臂向图拉跨去了一步，接着便整个身子缩成一团倒在了地上。这男人的身子砸在地面上时发出了一声干草垛倒在地上般的声音，图拉也倒在了他两膝之间。图拉把两条胳膊举过头顶然后猛地砸向这个男人。一瞬间我整个人都怔住了，然后又听到那个英格在冲我喊，把我推到了图拉跟前，让我拦住他。我对着他耳朵大喊，让他住手，可那双印第安人式的黝黑的大手却不停砸向他身下那个男人。有人过来拉开了我，拖着我在地面上滑出几步远，我感到有人正揪着我的领带，然后我便看到图拉站起了身，把那个男人也从地上拽了起来。他们面对面站着，英格弯下了身，一个酒保飞快地向他俩跑来。站在桌子之中的我接着便看到保尔抬起右手结结实实地对着图拉的脸扇了一耳光，图拉那张脸因为错愕和被压抑住的抽泣而僵在了那里。图拉没有看到他打过来的手，至少，他挨那一耳光的时候，毫无防备。在那记耳光的声音消失掉、整个酒馆沸腾般的骚动也平静了下来之后，我才注意到我的鼻子在流血。血流向我的牙齿之间，又淌到下巴上。那只揪着我领带的手不停地把我向上拽，紧紧勒着我的喉咙，然后我重新站了起来，摇摇晃晃地走向图拉先前在的位置。那一记耳光打在了他的上唇上，他的嘴唇破了，撕开了一道口子。在我使尽全力把脚踢向保尔的前一瞬，我看向他，他脸上一片漠然。我没踢中他，有一只手从我背后拽着我的衣领拉开了我。有血淌下来滴在我的衬衫上。我被人扭着一只胳膊扔出门外的时候，那个英格也一直抓着我，跟着我出了门。我转身走上了街道，在那里等图拉。然后他走来了。他们并没有把他扔出来。只是把他请了出去。

我径直冲向他把他抱住。我站在那里，含混不清地在他耳边说着：这个该死的晚上是怎么回事？这都是怎么了？你跟海勒是怎么回事？她到底跟你说了什么？除此之外我再记不清我还说过些什么了。我根本不在乎这些，可这才是今天这个该死的夜晚的导火线，不是吗？我站着，抱着他，把这些话送进他的耳朵。站在街边的我，血滴在衬衫上，完全没个正形，还在这儿对眼前这大场面胡诌些什么大道理？

图拉直起了身子，把手背贴在嘴唇上。在路灯斜斜照下来的光线里他看起来就像是在对我笑。然后英格向我们走了过来。

她径自走向了我，把手搭在我手肘上。

"刚才在里面的时候，你还没告诉我你叫什么……"她说。她一本正经地看着我的脸。

"雅努斯。我叫雅努斯。"我吸着鼻子答道。在刚才那诡异的一切发生过后，我这个奇怪的名字在她听来应该也是正常至极吧。

"你们可得赶紧去洗洗。"她说。然后这可怕的女人便把我们拉走了，宛如拉着两头在荒漠里迷失了方向的骆驼。我那件短风衣的一只袖子垂在空中摇晃着，上面沾了灰，刚才酒馆里的人在把我们人赶出去之后，把我们的衣服也一并扔到了汽车道上。英格把它们拾了起来。此刻的她变得相当热情，她现在可是有事可做了。她踩着高跟鞋僵硬地走在前方，图拉跟在她身后，像一座随她向前漂流的高高的灯塔。

那保尔到底是怎么了？他又是什么时候被酒馆扔出门外的？我什么都不知道，我只希望，酒馆里的人在把我们赶出去之前先狠揍了他一通。最好是把他摔在墙上。

"这感觉就像吃了颗橙子。"图拉说着，把身子转向我。"那种纤维卡在牙齿缝里的感觉。不过这可是颗真正的血橙。"他笑了起来，又因为伤口被扯到而发出几声呻吟。

"在过去，我们管这个叫血牙床。"我向他笑了回去。这倒霉的一切竟让我心中生出几分骄傲。在过去，血牙床可是种荣耀的勋章。可此刻它只让人生厌，这是被保尔打的一巴掌，被他这般可憎的人。

"你朋友叫什么啊？"英格问道。她走过来牵住了我的手。她至少已经二十五岁了吧。

"我叫图拉大帝。"他答道，不知何时又笑了起来。

"你们可真是两个怪人，"这女孩说，"你们爸妈肯定不允许你们晚上这个点还在外面闲逛吧。"

我想起了我们平日里一起喝的茶。而此刻的我们正走在韦斯特布罗①的某个地方，顶着一张被打肿的脸，跟着一个一本正经地说着"叫我英格！"的女孩走在一起。

---

① 韦斯特布罗（Vesterbro），哥本哈根市中心西部城区名。

街上时不时有行人经过我们身边，他们并没太盯着我们看。他们定是早已对我们这种组合习以为常。我们三人转过几个弯，直觉告诉我我们应该已经走上了松讷大街①——或者是别的这类诡异的地方。然后，那女孩停住了脚步，把我们拉上了一个楼梯间。她先进了门，图拉跟在她身后，我殿后。"一队杂牌军，"我想着，"流着鼻血跟着一个女孩上了楼。"

我们本可以回自己家的。

那姑娘在四楼停住了脚。我们一定是已经花了很长时间上楼，因为就在她站在门前掏钥匙的时候，楼梯间的灯发出"砰"的一声响，然后熄掉了。她在那里费劲儿地鼓捣着门锁的时候，我们站在一边一声不出，最后她终于打开了门，把手伸进门里，点亮了灯。

那是个布局奇怪的房间，没有门厅也没有走廊，人可以直接进到屋子内部。整个屋子弥漫着一种让人有些不安的亲密感，人们可以一下就直接进到卧室、餐厅、客厅和浴室里去。英格走到窗前，把包放下，然后转向了正站在门口像两只绵羊一样盯向房间里面的我们。

"你们两个进来呀。"她的声音带着几分粗鲁。

我们挤进了门。图拉费力地走着，挥动着一只胳膊，姿态就像个社交名流。

"对不起，把你也卷进了我们的事。"图拉对英格说。他停住了脚步，像是有些头晕。在清晰的灯光下看他贴在额前的发和被打破的嘴唇，给人一种荒诞之感。我走到了他身边，抓住他的胳膊。可英格也在这时走了过来推开了

---

① 松讷大街（Sønder Boulevard），韦斯特布罗区的一条街。

我。她把图拉领到房间一个角落的窗帘前，那里立着一个水池。她脱下了他的防风夹克和毛衣，打量了他几眼，然后拉来一把椅子，让他坐下。然后她拿起一块毛巾，小心地把他鼻子和嘴唇上的血擦去。

她先开始为他处理伤口，一定是因为他伤得最惨。我想着。

我站在窗前，望向外边楼下长长的街道，那街上一片荒凉。

他是想要怎样呢，那个保尔？这一件件事接踵而至，而此刻我们竟忽然置身于松讷大街或者那附近的什么地方，在一个陌生女孩的房间里。我突然站在原地同情起我自己来。图拉叫了我的名字，我转身走向他俩。

"我感觉自己像个苏丹。"他对我说道。我冲他笑了。"你身边是修指甲的侍女。"我说。

她为他清洗过伤口后，他站起了身，然后她又叫我过去，让我也坐在了图拉刚才坐的椅子上。我察觉到在我背后的图拉爬上了她的床。她转过头去，跟他说他应该躺一会儿。他嘴里嘟哝了些什么，但还是躺了下去。

这大概就是这一天的全部了：图拉问了海勒今晚要不要一起睡，海勒跟他说了不，然后现在他就躺到了一个陌生女孩的床上，上唇还带着一道伤口。这还是图拉吗？

英格俯身向我、小心翼翼地帮我洗脸时，我又一次触到了她的胸。那些鼻血不太难洗。我打了几个冷战，又在一念之间忽然伸出了手，把手放在她的腰间。她扭动了一下身子，最终还是准许我的手停在了那里。

躺在床上的图拉已经打起了鼾。微微的鼾声从他大大的鼻子里传出来。

英格转身把毛巾挂在镜子旁的一个钉子上，然后又回过身来，盯着我看了一小会儿，没有笑，也没有任何其他举动。我坐在椅子上扭动着身子。

"他看样子是昏过去了。"她跟我说。我斜睨向那张床，图拉躺在那里，带着苍白的脸色睡了过去。她走到我面前，以一种友好的目光看着我并开始解我的裤子的那一刻，我一下子慌乱起来。一边是图拉躺在床上微微打着鼾的圣洁一幕，而另一边，那个"您可以叫我英格"正站在那里脱我的裤子。她把手摸向我内裤里面时，我什么都没做，但又转念一想，在这场暧昧之中我要是什么都不做的话，那未免也太过卑鄙。我没兴趣吻她，只是用手握住了她的胸。这一握明显是过于用力，她轻哼了几声，可接着便倒在了我身上，两人一起在一片安静中滚到了地板上。她的手还伸在我裤子里，紧紧抓着我。

"现在图拉要醒了。"我想着，可我根本来不及思考完。我脑袋和下身都跳动着，发生的一切都在视线中飞速闪过。英格一定也察觉到了我的反应，她把连衣裙卷了上去，脱掉了内裤，向我耳语了几句，然后一切便在一场巨大的迷惘混乱和周遭一片翻滚着的景象中结束了，没有为我留下任何知觉。

我们这件事完全不属于昨天。午夜已经过去许久，清晨很快就要来临。海勒不想和图拉上床，保尔想让图拉的母亲重回自己身边……这些都已经是昨天的事了。现在我们该做的只是起床，一起沿街走回去，去尝试重新回到我们的过去。可我们回不去了。雅努斯·图尔纳已经签下了一纸状书，这纸状书把他变成一个跟图拉完全不同的人。而这个顺序大错特错。

我几乎没法让自己不去想这是一场多大的谬误。图拉该在我之前经历这件事才是理所应当，而且是要以一种完全不同的方式。第一个尝试这些的应该是图拉，以一种正确的方式，而在他对这些说过好之后，我才会去践行那些他为我精心准备好的纯粹的预言。

我们搞出的声音并没吵醒他。英格躺在地上对我笑。这一幕也并非多么出人意料，可毕竟那时我正在笨拙地试图把衬衫下摆塞进裤子，而她就那样躺在那里对我笑。

"这感觉很棒，人有必要躺在自己卧室的地板上做一次这些事的。"她窃笑着说道。我但愿她已经把连衣裙穿好了，可那裙子还依旧卷成香肠的模样挂在她胸上。

我用膝盖撑着身体立起来，手却不小心落到了地板上一小块潮湿的斑渍上。我收回了手。然后终于站起了身。

屋外，天正慢慢破晓。图拉躺在床上的姿势看起来很不舒服。他安静无声地睡着。英格站起身，手里的刷牙缸碰出了声响，她打开了水龙头，水从水管里突突冒出。

"我们得准备回家了。"我望着前方说道。她已经开始刷牙了，但还是从牙刷和泡沫的空隙中挤出了一句回答，告诉我们，我们要是想的话，可以再待一会儿的。"那她可以多在地板上躺一会儿啊——她现在可都已经习惯于此了！"

英格这句话并没有恶意，我只是感觉这种说话的方式早已成了她的习惯。这些话都非得这样被从牙缝中挤出来不可。根本没人教过她该怎么说话！

我向图拉弯下身，小心翼翼地摇了他几下。他轻哼几声后醒了过来，看向了他上方的我的脸。那一瞬的他看起来是完全清醒的，就好像他其实一直只是躺在床上闭着眼从眼缝中窥伺我们。

"我们准备回家吧。"他说。他的语调中听不出赞美，听不出批评，也听不出回过神的感觉。他从床上起来，此刻的他只是一个高大的站立着的还带着清晨起床的倦意的印第安人而已。

他往身上穿那件防风夹克时，双臂如翅膀般晃动着。穿好衣服后，他径直走向英格，对她伸出了手。他向英格道了谢，感谢她把我们带回自己家来，还帮我们清洗伤口。

看到他和英格在一起还真是稀奇。一种似曾相识的做了错事的感觉时时刻刻纠缠在我心头。

我不想再穿我那件短风衣，它已经被磨破了，外面天已经彻底亮了起来。于是我把它挎在手臂上，等着图拉说完道别。她跟着他走到门口，把他送出了门外。他走出门的那一刻，她抬头对我笑了。我们之间，毕竟是发生了些事啊。她拽住我的夹克，把我人拽低了些，然后凑得离我相当近，对我低声耳语道："拜拜啦，小伙子。"

我们走到她门外狭窄的楼梯间，身后的她关上了门。此时的我只觉筋疲力尽。此时的我已经尝试过一切。

我们跑下了楼，在一片惨白的晨光中走上大街。一只乌鸫坐在花楸树上高声叫着，逼得我们差点儿就要堵上耳朵。我打赌我俩现在看起来一定惨不忍睹。若是有人看到我们，他们一定会带着嘲笑说："哈哈哈！这两个年轻人肯定通宵作乐去了！"从某种程度上讲，我有些震惊，震惊于那栋楼上发生的事竟没带给我任何改变。我是输了，可我也没从自己身上看出些什么天大的改变。之前的我一直以为在这之后人会如破茧成蝶一般蜕变，可我只觉自己还是原先的那个自己，只有内裤上多了一块潮湿的斑迹。也正因为此，我走在图拉身边时一直都微微垂着头。在酒馆里买过酒之后，我们已经没钱坐电车了，只好走回家去。

"我送你回家。"我以一种保护的语调对图拉说道。我们冲着对方笑起来。那停着各路列车的桥就在我们眼前。早间列车的车头上蒸腾起巨大的云雾，升起的蒸汽云白得一如眼前灰白的晨光。图拉瞟了一眼脚下的列车。那火车头是辆 S 型火车，上面带着小轮子，火车开动时，在车轮还没转动之前，那小轮子会先自己转上千百周。

跳上这么一辆列车驶离这里的想法又重新回到了我们心头。我们趴在栏杆上向下看了一会儿。发车的信号升了起来，蒸汽机在高压之下开始轰鸣。可之后车头的司机又把节流阀压了下去，火车匍匐着驶向桥下，滑上延伸向远处的铁轨，消失在我们视线的尽头。

我有些发抖。天气很冷，我没穿大衣。

"要是昨天赶上了那趟 6 路电车，事情可就没这么复杂了，"图拉说，"那样的话我们还能多睡一会儿。"

"保尔来了这里，他想找回我妈妈。"他继续说道。"他是彻底疯了。他坐在那儿求我，就好像我能帮他什么似的，又好像是他觉得从我下手会有用吧。他当时还喝醉了。我完全不懂他和妈妈之间发生了什么。我猜可能是她当时想要那个孩子，所以就跟他结了婚，或者……谁知道呢。"

我们路过趣伏里公园①的时候，看到有几个白领正要进去。

"当然，我当时打他也是犯了蠢，可我不也得到了奖赏

---

① 趣伏里公园（Tivoli），哥本哈根市中心一座主题公园，邻近主火车站和"走街"。

嘛。"他笑了起来，抬起了手放在嘴唇上。

"你想象一下，要是一大清早就可以去趣伏里的话……"他继续说道。

"我想吃圆面包了。"

他的胳膊剧烈地晃动着，鼻子深吸着气。

"咱们找找有没有面包店吧。"

我们在街上晃荡了许久，最后终于在市政厅对面找到了一家面包店。我想洗洗手。

店里那女人看到我们进来时差点儿吓昏过去。

"给我来三千个圆面包。"图拉说。

"嘿，别胡闹。"那女人说。

"我们想来几个圆面包。"我说。

"您想，您从来不愿意做这种生意……"图拉又说。

女人嘀咕了几句，拿着一个袋子走了回来。

"要几个？"她生气地问。

"六个。"图拉十分正经地说。

那女人把面包一个接一个扔进袋子，在袋口飞快地打了个结。

我们大摇大摆走出店门。

"她没给我们黄油。"我突然想起来。图拉又一转头走进了店里。我跟着走进去的时候，那女人大骂了起来。

"想要黄油的话您去奶品店里找啊！"她大吼道，我们笑着冲出了店门，跑到街上，一件短风衣和一个装满圆面包的袋子在身后飘动着。

我们去奶品店买了黄油，坐在嘉士伯美术馆前的长椅上吃起了那圆面包。技术上讲，坐在这里的我已经摆脱了童男之身，而图拉此刻正弯下身子，手里握着抹满了黄油的军刀，覆盖着牙齿的上唇还带着一道无辜的裂伤。我他妈为什么不继续想自己的事了？图拉的事情更糟糕。谁都不该伤害他。图拉和海勒，这就是事实。没人会想去侮辱国王和王后，对吧？

几只该死的麻雀不停在我们脚尖前蹦来跳去。我抬起脚踩向它们。

"他们当时要是没拦住我们，我们可以给保尔一顿胖揍的。"图拉说道，歪着嘴笑着。

我记得我站在桌子间那一瞬看到的他的那张脸，那张脸就那么定格在那儿等着挨打。我知道，他当时已经僵住了，被打的那一刻过后，他也再没力气去打人。当时的我们绝不可能还有能耐去揍别人。

"两人一起打他或许有点胜之不武。"我说道。说完后却又察觉到自己就是在胡扯。

"我恨他，他身上有一股臭味，"图拉说，"那股恶臭就飘在我脸前，让我无法忍受。他抓住我的时候——我觉得他很脏。"

我嚼着嘴里的面包。我们其实一直都是被裹在棉絮里保护着的。我们就好像是一直在戴着橡胶手套过活。可世上有那么多肮脏的东西。我一下想到我吃东西之前还没洗手，嘴里的圆面包也随之变得难吃起来。英格在我们走之前也没洗手。不过她刷了牙。现在能洗个澡就再好不过了。一种不舒服的感觉沿着我脊背上下蹿动着，我把手拍干净，站了起来。

图拉坐在椅子上，小心地动着他破了的上唇嚼着面包。他聚精会神地完成着这艰难的任务。我差点儿就要弯下身把我和英格的事告诉他。意料之外的是，他竟完全没发现

112

我们的事。他这次又是胜者，一如往常，他一尘不染、毫发无伤地从这片肮脏中脱了身。他那时睡着了，安全地熟睡着，带着受了伤的嘴唇，就像挂着一枚勋章。而我正在那儿同时沉沦下去。我想站在这但丁广场的乌云下大喊，可又没这么做，只是交叉着双臂把那件短风衣夹在两膝间，在对面这印第安首领的面前弯下了身。他吃完了他的面包，坐在那里沉静地如同石块，凝望着远处的清晨。他家已经不远了，但我还得看看能不能赶上一趟电车。他站起身伸出了手，我想大喊的冲动又消解了。我们握了下手，趣伏里公园里的孔雀尖叫了起来，听来像是它正被三十个动物管理员教唆着吞下尽可能多的谷子，直到被撑死为止。我们两人站在那里，宛如立在古罗马的石阶上的布鲁图斯和安东尼①。我们大笑了起来。

空空荡荡的电车上只坐着一个值早班的女清洁工。她没看我一眼，虽然我此刻样貌无疑相当可怕。

我回到家时，送牛奶的人刚从楼梯上走下来。直到此刻倦意才向我袭来。我爬上楼梯，只觉上一次从这楼梯走下来去海勒家好像距我已有千年之久。在家门前，我用了很长时间把钥匙插进锁孔，最后那门终于被撬开了。我一步跨进门厅，同时把门带上。几乎没出声。我正转身穿过走廊时，父亲突然站在了我眼前。

我父亲就站在我对面。我心里涌上种奇异的感觉：就在那一刻，我仿佛已经经历过了他的整个人生。这就是他生活的全部了。他的小儿子在周日清晨太阳升起之后才溜进家门。在另两个大儿子身上，他也经历了一模一样的事，

---

① 布鲁图斯、安东尼，均为罗马共和国时期政治家、军事家。

而现在轮到了这第三个，轮到了他最小的儿子。他也不指望再经历更多了。他脸上挂着一个了然的微笑，准备着向我伸出手祝贺我成为真正的男人。我感觉他在我还走在街上、离家很远时就已经嗅到了我的味道，他嗅得出我昨晚去了酒馆，和一个女人过了夜。现在他穿着睡衣站在这里，等着给我颁发那象征胜利的棕榈叶。

我想向他低头认个错然后就从他身边挤过去，但他挡住了我的去路。

"你回来得可有点晚哟？"他说。我不敢抬眼看他那张脸，我知道他脸上正挂着那种引诱我说些什么的微笑。他那种男人式的亲密正顺着我的背脊向下蹿。

"嗯。"我短促地答道。

"你妈妈已经开始担心了，不过我告诉她，小伙……"

我从他身边挤了过去，脑袋里一片黑暗，可就在我正穿过门厅走进客厅的那一刻，他的手忽然摸上了我的肩，同伴式地轻拍了我一下。

"安。"

他透过关着的门对我说："晚安，雅努斯。"

我跑过客厅，上了另一条走廊，顺着它跑进自己卧室。我听到一只乌鸦正蹲在房檐上。我扯下身上的夹克，扔到角落，用手不住摩擦着肩，像是昨天有人在我肩上吐了口水。在把身上剩下那些该死的衣服都扯了下来换上睡衣之后，我溜上走廊，进了洗手间。

我现在是大人了。从现在起，我可以在周日早上六点半带着想呕吐的感觉坐在洗手间里了，从现在起，我有了所有的特权。是个小伙子了，对吧？

我洗了手和脸，潜回床上。在这场荒诞面前，我该变成图拉才对，那样我才能自如地面对这一切。是图拉的话，他一定也不会在上床睡觉之前这么彻底地洗漱一通，他一定没有这么强烈的想要洗漱的感觉。他也不需要这么做。他现在肯定已经熟睡了过去，大大的身子平躺在床上，弯钩状的鼻子里传出微微的鼾声。

❦ 第七章 ❦

图拉刚认识海勒的那段时间里，我见他们两人的次数并不多。我只知道他们会在放学之后见面，在海勒必须回家之前一起在街上逛上一个小时。她在外面最多只能待这么久。他们几乎从不会在晚上一起出门，毕竟图拉和我还得写作业。在那些可怖的拉丁语作业写不下去时，他便会谈到她，谈到他是怎样和她谈天说地。坐在一旁的我点着头，我在想，她完完全全就是他的意中人。

一天晚上，图拉突然闯了进来，眼神里闪动着些许狂热。他之前去了她家。先是他妈妈进了他房间，跟他说有个女人打电话给他。打来电话的是容克森夫人，海勒的妈妈。"她对海勒跟年轻男孩一起出去玩完全没有意见，一点都没有，"她对他如是说，"她只是特别想看看这个男孩究竟是怎样的一个人，只是希望能跟他见个面，就是这样。"

图拉笑成了一团。他去海勒家吃了晚饭，他按响门铃时，有一个穿着披风的年轻女孩出来开了门，帮他脱下大衣。站在门口的他只觉自己像是要去觐见示巴女王①。海勒那时还没露面。

---

① 示巴女王，《圣经·旧约》中记载的统治非洲东部示巴王国的女王。

116

图拉在一扇门上敲了敲,走了进去。那里坐着海勒和她妈妈。她妈妈四十岁左右,他们礼貌拘谨地聊了聊政治和文学。海勒看起来不是很开心。晚上十点的时候,他被送回了家。"海勒明天得保持精神。"容克森夫人这般说道。

在讲起这场见面晚餐的时候,图拉躺在我的床上,蜷着身子。

"她这个人很恐怖,"他说,"跟她在一起会让人随时有种要尿裤子的感觉。"他用手揉着鼻子说道。"她很漂亮,我觉得她身体里藏着一头狮子。她是那种会令人感到些害怕的角色。"他笑着对我说。

我还记得她当时是怎样站在那扇窗里面窥视我们的,因而一下子便明白了他描述的这种感觉。

"不过,海勒却是那么美好。"图拉说。"我又被邀请去她家共进晚餐了,因为海勒要过生日。她也邀了你一起来,老家伙。"

他讲到这些时,周身闪动着热恋中人的光芒。我缩了缩身子,不过,我着实是很高兴自己被纳入了他们的圈子的。我得弄明白这一切究竟是怎么个样子。

我们一起去了海勒的生日派对。那条通向她家别墅的路跟我们在那个舞会之夜看到的完全两样:它看上去不再神秘诡异,路边只是一个个古老的园子,里面种着花;有几幢房子看上去老得让人有种重返 1860 年的错觉。它们伫立着,死寂而伤感,好似已被彻底遗弃。我们化了一个小时之久才走到她家花园门前,两人都装得很绅士,都想着让对方先踏出进门的第一步。在踏进她家门礼貌规矩地做客之前,我们得先练习几遍。来给我们开门的是海勒,图拉呆立了片刻,然后走上前吻了她。那个吻只是轻轻一扫。

我们向她道了生日快乐，然后我递上一本书给她，那是我买给她的生日礼物。买那本书花了我很多钱，不过她看起来对这份礼物甚是喜欢。我想让自己成为一个受欢迎的人。

我和图拉走进门时，两人都斜眼瞟着对方。图拉气派地理了理他的领带。

我从没见过这么大的客厅，差点儿还以为自己进了罗森堡宫①的大殿。那客厅里看上去空无一人，可另一侧却又传来一阵窸窣的声响，一个女人从那边一张沙发上站了起来。她身后是一个书架，上面陈列着精美的套装书籍，那些书看上去像是从来无人翻阅。

容克森夫人站在那儿，叫我们过去。我们迈着步走在地毯上，我身上冒出汗来。我俩在她对面停住，瞬间觉得不知所措。她伸出一只手给图拉，图拉握起她的手弯下腰，说着祝海勒生日快乐。而后她又转向我，微笑着，那笑给她的眼神又平添了几分冰冷。

"这是我朋友，雅努斯·图尔纳。"图拉说。我鞠了个躬，自言自语了几句很白痴的话，跟她说我很高兴收到邀请来这里。她的手是干枯的，跟我预料中的一样。

然后我们便入了座。海勒从一只巨大的银质烟匣里拿了烟给我们。那匣子跟我家的一只看起来很像，我家那个是爸爸在一次跟他那群老小伙子们的聚会上收到的。只是，海勒手上的这只表面没有雕花。它的表面锃锃反着光。想到爸爸那只烟草盒的那一瞬间，我竟仿佛闻到了家里餐厅的味道。可随后我们便开始了聊天，海勒今天很美，头发

① 罗森堡宫（Rosenborg），原为丹麦国王克里斯钦四世（1588—1648）于17世纪初所建的夏季离宫，自1833年起被丹麦国王弗雷德里克六世（1768—1839）改造为历史博物馆，对外界开放。

梳成了特别的发型盘在头顶上，更凸显了她脖颈的线条和婴儿般粉嫩的双耳。她和那印第安人就是天生一对。我想着眼前这对完美恋人，身子稍稍沉进了椅子。

容克森夫人好看得很。那头高高梳上去的金黄头发让她给人一种很强烈的狮子般的感觉，令坐在那儿的我时时担忧她会爆发出怒吼。她灰色的低领连衣裙将那没有一丝皱纹的脖颈衬得犹如一座高耸的塔，支撑着那高傲的、微微后仰的头颅。她从嘴中发射出一句句话，不带太多表情，那声音却几乎要给人耳膜撕开一道口子。若不是她的身段已看起来不再年轻，人们根本看不出她的年龄。她的一对胸挺立着，但又不超过其人种限制的范围。她就是只巨大的猫。

图拉并没把一切真相都讲给我。他讲给我的只是一个势利而令人难以忍受的上流妇女，可现在在我面前的她却比这要糟得多。

其间，侍女为我们每人上了一杯鸡尾酒。喝下那杯鸡尾酒之后的一小段时间里，我享受了片刻长大成人的感觉。我给海勒讲了些我们学校里的事，身子凑向她的椅子，两人之间弥漫起一种私密的氛围。这氛围随后却又被打破了，因为我察觉到她的注意力转向了图拉。他正跟她妈妈聊着天，周身展现出迷人的魅力，好像他对这女人的反感更加助长了他施展自己令人无法抗拒的迷人特质。他手上的动作契合地强调着他所讲的内容，那份热情联动着周身的气氛一起涌向身边那女人。她热烈地回应着他的话，每一次回应又都精准地为他点燃了新的话题灵感。

坐在那里的海勒和我到最后也都参与进了他们两人的这场戏。海勒着迷地看着图拉。我根本没法把视线移开容克森夫人那张脸，它神情平静，还带着种优越感，让我方才那长大成人的感觉彻底烟消云散。

门里的侍女宣布开饭，把门向墙的方向推了推。任谁都不会觉得这个家里少了一个父亲，这个家让人感觉根本没有父亲的位置。我忽然想到这里一定曾经有个父亲，可他被容克森夫人给吃掉了，就像母蜘蛛那样在怀孕之后就把自己的丈夫吃掉。而现在，图拉也被缠上了她的网。

容克森夫人做了我的晚餐女伴。图拉得同海勒坐在一起，因为今天是海勒的生日。晚餐全是美味佳肴，门外的侍者也费了许多精力来准备。餐前有白葡萄酒开胃，还有半瓶红葡萄酒配与每道正菜。之前那杯鸡尾酒很烈，我已感到些许醉意，嘴唇颤动了起来。我猛地发现自己正在用天大的嗓门儿谈着各式各样白痴的话题，而容克森夫人坐在一旁微微笑着，那笑仿佛马上就要从她嘴角消失。那微笑让我想把它扯下来填回她嘴里。我方才说了那么多话，突然住嘴的那一刻因而显得分外突兀。恼怒涌上我心头来：是图拉出于好心才邀我一起来的啊。容克森夫人按了一下桌子下的响铃，铃声让我烦躁起来。她按铃按得如此悄无声息，谁都发现不了桌子下还藏着连线佣人的秘密机关。铃声叮叮咣咣地响，让人有种置身消防站的错觉。女佣进了门，我们站起身走向另一个客厅，那里竟还有另外一个正倒着咖啡的侍女。还好我理智尚存，推辞掉了端来的白兰地。

我们重新坐下，醉意中袭上不安。海勒的妈妈闭着嘴打了个小小的哈欠。她打量了我们一番，又跟我们说我们可以一起去看个电影，以这句话把我们解脱了出来。海勒的脸庞像一盏灯般亮了起来，然后她又跑去取了报纸。现在我们正好还赶得上九点场的电影。我们还没打电话订票，可客厅里的气氛已经让我们迫不及待想跑出外面呼吸新鲜空气，走在街上聊天。我们彬彬有礼地道了再见，对容克森夫人这顿美好的晚餐道了谢。

"海勒看过电影就得回家。"她看着图拉说道。他不由得缩了缩身子。然后，那女人半转过身，把报纸收了起来。

我们穿上大衣。我自己穿上了衣服，而另一边侍女正在帮图拉穿衣。他口中叼着一支雪茄，直起腰身扣上风衣纽扣的那一刻很是帅气。他又回到了原来的他。我向后退了一步，让他们两人先出门。他在下楼时用手环住了她，可在走过那扇大窗户时却又把手移开了。雪茄的烟扩散成巨大的烟云盘旋在我脑袋四周，我想象着它是传递喜报的烽火。这次容克森夫人并没站在窗前。

我们走进外面的新鲜空气时，先前的那种醉意又一次袭来。我们之间的牵绊又重建了起来，没人能再把我们分开，也没人能再让我们觉得压抑。我们全身心舒展着走在路上。

"我们不能借一下这辆车吗？"我问海勒。我注意到那栋房子还有一个车库。

"喂，你连驾照都没有，小鬼。"她说。图拉笑了起来。

"我技术很好的，没驾照也能开。"我说。我心里也确实是这么想。我想开着车，让容克森夫人做发动机盖上的装饰雕像，后座上坐着海勒和图拉，一路鸣着喇叭，亮起车前的大灯，向着海边公路绝尘而去。风大概会把那女人的头发吹掉，这至少可以让她看起来更像绵羊一些。可那双眼睛就有点难办了。她很像《启示录》①中的一个形象，一个半狮半蛇的生物——她的下颌，还有那后仰着随时准备咬向猎物的头，都很像。

可现在海勒已经长大了，她和图拉在挽着胳膊向前走去的同时一起长大了。此刻我心中有种很美妙的感觉：她属于他。此刻的我只想化身一个宫廷小丑，在这对国王和王后面前耍宝逗乐。我愿意在他们面前翻筋斗取悦他们，我也可以把自己的牙齿悉数拔下，在黑暗中用它们要杂耍，只要他们想看；我乐意翻上一个双圈的后空翻，然后用舌头在街边排水渠的边沿立住，口中同时还念诵着斯多姆·P.②的句子——只为博他们一笑。

在那场快要让我们笑爆肚皮的电影结束之后，我便跟他们两个说了再见。我觉得头疼，此时我还是自己先走为好，这样他们便再不必为了能两人单独走回家而想办法把我支开。

他们拐向左边，一双身影消失在韦斯特布罗大街。我在一个橱窗前停了下来，盯着里面那完全看不到的汽车看了一会儿。我正转头想往市政厅广场走，却忽然看到科特直朝我走来。我像个野人一样试图躲开他，可为时已晚，他已经看见了我。

"嗨，雅努斯。"他吼道。一个疑惑的微笑延伸向他的下巴。

"嗨。"我厌恶地答。

① 《启示录》，《圣经·新约》中的一卷。

② 斯多姆·P.（Storm P.，1882—1949），原名罗伯特·斯多姆·彼得森（Robert Storm Petersen），丹麦卡通画家、作家、演员，以幽默而颇具讽刺感的卡通画而闻名。"Storm P."为其笔名。

"要不要一起走一段？"他语调里满是期待地问。

我没答话，只是跟他并肩向前走去。他明显是没事可做，因为他刚才正是从我们现在走的这个方向来，而现在他又跟着我一起走了回去。这个科特有种特殊的天分：他总能特别凑巧地遇到别人，然后跟去人家家里喝茶。我们快步向前走着，他讲起了他给他的自行车搞到的新玩意儿：一个公里计数器。他精准地算出了他那自行车从家里车棚到学校车棚一共骑了多远，还用精准的数学方法弄明白了各种情况下的骑行时间：顺风的、逆风的、雾天的、雨夹雪的、霜冻的。讲到中间时他还会时不时斜眼瞟我一下。后来，他又沉默了下来走了一段路。我们路过数个车站，本来我可以搭电车回家，可我人却陷入了种磨盘般的循环：心里时刻想着要在下一个车站搭车，但最后却发现自己早已经走回了家。

科特把手背贴在嘴上，他每回脸红害羞之前都会做出这么一个动作。接着，他便问道："图拉跟那个海勒，他们在一起了？"

"对，没错。"我答道。他现在定是要开始刺探这两人的八卦了。

"跟她这样一个女孩在一起肯定很幸福吧。"他说着，目光却没看向我。他说出这句话的方式有些猥琐，这让我霎时很是压抑。这世上没有完全封闭、不可企及的事，所有的事都人人有份，只要想知道一件事的话，不论是亲身体验还是口口相传，人们总能打探得到。

"是。她是个相当可爱的姑娘。"我说。

只要一碰上科特，就没法再甩开他了。他会像条蚂蟥般死死吸在人身上。他察觉不到别人有多烦他，或者其实他知道别人烦他，但就是把让自己察觉不到这一点当作一种荣耀。他差点儿就要说出"海勒的胸很漂亮"了。他要是真把这话说出口，我会揍死他。

我跟一辆我能坐的电车看样子可以同时到车站。我加快了脚步，科特笨拙地追在我身后。

"那，拜拜了，科特。"我跟他喊道，同时跑了起来。他也快要跟在我身边撒开脚丫跑了起来，可我忽然像个疯子似的飞奔起来，我只想赶快远离他。我比电车早了很多到车站，心里还窜动着某种恐惧，害怕他在我上电车之前又追上来。我发现他就在我身后时，便开始往站台上跑。

"你是不是也喜欢上她了？"就在我跑上台阶时，我听到他在我身后喊。

我转过身，盯着他那张笑着的脸，那脸躲在他抬起的手后泛着红晕。可这时电车开动了，刚才没能对他说些什么，让我觉得心里憋得慌。"给我闭嘴，科特，"我想跟他说，"给我闭嘴，你个蜱虫，你就是一个恶心人的蜱虫。"

回到家跑上楼时，我感到了一阵口渴。厨房里没有人，整栋房子里看来都没人。我打开水龙头跑着水，让水管里的水彻底变冷。那冷水很好喝，我站在厨房里，心里涌上了对这种待在自己房间、待在自己家里的感觉的热切渴望：只要想的话，就随时可以从自己房间进到厨房，喝上一口水。可我们却总是在各种地方走动着，我们在走路上消耗着生命。我们从学校走着回家，在大街上走着聊天，我们跟在对方身边走着，我们的半生几乎都是在街上走着消磨过的。在其中一人的房间里坐久了之后，我们也同样是走着穿过这座城，走去另一个人的房间。

从自己的思绪中解脱出后，我站在自己的卧室门口，打量着这个房间。这是间很棒的卧室，不管如何，看起来总归很有生活气息。房间里还挂着些我两个哥哥住在这儿的时候留下的东西，他们的烟斗和香烟又仿佛给这里的氛围镀上了一层铜绿，我很喜欢这种腔调。想到一直以来抽过的不同品牌的香烟，这一切便都有了些历史感：从"旗牌"到"红北洲"，到"保哈顿"，再到"托利人"，又到手卷的弗吉尼亚烟草，最后换到了现在抽的更现代些的品牌。天知道那俩家伙有没有往这里带过女孩。我还没在我屋子里察觉到这种危险的味道。就算有，妈妈发现了的话，也早就给它洗刷干净了。桌上还搁着几本书，我坐在那儿翻看了一会儿，上面写的东西却一点都没进到我脑子里。

现在图拉该正在腓特烈斯贝外的某个地方抱着海勒吧。同时爱上两个人，是种奇特的感觉，尤其是自己爱上的两个人还是不同性别。"堕入情网"，一个绝望的声音在我脑海里回荡起来——难道不应该是"爱上"才对吗？像此刻这般清楚地思考这件事让我受到了极大的冲击。"雅努斯·图尔纳先生，在此宣布，与图拉·里梅尔先生，和海勒·容克森女士，订婚。"

我坐在那里嘬着一只空烟斗。起初这里只有我和图拉，后来又有了海勒。我必须接纳海勒，因为我不想没有图拉。所以，现在和我在一起的是他们两人。我们头上还悬着容克森夫人这个恶魔，一头长着毒蛇下巴的母狮。想要得到幸福，我们就得打败她。我感受到了她的威力，放下了手中的烟斗搓着手掌。科特倒只是一条小蛇，可她却既是蛇又是狮，高高扬起头颅，我们踩不中她，她永远毫发无伤。是我该保护他们两人的，可想起海勒闪出恐惧的双眼时，又让我觉得我很难保护他们；又或是想到图拉，坦率又包容的图拉，若是这用写满恨意的双目窥伺他许久的巨兽忽然偷袭过来，把毒牙刺向他，他那份看上去的强大定会瞬间土崩瓦解。我是看到过那种恨意的：她那时抛给图拉一个个暗示，坐在她对面的他高大温暖，充满生气，到最后毫不设防地向她敞开一切，在不知不觉中便滑入她意志的掌控。

我把手从书桌移开时，桌上留下了我手掌的印痕。我正要起身出门洗手，却听到楼下花园里传来一声口哨声。那一定是图拉。

他站在花园里。我打开门，他向我走来，我们一起从厨房楼梯溜上了楼。他一路上都不停低声说着什么，中间还不时哼起调子。进到我卧室后，我才看到他整张脸都放着光芒。那大大的、黝黑的脑袋闪着心醉神迷的红光，像是晚上的醉意忽然上了头一样。

"雅努斯·麦克·马努斯，"他说着，身子倒在我的床上，"我简直是爱一个女孩爱到彻底发了疯。她真是你能想象到的最美好的姑娘，她……我们一起走回了她家，我跟你保证，我们每走到一个路灯杆下，都要停下来吻一下对方。我还从来没有过这样的经历。"他从我床上滚到了地上。"你要是当时看到了我们，天哪，路人们都站在旁边盯着我们看，还以为我们是两个疯子呢。再加上现在这个季节！"他声音吼得那么大，我不得不嘘他小点声。

"我应该多带她回家见见我妈妈，让她们适应一下对方。"他神采奕奕地看着我，因为他心里知道他妈妈跟海勒肯定相当合得来。他对他妈妈相当有把握。我也该死地确信里梅尔夫人就算去死也不会让图拉发现她心里可能嫉妒海勒。

图拉继续讲着他那些美好的事。"可是很奇怪，"他最后说道，"那个容克森夫人一直站在那个大窗户前偷瞄我们。几乎每次我们回家时她都会这样。"

可这并没让他脸上那心醉神迷的光芒暗淡下去。他从地上爬起来，开始穿大衣。这房间对他来说太小了，他不得不走出去，以有足够的空间抖动他那两条胳膊。

"拜拜，雅努斯，"他说，"很感谢我们之前一起去了那次舞会。"我跟他走到门口，把他送出门，看着他身影消失在楼梯下。我伫立在门边听他的脚步，听到他在走下去一段之后又停了下来。下面远远传来他的声音："她真是美好的女孩……晚安，雅努斯。"

"拜拜。"我低声道着。

我轻轻拉上了门，没发出太大动静。桌上还放着我的烟斗，我打起精神走过去，给它装上了烟草。已经过了凌晨一点，整栋房子静悄悄的。我没听到其他人回没回来。烟斗燃出的烟缓缓升向天花板，我坐在桌边睡意全无。

图拉的笑还挂在我墙上，挂在我房间的每一个角落。可我却渐渐不能自已地发现那些笑着的嘴全都变了，变成一张张哭喊着的面具。

为什么，我就被戴上了这么一副有色眼镜，让我看到的一切都是谬误？为什么，我偏长着这么一个鼻子，让我嗅得出世界上所有愚蠢的气味？那各种各样恶心的气味都从地面升腾而上，飘向我最终也将要去到的地方。

我肯定是犯了癔症，才会在想到容克森夫人时浑身打起寒战。可我心里这癔症却是如此真实可感。她用她邪恶的双眼窥伺过图拉，她就是个女巫，在她被投进火堆烧死之前，我们谁也别想好过。

人活在世上，完全可以永远只允许自己的双眼看向自己能承受的东西。可若是一度看过了能承受之事、听过了悦耳音律，那在下一刻腐烂败坏也定会浮上视线，不和谐之声也会袭向双耳。毋庸置疑。

第八章

　　海勒的出现对我的生命来说也是一场惊悸。女人这种东西，我们永远只能远远揣摩——除了自己的妈妈之外。女孩们总是要么被定义成"姑娘"，要么被定义成"婊子"，要么则是"女人"，若是把她们当作女孩来看的话，那她们便成了种永远不可触及、无法接近的东西。

　　海勒这么一个姑娘的出现突然变成了现实，这犹如一场爆炸，那么猛烈，让我们很难抹净它余下的烟尘，也无法让双眼对好焦来把她的样子看个清楚。我想，图拉和她之间真正开始肉体上的关系一定得是在他们相识很久很久之后。他得先打点好这之外的许许多多关于她的其他事情，肉体关系才能真正开始；而肉体上的关系，在她那猛烈的爆炸式的出现面前，也是完全苍白无力。

　　光是看清她的轮廓，就如此艰难。她迫使我如此仓皇地接受，没留给我一点时间去做惯常的准备。

　　一点点地，她的身影从一片浓雾中走了出来。她在那个练操房时周身释放出的那种光芒依旧闪耀着，还或多或少比以前更强烈了。她是光的精灵，她女性的特质透过肌肤送出缕缕光彩，她的眼睛会给看着她的人施上魔法。这个女孩令我倾倒。就算我对她有什么与性有关的想象，那想象也很难让我感知得到。只是有那么罕见的几次，她若有似无地看着我，我感到她的视线就在我胸口上下游走，这时我便会感到胃里紧抽一下，身体上的这种感觉真切无误。可这只有那么万分之一的概率会发生：有时，神志上的疲倦会让我心不在焉，在那么一瞬间，图拉的存在便被埋没了去，我也忘了海勒本该属于图拉。

可除此之外，我心里最是一清二楚：海勒是属于图拉的女孩。自从那天图拉在那个讨厌的练操房里遇到海勒起，我就知道，现在是时候了。也是从那时开始，我一直挣扎着搞清她、赢过她，我必须这么做，若是我想有理由在他们身边存在的话。

她是个奇怪的女孩子——毕竟几乎所有美好的女孩都是怪异的、不寻常的。女孩们那种令我害怕的窃笑和笨拙在她身上都不存在。我想，这些在她身上就从未存在过，似乎它们早在前世便已被蜕去。

她一笑，身上的光芒便愈加耀眼，可更引人注意的，却是某种恐惧的目光，一种明显的恐惧会时不时闪现在她眼神里。这背后藏着种童话般的感觉，她就像是曾被某个女巫下过咒，女巫预言她在到了某一个年龄之后就会变成蛤蟆；而现在这女巫又重回了她身边，来完成她下的咒。这一切都让她整个人陌生又神秘，却在同时又让我们之间产生一种触及灵魂的友情。

图拉也曾经历过这种恐惧，他的容颜也因此改变，但他却像是总能再从那摊浑水中浮上来，洗濯一新地回到岸上，那张印第安人式的脸昂首迎向阳光，接受着新生的自己释放出的耀眼光华。我就像一块金属，我经历的一切如酸般侵蚀着我，在我身上腐蚀下无法磨灭的图案，而其中最为鲜明的印记，是那些讨厌而荒诞的经历留下的。在海勒身上大抵也是如此。

海勒的那份精致也让我在言语上细致了不少。她以一种独有的方式磨掉了我们身上的棱角，在她身边，我们不知不觉就改变了，整个人也轻松悠闲起来。我们说出口的句子也不再总像一群受了惊又无枝可依的大鸟般猛击双翅夺口而出。在她面前，我们都感到自己背负着某种使命，而与此同时她又给予我们以权力，在做了多年独来独往的雄性动物的我们看来，这份权力巨大无比。最能享受这种权力的是图拉，不过我自己也同样身处它效力范围的外圈。那种接近异性时慌乱到发抖的感觉，也随之消散不见了。

我们三人构建着一个太阳系，海勒和图拉是太阳，我是绕着他们运行的卫星。我们在外人眼中也正是如此。可这个画面比人们想得还要准确，他们确确实实就是太阳，而我身上的光芒只是可怜的月光，它必须依附着那发光的大天体才能得以存续。

海勒的迷人之处还在于我们对她知之甚少。有时我会想，她这个人可能根本就不存在，在走进她家大门之后她就会消失在这个世界上，让我们再也无法见到她。她也没有女性朋友。她只有一次语焉不详地跟图拉提到过她父亲——她父亲要么是已经死了，要么是住在外国。海勒大概都是容克森夫人凭空创造出的，她用她强大的魔法造出了这么一个美好的人物，以此来把我们诱入她的魔爪。

可是，生活中有海勒参与的每一天，都让这种对她的存在的怀疑尽数化成了无稽之谈。

我们三个经常会在周日见面，然后一起去森林。那些周日是宁静而幸福的，一切都按照正常的节奏运转着。我很难把每一次森林郊游都分开描述，我只记得每一次郊游时天空都像是飘着些小雨。那些清晨无牵无挂，电车上的旅途安稳无忧，想到我们这般美妙地在一起相处，心中便会生出种美好的安全感。在外人看来，这种旅途本身大概毫无意义，可在我们心里它却是近乎宗教仪式的存在：这是我们在工作日之外的会面，它证明就算是在这别人都正在酣睡或是正坐在早餐餐桌边打着哈欠的周日早上，我们也依然需要对方。那些阴雨的十一月和二月的周日里，我们在半笼在雾中的电车月台上相遇，在那里等着城郊列车到站。我们互相打闹几下，谈起过去的一周，也谈起我们自己。他们两人挽着胳膊，我站在距他们一步之遥的地方，双手背在身后；在讲到什么有趣的事情时，我会稍稍向前弓下身。

接着列车便会驶来，我们一起走上车。那车厢总是半空着，只坐着零星几个手捧用纸包好的花束要赶去周日的早餐会的人。大多数时候我们都会坐在车厢角落里，他俩坐在同一侧，我坐在他们对面。

这样的早晨里，海勒的脸色总是微微苍白，依旧带着些周六的长夜带来的倦意。在周六晚上，她一般会和图拉在一起，消磨上几个小时来亲吻对方。周日是她从母亲那里获得自由的日子，她会在车上坐一小会儿，闭目养神，而列车与此同时正隆隆穿过通向诺里波特站 ① 的隧道。车子开到奥斯特沃、重新驶上地面时，车厢外灰色的天空会把她的脸庞照亮，镀上一层微弱的色彩。有一次，我竟把手中的香烟都按熄在了烟缸里，因为自己生怕烟雾会打扰到

① 诺里波特（Nørreport），哥本哈根市中心车站名，该站为地下车站。

132

对面那两个敏感金贵的人。图拉在她身边端坐着，样子高大健硕，把自己的温暖藏在一条巨大的围巾后面，那围巾大概在他脖子上缠了有二十六圈。每次我们周日一起去森林时，他都穿着他的防风夹克，经常搞得全身上下湿漉漉的。他一直都拒绝穿防雨大衣出门。

我们以缓慢的语调聊着天，享受着这个听对方谈起几千个老掉牙的话题的过程。这些话题却也经常能让我们高声大笑，让车上的盆栽都在那喷出的气中颤动起来，还带着起床的倦意的已婚男人们也从都自己座位上蹦了起来。一团团巨大的雨云正在我们在卡拉姆堡①站下车时从厄勒海峡飘来，我们下了月台走向出站口，然后走上红色大门前的广场。

这森林郊游的重复性为它增添了更多意义，因为我们几乎是在旅途中边走边长大的。每次经过动物园时，那里的出租马车总吸引着我们的视线；我们经常说着什么时候也要去坐一次，可这事却一直没能实现。坐这种车子是需要一个特别的场合的——比方说高中毕业典礼之类。再说，坐马车也和我们这周日仪式是冲突的。

就连我不在奥斯特波特站上车，而要先一路步行到车站去跟他们两人碰面这愚蠢的行程，也成了我们周日的"郊游仪式"的一部分。若是不把这从未经过商量就被延续了下来的仪式保持下去，那整件事就都不对了。

我们跋涉过那片漫着雾气、滴着水珠的山毛榉林，一路上不说太多话。他们是一支舰队，而我就是一艘围绕在这舰队中心的驱逐舰，时而开在他们前方，时而轰鸣着随

---

① 卡拉姆堡（Klampenborg），位于哥本哈根北部。

在队尾。在这潮湿的旅程里我们从没碰到过认识的人，这里的一切都只属于我们三个。在走过一段时间后，海勒的神情会彻底平静下来，她无意识地倚向走在他身边的图拉，而他会把手臂衬在她的手肘和胳膊下。这时，海勒的脸庞是完全平静的。我们噼里啪啦地踏过几个大水洼，可却根本没有注意到它们在脚下，林中那份宁静和我们的这种共处都让我们只觉得自己如同一块蓄电池，缓缓被电流充满。

脚下的整条路几乎都是下坡，通向下面的平原，看不到尽头。我们也只是沿着它一直向前走着，直到抵达尽头那栋城堡。在那城堡前我们会停下脚步站上一阵子，透过浓雾向外远眺。那里立着一堆发黑的积雪。一次，我光着手捏了个雪球，把它按在了那里一座歇息着的斯芬克斯的雕像上，几乎是按在了乳头的位置。我们对着这"凉快"的胸衣说笑了一阵，可之后那雪便融化开来滑落了下去。我们也转了身继续朝弗尔图恩路进发。

只有那么一次，我想向他们抱怨我总是一个人在走，可这抱怨的冲动却在下一瞬又消失了。我感觉自己像是身处一座教堂，那里的大家都在正如这般努力克制着自己的欲望。

在弗尔图恩路上，我们会一起凑钱点些茶和蛋糕。那里的侍者招待我们时，总是单手端着茶和蛋糕，以一种独有的方式摇晃着胳膊。这也是我们的郊游不可缺少的一部分。走进屋里那片温暖后，我们像马一般呼出热气，喝茶的时候脸会慢慢涨红。我们点的这些东西也从没能让我们吃饱过。

旅程进行到尾声时，天色已暗。我们沿着乡间小路走到灵比市①，此时的心情快活了些，双腿也开始有些发抖。我们的思绪被道别和周一要交的作业淹没。很快，我们便要踏进那片阴影，而那阴影其实早已笼向了海勒：腓特烈斯贝的那栋宅子高耸着，那里有枯萎的常青藤，有带着尖顶的塔楼，还有那扇巨大的、黑色的窗户。

我们一般会在五点左右到达灵比，站在那里抽上一会儿烟，直到城郊列车的声音从海边的铁轨处传来。我们坐下身时，暖流会传上双腿，让它们沉沉立在地上。我们懒洋洋地坐着，看着划过窗外的随距离和速度不断变幻的灯光。之前的林中散步在此刻已成了藏在身体某处的一场梦，现在我们得为我们接下来该做的事做好准备了。

他们两人在赫勒鲁普②下车，从那里换乘火车去腓特烈斯贝，我则要继续坐到奥斯特波特。我把身子后靠在椅背上看着他们，他们从座位上起来，图拉扶着海勒站起身。他从行李网架上取下帽子，把它按在自己头上，接着俩人便会在那里站立片刻同我道别，然后走出车厢过道。列车正在此刻驶进站，月台顶棚下铁轨的声音愈加尖锐了起来。他们消失在另一趟列车上之前，会回头向我挥手，可却从没被定在原地化成两根盐柱③。他们两人只是一直并肩向远

---

① 灵比市（Lyngby），哥本哈根北部城市名。
② 赫勒鲁普（Hellerup），城区名，位于哥本哈根北部的根措夫特自治市（Gentofte Kommune）。
③ 盐柱，《圣经·创世纪》记载，罗得（亚伯拉罕之侄）所居住的所多玛城因民众淫乱且耽于同性男色，而被上帝认定为邪恶之城。耶和华派两位天使毁灭所多玛城时，天使将罗得和他的妻子、两个女儿救出，然后将硫黄与火从天上降与所多玛。罗得的妻子因不听天使的警告，顾念所多玛，回头一望，而变成了一根盐柱。

处走去，身影混入人群。内心的不安感和满足感都得以让我稳稳地坐在座位上，跟着车子驶向前方。这样的周日充满了生机和安全感，可在将要结束的时候，一种不满足感又会刺向心头：我们想让这样的周日重新来过，想再重复一遍这样的仪式，可同时却也又在期待会有奇迹降临于此，期待它给我们的世界带来些改变。

海勒虽说依旧陌生，可在那些日子里，她几乎成了连接图拉和我的纽带。我在鼓起勇气挽住她的手臂时，似乎也在同时以一种亲密的方式触碰着图拉，这在现实中是从来不可能的。从郊游回到家后的我总是心不在焉地坐在餐桌旁，跟爸妈、哥哥们和嫂子们共进周末的晚餐，他们谈的话我几乎一句都听不进去。他们问起我们玩得开不开心时，我既没法答开心，也没法答不开心，只得坐在那儿从胡子下挤出几句胡话。每至此时，我大哥都会觉得我就是个呆子。

晚餐过后，我便径自溜下楼回到自己卧室，坐在书本前读不进一个字。这一天将结束时，我会跌跌撞撞爬上床，像个动物般熟睡起来；我的梦里总有白色的窗框，里面填满了绿色植物，它们不开花，而是带有某种热带的风情，湿漉漉如一片雨林。

我很少能在周中见到海勒，而图拉每天都会骑车去她学校，接她放学，然后送她回家。她在周中是被禁足的。那扇大门在她身后闭上，她如一阵雾，消失在那栋大宅中。

不过我们三人有时也能在城里见面：她有时会被差遣去城里买东西，这样一来，她便有了合适的理由在下午出门。我们三人会一起去"走街"，不停走着走着，图拉把我们之前所有的幻想都变成了现实。他骄傲地挽着海勒走向前方，我这宫廷小丑蹦蹦跳跳地跟着他们，在他们身旁跳起舞来，在路边排水沟上蹦上跳下，跳跃着绕过人们身边，又跳跃着穿过人群，时刻企图让路人都跟这对恋人保持开一步远的距离。那印第安人的鼻子就是一道犁，带着两人在人群中犁出一条沟。

海勒跟这街上的氛围分外合衬。她比大部分女孩都要美，带着一份与生俱来的坦然走在路上，令我的心快要跳出来。她很少在头上戴什么东西，在他俩混在人群里、走在我眼前几米远的地方时，我可以看得到她闪闪发亮的头发，宛如上帝送向地面的阳光单单只照在了她一个人头上。

我们行过整条"走街"，从市政厅走到了国王新广场后，会回身原路返回，只不过这次走的是另一边的人行道。

我把自行车停在市政厅广场上。我们返回后，便在那里分手道别。那道别永无休止。我一只脚踩在脚蹬上站着，几千次准备好要蹬车回家，可我们之中总有人又想到些什么新的话题，然后我们又抱怨起了这样那样的事，然后我们又看到了某个橱窗里的一本书，然后又走过去看……这道别的一刻就这样不停延续着，直到海勒不得不跳上电车回家为止。最后留在我们眼里的，是她消失在6路电车上的金黄色的脑袋和绿色的衣服。

她走后的片刻，我们不知所措地站在那里呆望着前方。随后，图拉便又会重新回过神，推推我，我跳上车座，把书包挂在车把上，往家骑去。

我们还一起去过几次舞会。那些舞会都是周边各个学校在练操房里办的，技术糟糕的管弦乐队奏着曲，讨厌的男生们领着身边的美人踢踏着脚步。缠在我身边的总是些面目可憎的姑娘，她们还没有过小女生那总是偷笑的年龄，跟海勒和图拉天差地别。他们两人都从不跟除对方外的其他人跳舞，隔绝在只属于两个人的世界中，宛如一只浮在一锅黑面包粥^①上的气泡。不过，我也曾跟海勒一起跳过两支舞。

我紧拥着她，像是怕她突然施展魔法消失在大厅正中。她消失了的话我们又该怎么办呢？我用一只手抚上这精灵的背脊，感觉自己那只手马上就要消失掉，可在同时，她身上的味道却又让我闻得真切。我把手放在她手心，不想让她察觉到我此刻有多么燥热。图拉站在一边跟我的女舞伴搭着话，其间又不时心不在焉地抬头看我们跳舞，直到我们停下脚步，他脸上才浮上平静的微笑。海勒和我被卷入了一段那种可怕的家庭舞蹈中，生怕要跟所有的女孩子跳舞，这时她离开了我身旁。图拉走进舞池，站进男生的队伍里。乐队奏起劳莱与哈台^②的喜剧片里的曲子，我们像群水牛般拖曳着脚步在舞池中四处打转。音乐停止后，海勒的前面还排着四个女生，可图拉却径自冲向她，不声不响地挤走那正要满心期待地鞠躬邀请海勒的小伙子。她没看那小男生一眼，就在图拉身边安下身，一如鸟儿停在熟悉的枝头舒服地蜷缩下来。我汗流浃背地跟一个身穿紫色"翌日裙"^③的姑娘跳着舞，投给图拉一个绝望的眼神。他稍稍偏着头，从那个角度，海勒发间的香气可以正正好好传

---

① 黑面包粥（øllebrød），丹麦传统食物，由黑面包、糖和啤酒（通常为白啤酒）混合煮成。

② 劳莱与哈台（Laurel and Hardy），20世纪20—40年代极为走红的喜剧双人组合。

③ "翌日裙"（Andendagskjole），女孩在受坚信礼（儿童在十三岁时受坚信礼成为教会的正式教徒）后的第二天所穿的连衣裙。

进他鼻子里。他回我以一个同情的眼神。

图拉自从遇到海勒后，便有些沉浸于自我。并不是说他变得疏离冷漠，只是他之前在学校里那种恣意的张扬现在稍微收敛了些。他依旧是我们心照不宣的头目，只是他现在成了我们之间最成熟最沉静的那个。现在，人们都依赖他，他身上笼罩着奥林匹斯山上神祇的光芒。他从未自称头目，而是在一片人心所向中滑向了这个位置。

是海勒让他成了这样的一个人。她并未曾亲自出手，他就变成了现在的样子。那来自她身上的魔力，还有那同样强大的来自她母亲身上的危险，都重塑了他，让他自身的那份强大更加鲜明夺目。

我很少会和海勒独处。只有和图拉在一起时我才会见到她。可有那么一个晚上却不同：那是一个黄金般的周六，我在那之前收到了一瓶红酒，又自己另买了些其他东西。他们本要一起来我家。七点半的时候门铃响了起来，来的却只有海勒一人。我四下搜寻着那印第安人，可他却没跟她在一起。她笑了我一番，因为我当时的样子着实白痴至极。可我又很快调整好了自己，拉她进了门。

"图拉哪儿去了？"我笨头笨脑地问。

"他会来的，"她说，"他晚一些到。"

"这样啊。"我故作聪明地回道。

她扭着身子脱下大衣，同时对我讲道："我们正要过马路对面坐电车，他爬上了飞龙喷泉①的池沿，站在那保持平衡，结果跌进了池子里。"她一下爆发出一阵笑声，留我目

---

① 飞龙喷泉（Dragespringvandet），哥本哈根市政厅广场上的一座喷泉，其外形为一条腾跃而起与公牛搏斗的龙。

瞠口呆地站在那里，半晌才明白过来究竟发生了什么。

"你该看到他那一幕的，雅努斯，你该看到那一幕的！"她笑成一团弯下身去，我看到了她长发下一小块裸露的脊背。

"他整个儿湿到了胸口，躺在池底扑腾着——这个大笨蛋。"

我们两人都大笑起来，笑得把我妈妈都引来了门厅，问我们到底发生了什么。

海勒一边颤抖地笑着，一边跟我妈妈问了好，断断续续地给她讲了这笑料。

"这也太可怕了。"我妈带着她那份独有的冷静说道，在跟爸结婚多年后，她早已习惯这种方式。

"他现在回家换衣服去了。"海勒说。在一起走回我卧室的路上，她把当时的情形讲给了我。那是他们两人正步行穿过市政厅广场的时候，他看到那里正飞过一只落单的鸽子。他想抓那只鸽子送给她，作为他们永恒的爱情的见证。那鸽子可毕竟不可能让他抓住，于是他便想用另一种方式证明他对她的爱，然后就突然跳上了那喷泉池沿，把周围那群正在等去阿迈厄岛①的公交的人都吓得不轻。他双手举向两侧，扯开嗓子唱着歌，顺着池沿走了起来。可就在他想抓住池沿一个装饰物的时候，忽然绊了一下，身体突然跌进了池里。周围的人都被这状况彻底搞蒙了，站在一旁不知所措。那情形看着相当危险，他很有可能就摔断了腿。但这印第安人却自己爬上了池沿，把双手举过头顶，

---

① 阿迈厄岛（Amager），位于哥本哈根所在的西兰岛东岸的岛屿，隶属哥本哈根大区。哥本哈根市的一部分也位于该岛上。

就像个正在接受人们致敬的冠军，然后跳了下来，像个落汤鸡一样站到海勒身边。她生气了，刚才受的惊让她很是恼怒，于是便赶他一个人回家换裤子。他看到她的反应时很是沮丧，但还是拖着那在身后摇来坠去的裤子、拍着吧嗒吧嗒的鞋子飞快地跑走了。随后海勒便自己一个人坐电车来了雅努斯家，因为她不想让雅努斯一直坐在房间里对着红酒等待他们。这也算是给图拉的一个小惩罚。可现在她却笑了起来，整个身子都颤抖着。

我从客厅里拉来一把上好的椅子，让海勒坐下。我自己坐在书桌椅上。这阵笑平息下来后，我们无所事事地坐了一会儿。我们发现，这是我俩人生中第一次与对方独处。

她穿着浅灰短裙和红色毛衫，毛衫的扣子是系在背后的。

海勒很自然地休息了一阵，可随后又看到我奇怪地坐在那儿扭着身子。

"可以给我一支烟吗，雅努斯？"她问。

我跳了起来，到处翻找着，那时当然根本没注意到我已经买好放在桌子上准备给客人的那包烟。她却已经径自取了一支出来，我又开始到处找火帮她点烟。

我自己也拿了一支，给自己点烟的同时，这段小憩也不停被延长着。

"你妈妈最近可好？"我用我聪明绝顶的方式问道。

一个黑影跃入我们二人之间，站在那摇曳了片刻，随后又消失不见。海勒带着平淡的表情回答我说她妈妈最近很好。

我们沉默着抽了一会儿烟。我起身打开了自己那台小收音机，虽然我知道图拉很讨厌这样。他讨厌在聊天的同时开着广播。

为了把这天才的形象继续演下去，我继续用这种方式说着话。

"我觉得你妈妈相当喜欢图拉。"我自顾自地说道。海勒直直看向我。

"是吗？"她问。她神色放松，可就在这语调充满希望的句子被说出口后，她脸上的神情又紧绷了起来。

这简直是场诡异的维多利亚风对话，可这球已经被踢到了半空，此刻正艰难而迷惘地悬在那儿，不知自己该落向何处。

话都是多余的。毕竟我们两个都心知肚明，在容克森夫人那里，这根本不是什么喜欢不喜欢的问题。容克森夫人心里没有好感与厌恶，她心里只有占有，她恨一切自己无法占有的东西。

刚才想到掉进市政厅广场的喷泉湿成落汤鸡的图拉时的那种欢乐从她眼中消失了。她双瞳的某处闪着惊惧，如一簇火光般在那里微弱地摇曳。她头发的光泽黯淡了下来，脸上有片刻失了血色。我感觉自己的双腿被人敲掉了，整个人陷入了一片黑暗。我们两人都深知我们的世界里存在着某种力量、某种危险，我们无法去控制它，也无法真正理解它，而这种判断又带给我们一种悲剧式的对对方的归属感。我们的目光在空中交织着，可我又垂下了眼睛，开始像个神经病一样摆弄着桌上的酒杯和那瓶别人送我的基安蒂①。我已经把木塞拔了出来，好让它晾一晾，可此时我

---

① 基安蒂（Chianti），一种知名红葡萄酒，因产自意大利基安蒂地区而得名。

却坐在那儿不停地把那木塞塞回去又拔出来。香烟燃出的烟雾直冲进双眼，我眼角冒出了泪。

这气氛中有什么东西即将分崩离析。可随后爆发便来临了，门铃响了起来，图拉在片刻后冲进了我卧室，晃动着胳膊，身上穿着一套蓝衣服。那是套他很讨厌的衣服，他从没穿它出过门。

"我受过坚信礼了！"他兴奋地大喊，"我在飞龙喷泉里受了坚信礼，但把我的琥珀烟嘴给弄丢了，所以我又潜下水去找它。我把它找回来了！我刚才可是被我们的好兄弟们用手搭着轿子一路抬过来的！"他斜穿过房间，给了海勒一个拥抱，然后调整好姿势在她双膝上坐了下来，对我喊道："拿红酒来，雅努斯，拿红酒来！"

第九章

在有了第一次性爱经历之后（见鬼！），之后的第二次第三次便可以说是顺理成章。我偶尔会在各处跟不同的女孩厮混几下，但大多数时候都是跟一些让人不愿与之同处一室的老姑娘。与此同时，我也还有海勒和图拉在我身边。他们两人有时让我觉得精神恋爱到有些过分。有的时候，我甚至冲动地想在我们三人茶会的中间向他们高声宣告现在是时候了。赶紧呀，你们！可我最终还是把这份焦灼埋在了心里，因为我自己竟挂念起了那种能驱使着我们在"走街"一圈接一圈地来回散步的感觉。

在周六，我们经常是坐在楼上图拉的卧室里聊着天听着广播，听到的所有东西都是一耳朵进一耳朵出，而我们却乐在其中。这是种妙不可言的感觉：我们感受不到自己的存在，可与此同时耳内却又响起各种各样的声音。谈论某件琐碎的事情带给我们的愉悦都能让我们飞起来消失在空中，那细小的事情在我们的说笑戏谑中不断膨胀，膨胀到像太空飞船一样大。只要我们中的一个人先讲了什么引人发笑的东西，就立刻会有另外一个人顺着这个话题接下去，我们就这样无穷无尽地补充着对方说的话。广播里的"周末小屋"栏目在背景里又讲又鼓掌，在来自冰岛的独唱家们的乐声中，一群可怜的男人不情不愿讲着他们伤心的委内瑞拉之旅。

里梅尔夫人那几张茶桌上忽然空无一物，我们兴奋地冲过去，样子贪婪得像一群贼。那些茶桌对我们来说就是一场狂欢，我们总是无意识地带着饥饿的胃到处跑，而它们用另一种方式填补着这饥饿。那是让人毫无知觉的天堂之日。

我们总会坐在里梅尔夫人工作室的角落里一个有宽檐灯罩的吊灯旁，一圈光环笼罩着我们，那光与房间其他地方的暗影切割出一道边缘，里梅尔夫人的陶像们正在那暗影里酣睡。收音机被搁在了那扇大窗户下面的架子上，它离我们那样远，只要一被打开，便没人再有兴趣走过去把它关掉。我们经常会在那里待到那么晚，晚到广播都自己停了下来，只立在那儿愚蠢地嗡嗡叫着，播音员和配乐者们早就收拾起背包回家去了。就像小孩子能在一片叫嚷中忽然睡着一样，我们有时也会在热烈的高声谈话中忽然睡着。我总喜欢在那之后重新醒过来注视着牵着手坐在对面沙发上的图拉和海勒，那时里梅尔夫人已经入睡很久了。在这之后，那可怕的恼怒又会袭上我心头。他们两人现在已经在一起这么久了，现在必须得再进一步了，不然这种关系简直都可以变成周末小报上的大新闻了。

我站起身向那扇大窗户走去。我能从身后感觉到他们并没注意到我。从那窗户上看不到外面的街景，只能听到汽车开过时那轻轻的嗡嗡声。站在里梅尔夫人的工作室里竟会感觉到孤独，这让我觉得很愚蠢。我在千年前就曾住在这里，我认得这种泥土和颜料的干燥的味道，不是吗？我在十亿年前上一年级的时候就认识了图拉，不是吗？站在这里的我没理由感到孤单。再说，现在的我也已经比他有了更多的体验。我已经尝试过了那件事。我半转过身，想要对他们嚷些什么，眼前却看到他们正坐在沙发上接吻。我还是回家吧。对面的一扇窗亮起了灯光，我又站在那儿看了一会儿，等着看那扇窗里会不会发生些什么刺激的事。可那里除了一个穿着背带裤来回转悠着收报纸的糟老头之外什么都没有。我就这样被卡在这收报纸的糟老头和坐在沙发上接吻的他们两人之间。这样一来，觉得孤单大概也是情理之中。此时此刻也没人去指使我做什么，所以，现在我是我自己的主宰。我自己的主宰——我是要主宰什么呢？

对面的灯又熄掉了。我竟忘了看那老头后来又做了什么。他现在肯定躺在床上失眠，盯着一片黑暗发着呆。这无能的可怜虫。

"快啊，我的大主宰，"我对我自己说着，"现在你得回家了。"

我又一次转过身，刚好看到一只手从什么地方一晃而过。就在那个地方我还偶尔抱过女孩。图拉在沙发上向后挪着身子，仰望着我。这高大的家伙。

"嘿。"我说。我站在那里偷看着他，歪着嘴笑。他看得出我并不是很兴高采烈，可他也并不想把这放在心上。他有太多太多需要留心的事情了。

"坐下呀，小子。"图拉说。

"不了，我得准备回家了。"

"为什么现在就要回去呀？"

哈。哈。哈。我为什么现在就要回去？因为今晚在这个地方已经他妈没有我什么事了！

我在海勒身旁的沙发角上坐下。

海勒抬头看我。"你计划好明天要做什么了吗？"

我目光向下，看着她。"没。"

"那我现在告诉你吧，"她说，"明天呢，你要跟你的海勒姑妈一起去乡下。"

"我的海勒嫂子。"我纠正她。

我明天要去乡下？跟你们两人还有那只蛇鹈一起？见鬼啊见鬼。或者有可能是我们三人单独去？到时候会发生些什么吗？那件事会在那时发生吗？我是不是该扮演一个女伴护的角色，来做这场罪恶唯一的见证者？

"我妈问你们有没有兴趣跟我们一起。她开车带我们去。"

"太棒了，"我说，"我也一起去。"

"真是太慷慨了。"图拉说。他依旧向后仰着身子躺在沙发上。

"那你明天可得早起啊，头儿。"

"对啊，这可不太友好。"我说。现在可以听得到不远处的市政厅响起了钟声。奇怪，他们之前并没提到这出游的事。他们大概是觉得我不愿意一起去吧，所以要在这最后一刻问我，让我别无选择。所以，我将要坐在容克森夫人身边的副驾驶座上，随着那辆灰色的宝马飞驰上海岸公路。

啊哈！现在又有事情要发生了。我晃了晃身子，觉得自己像块将要没电的电池一样被缓缓充上了电。

"其实我们今天本来应该已经在那儿了，在那边过周末，但我妈妈忽然又接到一个邀请，所以我们之前就一直没跟你提这事。"海勒说。

这样看来事情就不太尽人意了，不过尽管如此，也还是很有可能会发生些什么的。

图拉坐在那儿给烟斗装上了烟草。

"我也跟你们一起。"他说。说得好像这不是天经地义的事似的。

我从椅子上拎起我的夹克，慢慢走向门厅。他俩跟在我身后。

"我会把泳裤也带上的。"我说着，努力让牙齿不要打战。

那时是五月。

"勇士！"图拉在后面低声说了一句。

没错，就是这样。我们三人要出发去乡下了，跟那该死的老女人一起。她应该能安全地开车把我们送到那儿去而不是半路撞到电杆上吧。

"我为人人，人人为我。"[①]我高声喊着蹦下楼梯，差点儿就折了脖子：那灯被撞出"砰"的一声，然后熄掉了。

"嘘——！！！"海勒说。

"亲爱的，我深爱着你。"[②]图拉在一片黑暗中低声唱着。

"你们下楼小点声。"那端庄的女佣提醒道。

我站在楼下，像骑士般给那两位仁慈的主打开大门。"马车就在门口。"我躬身说道。

他们挽着胳膊沿街走去，一辆出租车正缓缓驶过。图

---

① 我为人人，人人为我，原为拉丁文格言"Unus pro omnibus, omnes pro uno"，此处原文为丹麦语"Een for alle og alle for een"。该句最早源自 17 世纪初的波西米亚新教徒起义，也是大仲马《三个火枪手》中火枪手们奉行的原则。

② 法语，原文为 Darling, je vous aime beaucoup，该句来自 20 世纪 30 年代一首同名流行歌曲的副歌部分。

拉贴着人行道的道牙站着，做出一个拉开马车车门的动作。他一只脚后退一步，弯身鞠躬，把一只手伸给海勒。海勒用左手牵住图拉，带着蓬起的短裙裙摆跳上车。图拉点了下头，我便跳向前面的缰绳和那四匹高头大马，它们正站在车前打着响鼻。"前进！"① 图拉高喊一声，接着我们便沿着那空无一人的大街飞奔向前，这时住在街边的人大概都正躺在床上翻来覆去，以为是该死的街头小流氓们又来了。

我们在一个街角停了下来，气喘吁吁像群野马。风猛吹向海勒时，她的样子很是动人。在一旁的我目不转睛地看着。米莱狄②。她是我的米莱狄。可她是个善良天真的米莱狄勋爵夫人。我们两人就是一个丹麦莫西干③和他的丹麦米莱狄。而我，忠诚的伊布，戴着一顶吉卜赛人的帽子，手里端着前膛枪，时刻准备好粉碎掉方圆一百公里之内的每个斯巴尔勋爵和每个恶心的库尔索。来啊，你们这群毒蛇，你们这些猛狮，我会把你们打得脑浆四溅。这里可是我的领地！

"明天我们几点出发啊？"我问海勒。

"八点半一起从我家开车出发。"她说。"我妈妈希望你和图拉八点十五分的时候就能到我家，这样的话我们就能八点半准时出发了。"

"回家去吧，小子。"图拉厉声说道。

---

① 法语，意为"前进！"。

② 米莱狄，指米莱狄·德·温特（Milady de Winter），大仲马《三个火枪手》中的反派女主角，美艳绝伦而又心狠手辣。其名字米莱狄（Milady）有"夫人"之意。此处原文中作者将其名写作了Mylady，可能是讹写，也可能是取"My lady"（"我的女人"）的双关之意。

③ 莫西干人，北美印第安人原住民的一支。

"是，长官。"我说。

我以一种警告的方式拍了拍夹在胳膊下的夹克，像是在检查我的枪在不在它该在的位置上。

"弹药还够吗？""长官"问道。

"一切就绪，长官。"我答。

"喂，你们这可太傻了。"海勒说。她从一开始就没太搞明白我俩这在搞什么名堂。

"住嘴，夫人。"图拉对她说。

"要不要我管管她，长官？"

图拉短促地点了下头，我跳到海勒身边把她两只胳膊扭在背后。我用一只手锁住她双手，把胳膊按在她腰上。图拉走到海勒面前，做了三四下打耳光的动作，引得路人纷纷侧目。海勒用鞋跟踢向了我的胫骨，疼得我蹦起十米高。

"喔唷，你这个女巫，我们的剧本上可没写这一出啊。"我带着怒意说道。图拉在一边笑得又蹦又跳，像只猴子。

我们继续向前走去。今晚已经没有什么话可说了。想到明天的计划，便觉整个人都充满了巨大的能量。现在他俩该打点好剩下的一切了。我心里现在竟没有一丝妒意。现在我该回家睡觉去了，明早一起床，新的事情就会发生。就在我起床的那一刻它便会发生。明天这一天蕴藏着无数的可能性。图拉和海勒身处一片广阔的森林，容克森夫人坐在那辆灰色宝马的方向盘后，我坐在她身边；远处上方还有一片新的地方，那地方我从未去过却又觉得熟悉，因为海勒经常提起。

我们在一家名叫弗拉斯卡蒂的餐馆的拐角处停了下来，打打闹闹地道了再见。最后一班电车正要驶离车站。那两人又挽住了手臂。"这对双身虫①，"我想着，"他和她，他们现在要穿行过这片五月的夜了，然后停在木栅栏和路灯杆前，接上无数个完美的吻，汽车会在他们身后平静地鸣响着开过柏油马路。"

"晚安喽，朋友们，我去赶14路了。"我说完后便动身向前走去。

"明天见，雅努斯。"海勒高声对我喊，图拉已经开始来回晃着她，准备好了向腓特烈斯贝的方向进发。

"拜拜了，土匪。"他说。他的身影大得不真实。

我斜穿过广场，那里的红灯亮了起来为今天的最后一班电车打出出发的信号，那红光给这片广场笼上了种带着些许偏僻小城的感觉的温馨氛围。市政厅大钟的指针看上去像是一个在下水之前探出足尖试水温的人。已经快要十二点半了。

我对他们两人的那种慈父般的心态消失不见了。孤单的感觉比它更真。此刻的我是孤身一人，我要做的只有坐上14路车到奥斯特布罗去。然后明天，主啊，一切就要开始了。

所有的列车员都拉下了铃，整辆列车已准备就绪。现在起人们便可以预知它接下来会在每一个十字路口都停上一遍，可那些十字路口其实空无一人。

我掏出钱包，站在那里翻找着买车票的钱。忽然有一对情侣跟在电车后面飞奔而来，宛如他们是全世界最后被剩下的两个人。我暗中窥伺着他们，想看看他们两个还好

---

① 双身虫，拉丁学名 Diplozoon paradoxum，成虫体为 X 状，由两个幼体合并而成。

不好。我并没直接盯着他们看，而是让目光越过肩斜瞟着他们。他们正低着头向前冲，样子活似公牛，尤其是那个男人；可就在他们要跳上车的那一刻，他抬起了脸，差点儿就撞在我的牙齿上。这男人是那个保尔。

他在那一刻也马上认出了我，但只是转过了身，把那女人拉向自己身边。夹克下面我的心脏都快要跳出来，就好像刚才一直在追着电车跑的是我而不是他。这蠢货怎么会在14路上？他就站在我旁边，我眼睛虽说没看向他，但却感觉得到他的样子，甚至比上一次还要真切。上一次的时候我俩可都在不停跑来跑去。他身材壮硕而高大，发色很浅，衬得那张飞跑后的脸红扑扑的。不得不承认，他长得很好看。那女人的样子很寻常，身材也是高高大大，长相十分漂亮。可是里梅尔夫人，她怎么就跟这么个见鬼的家伙结了婚搬去了奥尔堡？难道就是因为他那方面很厉害？我还从没有从这个角度想过里梅尔夫人。而且，那方面的好与不好，又都是指什么呢？天哪。可除此之外哪有那么多其他的可能性。不，对对的人来说，还是会有其他可能性的。对海勒和图拉来说就有。他们会以正确的方式完成那件事的，而且很快就会。我坚信不疑。

我盯向旁边的保尔，他正把那女孩推向自己身前，推进车厢。他该挨上一记耳光的，他该，这耳光在上一次就该给他了。

"胜利属于丹麦人，"[1] 我想着。而后却又想到了上次那

---

[1] "胜利属于丹麦人"（Dansken har sejr vunden），该句出自一首同名丹麦爱国歌曲。

个晚上碰到他后的结果。那天是确确实实地出了事。我的胃里沸腾着，像是一锅高压之下立马要溢出锅边的粥。此刻我已完全忘记了明天的事。明天该会有各种各样的事发生的，可现在保尔上了这辆14路车，让我把那些关于明天的想法全然抛在了脑后。

几小时后我就该重新起床，骑车到腓特烈斯贝。我将把自行车停在道边，从花园大门进去，走向那栋宅子。然后按响门铃。图拉要是已经到了的话，就会出来给我开门。要是他还没到，开门的则会是海勒，或者是她家的女仆。不对，明天女仆应该放假才对，因为这家里的人都要到乡下去了。所以开门的应该是海勒。容克森夫人才不会想亲自出来开门。可我之后还是得进屋向她问好。她那时一定是在整理东西。我在跟她打招呼时，脸上会带上大大的笑，然后跟她说谢谢她带我一起。我要用一种聪明的感觉说出这句话。她会跟我说早安，然后继续收拾行李，图拉则站在背景里跟海勒互相爱抚着。当然，是用他们之间那种最不引人瞩目的方式。

这连续的一幕幕画面被打断了，我注意到保尔正从窗户的倒影上观察着我。在这电车上他倒也不会做出什么危险的举动，再说他今天也没喝醉。可他还是让我有点不舒服。我对他知之甚少。他像是发现了我之前在偷看他。这个人曾经赤身裸体地和图拉的妈妈在一起，也曾经在图拉脸上扇过一耳光。而现在他就在这14路车上，穿着西装，领着一个我根本不认识的女人。我有种想向他吐舌头然后跑开的冲动，可现在的我已经成熟到了没法让自己做出这种举动。

我一直注意着他，直到他们在小三角广场①下了车。他拉着她走向街对面，就在电车刚开动的那一刻，他又回过头来看我。他的两道目光射向我，犹如两条变色龙的舌头，牢牢地粘在我面前的玻璃窗上。

电车继续隆隆向前，我转身看着窗外漆黑的海面。这个保尔就是一个船魔②。他该消失在那片海上，消失在那漆黑的尽头，而不是走在这克拉森大街上。他该长上一对黑色的大翼，带着他那白色的头发红色的脸，带着他带来的警告飞向海面消失不见。这个人渣。

我下了车，最后一段路步行回家。这感觉很舒服。我家这条街在夜晚这个时分总是出奇地静。那能听到的嗡嗡声，也一定只是墙后那几百只熟睡的鼻子发出的鼾声。我开始想念我的床。现在我应该钻进被子，把被子拉到头上安然入睡。睡过一小会儿后，天就会亮起来，我也便该起床出发了。

我打开家门，这嗡嗡声听得更加真切了。爸爸那如雷的鼾声隔了几道门也丝毫未被减弱。"喝上几瓶皮尔森后，人睡得最放松了，"他总是这么说。可今天晚上，他这听起来简直像是在小舌上挂了瓶啤酒。

我房间的窗一整天都没开过，屋子被阳光晒了一下午，闻得到阳光的味道，还混杂着我各处搜集来的奇怪物什上

---

① 小三角广场（Lille Triangel），位于哥本哈根奥斯特布罗区，几条交通要道在此处交汇，分隔出一块三角形的广场。

② 船魔（klabautermand，词源为低地德语 klabastern "敲打，发出声响"一词），最初为传说中一种跟随在航船上的鬼怪，人无法看见它，但它在风暴来临之际会发出声音警告海员。后来船魔多被看作是象征沉船的凶兆。

的灰尘味。可这味道是种友善的欢迎。仅此一次，我真正找到了回家的感觉。

我立刻爬了床，舒展着脚尖，在这巨大的伸展中我得以好好地感受这整张床。晚安，小沙人①！晚安，海勒！晚安，图拉！晚安，保尔，你个愚蠢的船魔！

那个晚上很是混乱。我零碎地梦到自己跟在电车后面跑，还试图去吻那个在电车上跟保尔在一起的女人。最后，我梦到容克森夫人把车停在我家楼下那条街上鸣着喇叭，我从床上跳起来飞速地套上衣服，向她喊着不要走我就来，可她一个字都没有回答。

最终我还是成功地醒来了。房间里已经亮了起来，时钟指向四点二十。此刻的我脑筋清楚，全神贯注。我想哭，因为我知道自己现在再也睡不着了，可就在一小会儿后，我又重新睡了过去。

我的闹钟像颗定时炸弹般响了起来，在我脑子里来了一记灼热的重击。我猛地冲向那闹钟，像是要冲上前去牺牲自己来保卫一整连士兵的性命。我脑袋发沉，于是跟跄着走到浴室，让水顺着我的脑袋浇了一会儿。现在是七点二十，正是我平常去上学的时间。可这水龙头还唱着周日的调子，随着那流出来的水，喜悦感也回到了我心中。哈哈！我已经挨过了昨夜，昨天那个夜晚现在正像个被掏空的豌豆荚般躺在床上——现在该有事情发生了。我注视着镜中的自己，对那张已经有些晒黑的脸很是满意，这样的

---

① 小沙人（Ole Lukøje，Lukøje 为"闭眼"之意），北欧与中欧地区的一个传说形象。传说在夜晚，小沙人会在孩子的眼睛里撒上沙子，以让他们闭眼入睡。此处原文中雅努斯将其直称为 Ole。

肤色很适合我。晒黑了的雅努斯·图尔纳看起来会更成熟。我换掉了所有的内衣和衬衫，仔细地挑了一条领带，再认真不过地把它打成饱满而富有男子气概的温莎结，然后花很长时间认真地梳了头发。

大人们都还没醒。这整栋木屋现在只属于我一个人。现在并不需要我去取早餐面包，可那信箱的缝隙里却已经塞满了报纸，又厚又满，只有周日才看得到这景象。爸爸的鼾声已经减弱成了清晨那种温和愉快的呼呼声，我把报纸从信箱缝隙中拽出来的时候，那声音忽地停顿了一下。我一边拿着报纸上楼，一边悄悄听着他的鼾声。

我小心地在一碗麦片中间挖开一个洞，在那里面倒上糖，然后又从一只升瓶里倒了些牛奶，在倒奶之前也没把瓶子倒过来摇上几下，于是，一层凝固的奶块又厚又饱满地铺在麦片上。我又撒了些糖进去。我左手边放着报纸，右手边放着勺子，就这样吃起了早餐。

我骑车晃到海勒家那条路上的时候，是八点十四分。我的手表已经照着市政厅的钟对过了。逆着光看上去，那条别墅小路有种诡异的感觉。我还从没在这个时间到过这里。海勒家车库的门正敞开着，那辆灰色宝马已经开到了外面。车的顶棚被收了回去，那又长又低的车身和水牛皮的座椅都尽显气派。后备箱也正开着，里面已经被各种行李塞得半满。我正要把自行车停到路边时，海勒走出了门外，怀里抱满了东西：羽毛球，球拍，还有各种别的乱七八糟的物件。她穿着一条短裤，前所未有地露出双腿，头发包在一块头巾下。我极力控制住自己不要看得太着迷，口中不停对她说着"早安""我来帮你"之类的话。

图拉那辆高大的自行车已经停在了那里，我听到他跟容克森夫人正在我们身后聊着天。他们同时从门里走了出来。图拉就在那女人身后一步远，那女人的样子看上去就像只拳击手套。她肯定是凌晨三点钟就起了床，才成了这么个样子。她的周围浮动着一圈带电的雾，那时的我根本认不清那到底是什么东西。图拉像是什么都没注意到似的，一如往常地跟她聊着天，看上去还稍稍带着些清晨的迷糊，可却还能把整个注意力都集中在海勒身上。他们两人都向我打了招呼，在向容克森夫人鞠躬时，我愚蠢地害羞起来。她直勾勾地看着我的脸，说着些敏捷又俏皮的话，让我像遭了蛇咬一般僵在那里。

我们还得把一些零碎的东西装上车去。我把一只装着被单的箱子搬了出来，那被单让我觉得散发着秘密的味道。可就关于那秘密的想象即将开始时，我又重新让自己回过了神。我重新把头从后备箱里钻出来时，容克森夫人正倚着车门站着。我忍不住去看她的胸。她应该马上就要四十五岁了，简直不可思议。

女仆跑上门前的台阶问容克森夫人还有没有什么要带的东西，她告诉女仆说没有了。图拉和海勒坐到了后座上，而我悄悄走到前方那个平展的座椅前，在那半蛇半狮的女人身边坐了下来，整个过程都心照不宣。

我享受着她专业的车技。她发动车子，用高跟鞋轻踩着油门，发动机在一声性感的呼啸中转动起来，爽快地加起速。海勒提过一次说这辆宝马装的是特别定制的赛车发动机，它现在发出的声音听起来也确实正是如此。这声音叩击着我心弦，我不禁向图拉抛去一个意味深长的眼神。哦，我的天！这种放空自己、彻底沉醉在眼前的上流生活中的感觉真是令人如痴如醉。容克森夫人松开油门，挂上了倒挡。车子慢慢滑上马路，不一会儿，我们便冲下法尔库纳大道 ①，向着海滩公路飞驰而去。

车里的谈话有一种虚伪的热切，可此刻的我却只想从车里站起身大声呼喊，因为这一切都是如此令人兴奋。阳光照在皮座椅上，皮革散出了更强烈的味道，那味道与两位女士身上的香味混合在一起，快要把人鼻腔灼伤。车子挂着三挡，起初那加速的轰鸣声变成了一种低沉平稳的嗡嗡声，这声音告诉人们车子还有加速的余地，可我们现在早已开上了九十迈的速度飞驰在海滩公路上。容克森夫人不停超着车，她根本不能让车子好好跟着车流行驶。

我注意到她一直坐在那里从后视镜观察着图拉和海勒，也注意到这夏天的天光有些苍白。在五月的天气里开着敞篷车可能确实有些冷，穿着花呢夹克的我有些发抖。身边这女人一边继续用一只眼睛留意着后视镜，一边又用不能再危险的方式超着车。我回过身跟后座上的两人聊起了天。接下来的三天都是属于他们两人的，而我也该看看自己能为他们做些什么了。海勒的头巾在风中抖动着，扑面吹来的风和强烈的阳光让她眯起了眼睛。图拉从座位上直起身，挥舞着手中那想象出的帽子，向那些并不存在的正夹道行着屈膝礼、鞠着躬的人们招手致意。他们是正在巡游自己国土的皇帝和皇后，身边带着一只给他们当私人司机的狮子，还有一个名叫雅努斯·图尔纳的贴身保镖。

"雅努斯啊，您不把这个戴上吗？"容克森夫人问道，她从手套箱里取出一个白色的头盔递给我。她神情带着些许讥讽——又或许那讥讽只是我的错觉。我微笑着从她手

---

① 法尔库纳大道（Falkoner Allé），腓特烈斯贝的交通要道之一。

里接过那头盔戴在头上，在下巴下面系紧绑带。这时若是有人带了照相机就好了。

车子一点点吞噬着汽油和柏油马路，又在身后把它们长长地吐出来。容克森夫人那双戴着白手套的手静静地放在方向盘的上缘。我把身子弯向挡风玻璃，看着前方的路面，那路面正以疯狂的速度往车身下钻。

在我们穿过赫尔辛格①、减速减到二挡时，那车子有那么几刻又开始了那种猛兽般的啸叫，可行到城北时，那声音又变成了嗡嗡声。容克森夫人在两座小城间的某个地方转了弯向右行去，把车开上了一条田间小路，那小道在树林间穿行而过，直通向海边。穿过一小片灌木松后，景象便开阔了起来，一栋跟腓特烈斯贝那"睡美人城堡"风格截然不同的房子出现在我们视野里。那是一栋西班牙庄园风格的夏日别墅，配有一个雅致的海景露台和一个封闭的、铺着石板的中庭，透过几个没上玻璃的窗户可以看到中庭里。容克森夫人把车停在四周爬满铁线莲的车库门前。那里的空气有种咸涩而浓烈的味道，只有在静止下来，让感官处于平静，知觉到的不再只有行驶的速度和水牛皮座椅，也不再只有黄色方向盘上戴着白色手套的双手时，这味道才清晰可感。我故作几分优雅地把头上的白头盔摘了下来。

我们走向那栋房子，踩在脚下的碎石发出吱吱呀呀的响声。容克森夫人带着钥匙走在前面，我们保持着恰到好处的距离跟在她身后。图拉和海勒各自向前走着。

"我的天，真是太美了。"图拉说。他半转过身，斜望向海面。"你打算下水吗，雅努斯？"

---

① 赫尔辛格（Helsingør），丹麦西兰岛东北角城市。

"噗！"我说，"你没发现这水看着相当冷吗？"

"别，你们可千万别下水，水里冷得要死，水温大概连八度都不到。"海勒打着寒战说。

这可是种激将啊。我把目光转向图拉。"咱们倒可以试试看站在水里，让水没过牙齿会怎么样。"我对他说。

容克森夫人打开了那栋房子的大门，长期闲置的夏日别墅的味道猛地扑面而来。那是被封存起来的阳光的味道。海勒快步走上前，把那漂亮的客厅里挂着的卷帘卷了上去。那客厅面向着露台，朝向大海。她打开落地窗，携杂着阳光的海风顺着地板吹进屋里。此刻的阳光正炙烤着地面，给我们带来了夏天的温度。

我们清空了车上的东西，把它们都搬进房子里。他们俩先搬着大包小包的行李进了屋子，我把上身整个弓下去，嗅着那带凹纹装饰的皮座椅。

我回到那栋房子里时已经觉得肚子饿了。现在才不到十点半，距午饭还有很长时间。海勒在客厅里摘下头巾，头发蓬松地垂了下来。图拉正站在一边拾掇着一大堆唱片。

"需要我帮忙吗，妈？"海勒问。她妈妈正在客厅外的厨房里面。

"不用，你们几个可以出去走走，十二点的时候记得回来帮忙吃午饭就好。"她喊道。

"自由时间。"我想着。

"走吗？"图拉问。

我疑惑地看向他。

"去不去试试让水没过牙齿？"

实话说，当时我后背蹿上一阵寒意。可现在已经不能反悔了。我只觉衬衫下的整个身子都失去了血色。

"嘿，你们两个正常点。"海勒说。

"你把我们当娘们儿是不是？"我说。图拉笑了起来，然后又跑去取他的泳裤。

"有没有可以让我们换衣服的地方？"他问。

"我不准你们去，"海勒说，"不许去。"

"别废话了。"我说。

她看起来都快生气了。"你们可不知道！"

"要不要下水应该他们自己拿主意。"那条蛇从厨房钻出了头，已经准备好要张口咬人。她不动声色地笑着。

海勒猛地回头看了她一眼，然后又转向了图拉。我呆了一小下，而图拉正以灼热的目光看着海勒。

"我们出发吧！"他说。

我翻出我的泳裤和毛巾，跟在图拉和海勒身后走着。我们得先上楼去换衣服。

楼上有一个大卧室和三个次卧，明显看得出它们被装修得相当舒适，里面放着上好的床和床垫。我和图拉在楼上换衣服，海勒下了楼等我们。透过窗户可以看得到海。大海在闪着夏日的蔚蓝同时又带着凛冽的寒意。

那印第安人整个身体都晒成了棕色，而我看起来却像根病恹恹的芦笋。我就是个微不足道的废物。

我们拍打着脚步下了楼梯走到客厅，海勒正在那里俯身看一个装满各种东西的箱子。我们进来的时候她没回头。

"你不一起去海边吗？"图拉问。

海勒没回话。

"女王不想看她的火枪手们下水的样子呢。我们终究还是得自己去喽。"他说。

我们径直走出客厅，发出的声音就像是一群在森林里

161

闲逛的鸭子。

外面冷得让人不住打战，我把毛巾裹在肩上，好让自己不被冻死。我们向着海边飞奔而去。

海边有一道栈桥，通向一个水深正合适的地方。我们当然是得从那里下水。我又一次回了头，想在跳进这极地冰洋前再最后看一眼这个温暖而富有生机的世界。我瞥到二楼的大卧室里有个女人的身影，可却到处都没看到海勒。我也不再去想她到底在哪儿，而是直接跟着高喊一声跳进冰水里的图拉跳了下去。

海水像冰做的棍子一样一下子砸在我头顶上，就在几分之一秒内，令人冻僵的寒意便蹿向了我的整个身子。"我要死了，"我不住想着。把头浮出水面的一刻，我都觉得自己已经没法呼吸了。在第二次潜下水又浮上来之后，我才得以吸进一小口气。我像只受了电击的青蛙一样在水里又抖又扑腾，最后终于逃上了栈桥，图拉正站在那儿抖得像只猎犬。

我们谁都没说话，两个人都冻得根本没法张口，只能从不断打战的牙齿间向对方挤出白痴的笑。然后我们便冲下栈桥，沿着海滩跑去，那海滩其实很硌脚，可我们根本感觉不到。我们跑得如此之快，让我觉得自己的身子都被落在了后面几步远的地方，现在构成我整个人的，只是一阵喘息，以及一阵不断涌上来、慢慢把我残缺的身子又拉回原位的暖意。图拉刚才跑在我前面，现在他又跑了回来，我们两人一起冲向栈桥前放着的毛巾。

"天，你是不是脑子坏了？"我说。我仍然抖得像个装满了冰块的调酒器。"这是我这辈子下过的最冷的水了。"

"咱们下午还会再下一次水，对吧？"图拉脸上挂着大

162

大的笑说道。

我用男人的方式把大拇指举到眼前，来表达我对此事的看法。

海水的咸味和空气的凛冽味道混杂着冲进我的鼻腔。我在想，我们两个都已经忘记我们刚才去了哪里，也忘记了我们为什么要去那里，我们只是像以前那样简单地跟对方在一起，和谐一致地一同做着某一件事情，某一件只属于我们两人的事。这是我们第一次在夏天一起下海。就算是我们从来没尝试过的事，对我们来说也毫不唐突。我们用毛巾擦着后背，最后两人的背都红得像煮熟的螃蟹。

海水自顾自地低声拍打着，它像是知道自己在偷看我们，但又在表面上做出一副若无其事的样子。那片海只是那么静静躺在那里，蔚蓝，而又凛冽。

我们慢慢走回了那栋房子。我感到有些压抑，就像是做了什么不该做的事。图拉带着游泳后的放松，蹦蹦跳跳地走在我身边。

我们走到露台处时，海勒已经来到了门口。她把手遮在眼前挡着阳光，看向我们。她脸上有掩饰不住的笑意。她或许是在笑我如此苍白的样子，但她大部分的时间应该还是在看图拉吧。"你们两个可有点傻啊。"她说。

"谢谢夸奖。"图拉说着，他径直走上前去，在她唇上吻了一下。

"有点傻的可是你们。"我嘟哝着冲上楼去换衣服。

房子里已经可以闻到食物的香味了。我早上吃的麦片已经消化得不剩多少，现在开饭的话我绝对没有意见。图拉走进了卧室。

他脱下泳裤。我的视线扫过他时，不住地想着："无人触碰过的躯体。"可这想法显然荒唐。

"我都要饿疯了。"他说。

"是啊，我也感觉到了。"我答道。"你说她真的会做饭吗？"

"我不知道她之前做没做过饭，不过煎个蛋她应该还是会的。"图拉用安慰的语气说道。

可飘来的味道却不像是只有煎鸡蛋那么简单。

我们像两位西班牙大公一般走下楼梯。这楼梯走起来也相当舒服：它正好通向客厅正中。被海水浸湿的头发此刻正服帖地贴在头上。图拉的脸色看起来都有些发青了。我的领带结系得相当完美。

可惜客厅里空无一人。

"快来吃饭！"海勒的声音从厨房里传了出来。我们走进厨房，通向那封闭的中庭的门被打开了。容克森夫人坐在中庭里的一张桌子旁。看到她时，我们有些尴尬，因而放慢了脚步向那张桌子走去。在她面前我们该怎么开场才好呢？我绝望地觉得我们永远也不可能找到一个合适的开场方式。

"请坐。"她说。

我们笨重地绕着桌子走着，但随后又被安排到了恰当的位置坐下来：图拉坐在海勒对面，我坐在这女主人对面。午饭看起来相当美味。桌上有各种各样的鲱鱼罐头和沙丁鱼罐头，还有大香肠和小香肠，热菜是一锅蘑菇和水煮蛋。我都流出了口水。每套餐具边都配有一瓶啤酒。这时，我都快彻底忘了之前在我脑海中一闪而过的怀疑：容克森夫人做这道热菜的时候肯定忘了把毒蘑菇挑出去。我们像一队占领军一样瓜分着桌上的食物。

在午饭中间，我们没废太多话。在我们开始四下环顾之前，所有的食物都已被洗劫一空，我们坐在桌旁，海风、海水、午餐连同啤酒，都一起耗空了我们的精力。

"雅努斯应该洗碗。"图拉说。

我正要像之前在家那样不高兴地回嘴，但又把话憋了回去，因为我一下想到了自己现在是在哪儿。我斜眼看着容克森夫人。

"碗我来洗，妈。"海勒说。

图拉笑着看向对面的她。

"不用的，碗我来洗，您要是愿意帮忙擦干的话……"容克森夫人说着，目光转向我。她把香烟放到嘴里的那一刻，腕上的手镯叮当撞出了声。在这开放的空间中，她的香水味并不是那么重。

我咧大嘴巴笑着，同时又感到膈肌抽搐了一下。

"好吧，那就这么办。"

海勒已经起身离开了桌。我们感谢了容克森夫人的饭菜款待，开始收拾桌子。

容克森夫人依旧坐在她的椅子上，同时观察着我们。"她现在已经吃得太饱，没法咬人了。"我想着。厨房里传出海勒和图拉的笑声。一群海鸥滑翔过院子，容克森夫人和我都抬头向它们看去。我们重新低下头的一刻，恰巧撞上了对方的视线。在那片刻间，我们就那样盯着对方。"什么属于谁？"我们在心里问自己，但没有问出口。"谁属于谁？"

我拎起桌上的空啤酒瓶走进了厨房。海勒正站在操作台前洗着盘子，图拉把它们重新挂回墙上的架子。

"你可每次都够幸运的啊。"我用这句话表达着心里的

165

不快。

"咦，你要是懂得做家务对你的人格塑造多么有帮助的话，你就不会在这儿抱怨了。"他放肆地答道。"而且我还有其他自己的事要做呢。"他继续说道，目光转向海勒。

"你看样子是觉得自己很了不起。"她说。

"我可是这世界的大主宰。"他说。

容克森夫人走进门来，忽然，她的身影挤满了整个屋子。

"那么，这里现在就没我们的事咯。"图拉脸上挂着大大的笑说道。

海勒疑惑地看向她妈妈。她妈妈转过了身。

"你们可以去散个步。"她面朝着窗框说道。海勒的目光扫过我，我看到了她眼里的倦意。

"走啦，海勒！"图拉说完便拉着她走远了。"活留给仆人们做就好。"

他们砰砰迈着脚步走进了客厅，海勒说了些什么话，逗得图拉高声笑了起来。我拽下挂在钉子上的一块擦碗布。我现在只觉得自己像个紧张的驯兽师，正跟本年度最震撼人心的猛兽一起被单独关在笼子里：一只长着蛇牙的母狮，never seen before in Scandinavia①。

容克森夫人失了些平日的派头：她指间夹着一支烟站在那里，上身弯向洗碗槽时，浓重的烟云便涌向她的双眼。潮湿的双手让她在那个片刻失去了攻击性。

她眼睛并没看向我，却突然问道："你今年多大了？"

这个问题像颗定时炸弹般被她抛到了我面前的桌子上。

---

① 英语，意为"斯堪的纳维亚前所未见的（猛兽）"。

还有多长时间它就会爆炸呢？厨房的一片寂静里，它的引线咝咝燃烧。

这个女人问我"你多大了"。这声"你"就是只炸药包。她就像是已经近身攻击到了我。

"已经大到可以抽你一耳光。"我差点儿就向她喊出来。我当啷当啷地叩着手里的一只盘子。

"总之你看起来还嫩着呢。"她说。

我试图说些什么来让这场面缓和下来，以让自己能应付得住。

"可你应该还没他那么嫩。"

她把烟从嘴里拿下来扔出了窗外。她的头发也在阳光中熠熠闪耀，可那光芒却又与海勒的那种完全不一样。

"我们上高中二年级了。"我白痴地说道。

她终于转过了身，直直望向我。她现在的样子看起来很粗鄙，这给了我一点空间。我飞快地抓起几个盘子，可一下子又想到它们不该被拿到客厅，不过，那几个烟灰缸，它们应该是得拿到客厅去的吧。我抓起它们向门口走去。图拉和海勒现在说不定还在客厅里。

"我把烟灰缸放到厅里了。"我说。

客厅空空荡荡。这宽敞漂亮的空间寂静地伫立着，阳光从外面照到地板上。我跌跌撞撞地端着两个烟灰缸走进客厅，犹如一个捧着香炉的醉酒的辅祭①。

"它们应该放到烟桌上去。"她的声音如无线电波般遥控着我。我瞥到她用擦碗布擦干了双手。我走到烟桌前时，她已经站在我身后了。

---

① 辅祭，天主教弥撒及其他宗教仪式中的辅助者。

我觉察到自己大腿里侧的她的手时，心里的感觉就像是一座冰山崩裂开来。

　　"我看不得他那张天真的大脸。"她对我说着，同时又在我腿弯处推了我一把，我跌坐在烟桌前的皮沙发上。

　　"她至少四十三岁了，"我想着，"她至少四十三了，至少四十三。"她的香水味挤进我的喉咙，又在胸腔某处撞击着，让郁结在那里的一大团东西破碎开来，我从那里发出了一声叹息。我鼻腔里满是水牛皮的味道。我把手伸向她，她向前弯下了身子，可就在我以为自己就要溺亡的一刻，她又像掸走一只可笑的甲虫一样把我掸开了。

　　此刻我的脑海里完全没有图拉。就算我想到了他，我自己也毫无知觉。

　　我看到了她的背影，它消失在厨房里。那蛇的特质在她身上还是一点没少，她稍稍扭了扭胯，那动作让人想到捕食成功后滑行在草丛间的蜥蜴。那撞击着我的灼热的麻醉感一点儿都没减轻。我现在应该跟她到厨房里去的，抓住她身上那些华丽的物件把它们尽数扯下，然后再用尽各种方式痛打她一番告诉她她到底是谁——不过一个长满皱纹的蠢婆娘罢了，她就应该赶紧跳进最近的垃圾桶里，自己再把盖子盖上。

　　客厅外的厨房里传出了叮当声，我察觉到了瘫在沙发上的自己样子有多么笨拙。暖意就像过早退去的潮水一样离开了我的身体。

　　之前那些与图拉有关的还未成型的想法，都在此刻慢慢清晰了起来。这里的一切正给某些之前在我心里一直存在的预感提供了证据：他身边已被布下陷阱，而我早就已经脸上带着大大的笑自投了罗网。她刚才说了什么？她恨

168

他那张天真的大脸？她说的一定不是别人，正是图拉。

我从沙发上站起身，只觉双腿麻木，像是有人在我大腿根处掐了一把。"可我也只是个普通人吧"——我装腔作势地想道。有个好玩的故事里讲到一个骑士，他手持熠熠闪光的宝剑，却啪嚓一声摔倒在地，只是因为他太弱了，没注意到自己踩上了一片烂泥。我该对这个婆娘说些什么才是呢？

我又该对图拉说些什么呢？

过不了一会儿，他和海勒就会带着散步后的红扑扑的脸颊回到家里，他们说说笑笑，而我却像个做错事的小学生般坐在这里。他们会像新生的婴孩一般回到这里来，身上带着牛奶和蜂蜜的味道，带着羊油皂的味道，还带着爱的味道，而那一刻的我却坐在沙发上——并不是像一个穿着闪闪发光的盔甲的骑士那样，而是如一只绿头苍蝇，周身散发着污秽与卑贱。她也会在此时从厨房走出来，如一只丑陋的棕色蜘蛛，涎水从嘴角滴下来织成厚厚的网。那棕蜘蛛和那绿头苍蝇应该交配一番的——然后，世界就该毁灭了。可那两个婴孩什么都不会看到，他们只会继续咿咿呀呀说着话，而我只是坐着，一言不发，一言不发，一言不发。因为，那香水里的毒、那汽车里的毒、那对胸脯里的毒和那蘑菇里的毒，都侵入了我的身体，它们早已麻痹了我，麻痹得完全而又彻底。我只会回他们以微笑，除此之外再无其他，因为他们不知道的是，我很早之前就失去了它。因为他们看不出包裹着我周身的并不是十字军骑士的钢盔甲，而只是一个茧囊，一个包裹着污泥和幼虫的壳。她走出厨房进了客厅，我把双手从脸上移开。

"您要喝咖啡吗？"她问。

我抬头看向她，就好像我一直在等着吃枪子，可最后等来的却是一颗糖果。她站在门口，一手拿着咖啡杯，一手夹着烟。

"在书里面，人们一般都会坐在床边抽上一支事后烟。"我想着。可我们两个也没做什么，而且，我也很少喝咖啡。

"好啊，谢谢，很乐意来杯咖啡。"那些被灌输给我的礼貌教条此时还没有彻底失灵。

她转身回了厨房，不一会儿便端着一杯咖啡走了出来。她把那咖啡放在烟桌上。

"咖啡杯前的女人，"我想着，"那是一只蜘蛛和她上了药膏的苍蝇尸体。"

容克森夫人看上去很是端庄，坐在椅子上的她双腿并拢，脊背直挺。先前那些轻浮与粗鄙都被她像收雨伞一般收了起来留在了厨房里，可她的双眼依旧冰冷，冷得一如凛冽的霜冻。

"我们现在马上就该开始谈天气了吧。"我想着。

"抽烟吗？"她问我。

我弯身向前，从桌上的烟盒里取出一支烟。那烟盒里的烟应该已经放了有一冬天之久，烟身全都泛黄而干燥。

"你可以从我这儿拿一支。"她一边说着，一边从她手里的烟盒中抖出一支烟。我把那支放久了的烟又放了回去，把她手里那支取了来。客厅里一片寂静，外面的大海依旧在呢喃。

烟云慢慢升向天花板，又转了弯顺着窗户飘去。窗缝吹进的一阵微弱的穿堂风又把它们吹了回来，吹散成一小片一小片的旗帜。

"你是有权利的，"我对自己说，"毕竟她先前已经做出了那般举动。你也一定有自己的要求的，你可以说出任何你想说的话。"可这番内心谈话对我却像是丝毫不起作用。我很想开口说上些什么。

"我在一年级的时候就认识图拉了。"我说。她把头转向我，看起来像是在期待我继续往下讲。

"这些年来，我们一直都在一起。"我说。她嘴角浮上了笑。

"他大概是我最好的朋友了吧。"我说。其实并不难理解我说的这些跟眼前这一切都有什么关联，可这些话听起来依旧像是在胡言乱语。

"你以后大学想学什么专业？"她问。这话听来就像是往自动售货机里塞进了一包烟。

这句话像一块浮冰般漂向我，我紧紧抓住它。现在还是在海面上浮一会儿比较好。

"我想学语言学。"

她把手里的咖啡杯放在桌上。

"这想法很棒，"她说，"你以后想教书是吗？"

"对——"我像是嗓子里卡了一团饭一样答道。不谈天气的话，谈谈这个话题也好！

"海勒学的是古典语言，"我说，"她大概会……"

海勒这个名字让容克森夫人的双眼结上了冰花。

"对，她之前跟我提过拉丁语，但我不知道学那个有什么用。"她说。"她还年轻嘛。"

"她还年轻，没错，可你已经是个老婊子了。"我心里想。"我为什么不用'你'称呼她呢，她之前可也一直都是用'你'称呼我。她干吗要一直刁难我呢。大概因为她是个妇人吧。女人。"

171

"您父亲可是个工程师，所以我想，您可能会想学理工科？"她说。

我又吞了口唾沫。

"您不明白吗，图拉和海勒，他们两个……我是说，您没看到吗，他们已经……他们……"海水开始没过了我的头顶。

"图拉和海勒不能被……您不能破坏他们，不能破坏……"

"在我们现在这个时代，学理工科可是前途大好的。"她继续说道，眼睛盯向我的脸。

"可是，"我说，"可是。"

"您也爱上海勒了吧。用您那种卑微青涩的方式爱着。"

我眼前一黑。

"您以为是这样，可您一点都没说中，不是吗，"我呼喊着，"您以为您说中了。但您想错了，您想错了！"我就像是站在暴风雨里大喊。她，保尔，还有科特。对这些人，我们根本无能为力。

我们无法摆脱他们。

我把身子陷进沙发，可之后又直起了身，像只黄鼠狼般坐在那里等着那条蛇咬向我。她其实已经咬中了我，但是是以一种很蠢的方式，亦真亦假，又无法证伪。她咬的伤口咬在了一个我无法舔舐到的地方。而且，这整件事也与我无关，与之有关的是那个印第安人。我该怎么办呢？我该对他说些什么才好呢？

"可您永远承受不起当老师的代价的。他们连自己的老婆都很难养活。"她一边说着，一边点燃了另一支烟。

此刻我只想站起身来冲出这栋房子。

"您说这个是什么意思？"我向她问道，而后又察觉到这话毫无意义。

"理工科的人……"她开口说道。可在这之后，她又只是坐在那里盯着我。她的香水味向我袭来，我大口吸着空气。"她马上就会爬到我身上来，然后……你就输了。"我心里想着。可我心里却也盼望着她会这么做，我对此饶有兴致。那黑暗的海水又从我心底涌袭上来，我深谙这一切，仿佛早已经历过千百遍。

容克森夫人沉默地坐着。

"我没爱上海勒，"我说，"我只是那么喜欢她，还有图拉……还有图拉。"我提到图拉是要说什么？说我爱的是他？可我不能啊。这绝对不可能。"爱"，这是个愚蠢至极的字眼儿。

他。那种能做自己的感觉。那种互相理解。那种在一起时的巨大愉悦。那种同伴感。那个纯洁完好从未破碎的他。这些都令我忘乎所以，让我只想狂奔。这就是我"爱"的。我又一次有了想要撕碎些什么的冲动。

"您最爱的大概是您自己吧。"我对她说。

"蠢狗。"她回道。

她直挺挺地坐在那儿，手上的香烟冒出烟云。

"小狗，"她说，"去往比我小的人头上撒尿吧。我感觉不到的。"

我们两人都把身子陷进沙发，一阵疲倦感席卷了整个屋子。我内心筋疲力尽。已经没有什么可以让我们继续下去了。这是一场失败。虽说她也没赢过我，可这依旧是一场失败。因为这屋子里的一切都如此绝望，因为我是如此弱小，因为她是如此下贱，因为我在不停地不停地下沉，永远无法让双腿站起来，而只是在水和烂泥和污秽里不断滑行不断下陷。我的双肩紧绷着，我的下颌不住颤抖。这时气氛又轻松了些，我觉得自己就像一堆鼻涕，正无助地顺着墙面慢慢滑落。

远远传来一声呼救，我听到那是图拉在像个落水者一样喊叫。那喊声像是空气中的一阵涟漪般传来，然后又立刻消失不见。那喊声被穿过窗户的阳光背进了屋子，又在我们头顶上方消融掉。我们谁都没回应他。不一会儿我们又听到了一阵新的声音，那是一阵对话声，声音犹如小鸟。那声音微弱地传近，又一点点变强，同时又与沙砾摩擦的吱嘎声混作一团。散步后的他们正向家走来。

客厅里那如同被氯仿麻醉了般的沉默还没被打破，不过我已经在试图让自己从这场梦境中挣脱出身。我的嗓子在动，可它就像是一个睡梦中的人想要喊叫一样，怎么都发不出声。我抖了抖胳膊，像只病鸟，但却并没打算站起身。

"现在他们回来了。"我艰难地吐出这几个字。

容克森夫人站起来，用手摩挲着裙子，好像这样可以把刚才发生的事都抹掉一样。她平静地弯下腰收起了桌上的咖啡杯，端着它们进了厨房。

在一阵费力挣扎后，我站了起来。那些就算在发生过"叫我英格"之类的事之后还依旧存在于我心底的骄傲，此刻已经荡然无存。这时的我，仿佛只是在等待牧师和行刑队的到来。

屋外那对话声已经清晰可闻，我听得清每一个字眼儿。最后一阵呼啸声和沙砾的吱嘎声消失后，大门被打开了，海勒走进屋，图拉紧随在她身后。他们两人的出现就像是一场真正的预言。

"怎么样，你们洗完碗了吗？"海勒有些没心没肺地问道。

"洗完了，"我说，"我们早就完事了。"

"那你不用看起来这么伤心啊。"图拉说。我像条被人打了的小狗一样抬头看着他的脸。

"我们散了个很愉快的步，"他边说边打量着我，"一直走到了灯塔附近。"

"不过，他们喝了咖啡呢。"海勒指着烟桌上一条咖啡杯的印渍说道。"我妈去哪儿了？"

"应该在厨房吧。"我说。

海勒不安地看着我。我一下清醒了过来。

"我们刚才坐在这儿聊了会儿天。"我说着，试图让自己微笑。

"你有烟吗，雅努斯？"图拉问我。

我翻找出一支烟给他，也递给海勒一支。她对我说："不用，谢谢。"

"我看雅努斯现在大概是肚子疼，"图拉说，"他看上去像是咖啡喝多了。"

容克森夫人从厨房走进了客厅。她红光满面，海勒松了一口气。

"你们的散步愉快吗？"她说。"你带图拉去看沙滩了吗？"

"很愉快，我们一直走到了灯塔那里。"海勒说。

"她怎么做得出来？"我心想。

他们像两颗星球一样环绕对方运行着，有着完全平衡的极点，而我却像是悲伤的月球，歪斜地挂在自己的轨道上。天真无知的他们，还有那带着阴险的妇人之心的第三者。全然无辜的他们，和邪恶无疑的她，他们一定还会在一起相安无事地生活上一段日子，可到最后，不是她把他们吞食下肚，就是她被彻底消灭掉。我呢，只是一个肮脏的个体罢了。

下午已经慢慢过去，这一天剩下的时间也都像雾般飘散而去，我们没看到航灯，也没看到海上那些船只的模样。可船魔却已经悄然地潜行到这栋房子周围。

现在这个季节大概还没有萤火虫，可我想，坐在车上的我已经看到了它们，那时我们正行驶在回家的路上，水牛皮的味道萦绕在我鼻腔里，令我反胃。

🌿 第十章 🌿

在一开始的时候，我们就已经看到了结尾。我们看起来是一定会成功的。我们开始复习功课准备高中毕业考试了。其实，想到在六月二十四日之后我们就再也不用去学校，我们就觉得很蠢，不过这么说也不完全对，我们还是得上大学。可大学是不一样的，在大学里，人们不必再每天在那愚蠢的书桌前一坐就是六个小时，而是可以想来就来，想走就走。大学的学习可是完全自愿的。现在的我们要真正成为大人了。我们的梦想马上就要成真。

我俩把一大摞书夹在胳膊下走进奥斯特勒公园①，坐在那里看书，那种感觉快乐极了。人们都向我们投以友好的目光，就好像他们都知道我们不久后就会站在浅绿色的榉树下，成为快乐的大学生。用一种新的、高强度的方式重新去看那些学过的课程，是件很有趣的事，我们每年准备考试时都是这样。现在的我不再只是呆滞迟钝地盯着书本，而是真的在学习，既是因为我们必须得考过那愚蠢的毕业考试，也是因为学习这件事的确很有趣。我的脑子比任何时候转得都快。我们在一起议论着别人，注意着我们在没话可说之前能谈论多久，两人都要十分享受这个过程。我

---

① 奥斯特勒公园（Østre Anlæg），位于哥本哈根市中心。

发现，有的科目我根本没法复习，因为我早已经落下了太多，这时心里的那种绝望感很是骇人。我沮丧地看向图拉，他的手指正翻过一沓一百多页厚的拉丁语课文，我从不记得我学过这课文，就连在梦里也没见过。于是，我便迅速把手里的书压在了那摞课本的最底下。现在学这本书纯属浪费时间，毕竟我们还得复习历史，我的历史知识也几乎是一片空白。好在历史课本至少不是用外语写的。

阳光暖暖地从头顶倾泻下来，我们坐在长椅上，复习着《浮士德》。我们两个都对德语很感兴趣，于是便坐在那里久久地沉浸在那课文中，除了从后颈包围着我们的阳光之外根本感受不到其他的存在。可有个东西忽然蹿到了我们面前，让我一度以为是课文里那黑色卷毛犬①从书的折角里跳了出来站在了我们的长椅前。我从书里抬起了头。面前这东西是科特，他又要开始乱吠了。

"嗨，小伙子们。"他用一种令人难受的活泼语调说着，好似我们都是什么被翻译成丹麦语的美国动画片里的人物一样。图拉也抬头看向他，那目光就像一颗酸溜溜的水果糖。

"你们复习得怎么样？"科特问。

"复习相当多了。"我说。

"你妈妈跟我说你们来了这里，雅努斯，所以我也过来了。我可以借一下你的拉丁语笔记吗？"他最后一句话礼貌中带着阴险。

"啊，别问我，"我说，"去问图拉。"我的拉丁语笔记

---

① 卷毛犬，此处指《浮士德》中魔鬼梅菲斯特的化身。梅菲斯特出场时曾化身为一只黑色卷毛犬，跟随在浮士德身后来到浮士德的书斋。

比一个一年级的学生多不了多少，他心知肚明。

图拉已经在书堆里翻出了拉丁语笔记，把它们递给了科特。"笔记我后天还得用。"图拉说。

"太棒了，"科特说，"我后天一定还给你。我就是想到，你的笔记雅努斯肯定也有。既然你们两个每次都在一起学习，那雅努斯应该可以不用自己做笔记了吧。"他越过我的头顶对图拉说着。

"你们其他的事情都进展如何？"他又问道。阳光直照进他的眼里，他眯着眼睛站在那里。这魔鬼可是有很多种化身呢，有时是蛇，有时又是狗。

"挺好的，相当好。"我说。

科特眯眼笑着，就好像是在盘算着什么。然后，他又用礼貌的乡下口音问道：

"海勒怎么样了？"

这当然不是什么问不得的事，可我们也根本不明白这跟他这蠢狗到底有什么关系。

"呃，她也很忙啊。"图拉说。

"是呀，可惜她是学古典语言的，不然你们还能一起复习呢。"科特笑着说道。

对科特说出的话最准确的形容便是，他就像刚揍了个人，现在心里正满是骄傲。

"那样的话就方便多了。"图拉说道，脸上毫无笑意。

我们跷着二郎腿坐了一阵，课本倒扣在膝盖上。科特也马上就要获得属于他的自由了，而且他心里早就清楚地知道自己该如何享受这份自由。他估计都已经跟他爸爸谈过了假期的事，他爸爸对此很是满意，毕竟决定他儿子假期怎么过的人是他。科特自己对他老爸的安排也甚是满意。

"这个暑假你休息休息，"他爸爸肯定是这么说的，"然后九月份就到了，哪有那么多时间可以浪费。"他休息的样子比他九月份开学的样子更让人难以想象。后者毕竟理所当然。就算他心里有别的什么毛病或者情结，它们也早被清扫一空。我有预感，他休息的时候也跟平常没有任何区别：礼貌又阴险，精神抖擞，头上抹着厚厚的发油。

"我一点都没打算复习德语。"他说。他这话也并不是嘲讽，但在此刻听起来依旧很是多余。

"我也放弃我的拉丁语了。"我说。

"哈哈，"科特说，"哈哈。"他的意思是，我大概早就放弃我的拉丁语了，在我还是那讨厌的小子的时候就放弃掉了。我摸出烟来，先是递向图拉，然后又递向科特，但一直没说话。

"谢谢，我不抽烟。"科特又礼貌地说道。

"哦，对。"我说。我试着让自己的声音带上嘲讽他是个怂包的意味，但失败了。

"我们的毕业演讲是谁来讲？"科特边说边看向图拉。图拉读着他的书，对他视而不见。

我狠盯着科特，以此让他闭嘴。这次我成功了。做毕业演讲的当然是图拉，但这事不必以这种方式来约定的。"人还没定。"我说。

"对了，我昨天看到海勒了，"他又说了起来，就像是要以这个话题吸引我们的注意，"她妈妈开车带着她。"

"动动脑子，我觉得她应该一直都在家学习才对。"我说。图拉抬起眼睛，笑了起来。

"你跟她打招呼了没有？"他问。

"嗯，"科特热情地答着，"她也看见了我，跟我打了招呼。"他那的语调听起来就像是忽然得到了一块自己本不该得到的蛋糕。"她妈妈还是那么漂亮。"他说。

我打开了课本继续复习起来。就算把这条狗凶残地用脚踢进柜子里关起来，它也还会再自己爬出来，继续狂吠个不停。

"天知道我们到时候得开多少派对啊。"科特说。天知道他戴着毕业帽的样子会有多可笑。

"肯定得有八个十个的，少不了。"图拉说。我们都正疯狂地期待着那些派对。

我把烟扔到地上用脚踩灭。

"呐，我们得继续学习了。"可他人却一厘米都没动。

"你到时候要带谁一起来派对，雅努斯？"他问道。"我知道图拉要带谁。"他那故作俏皮的语气颇有些精彩的老式歌舞杂耍的感觉。

"你不跟我一起来吗？"我无害地问道。

"见鬼，你以为我是同性恋吗！"他了然地答道。

"不，我觉得你什么都不是。"我说道，语调中冒着鄙视。"老实说，你啊，我知道你已经把所有书都倒背如流了，但我还没有，所以我现在只希望能学习一小会儿。"他眯着眼睛朝我笑起来。

"但现在离考试还远呢。"他说。

图拉从书堆里冒了出来。

"我想跟你说点事，老朋友，现在在这里的雅努斯博士呢，十分热爱《浮士德》，他想坐在这公园里安安静静地读它，咱们很快在考场上见吧。"他的语调听起来相当霍斯楚普 [1]。

---

[1]　霍斯楚普，指丹麦喜剧作家延斯·克里斯钦·霍斯楚普（Jens Christian Hostrup, 1818—1892）。

科特弯腰去提他的灯笼裤，他的姿态让我想起来骑自行车扎裤脚的动作。他要是已经复习完了自己该复习的所有功课，那他大可以现在就回家擦他的自行车去。现在，除了《浮士德》和其他我该学的功课以外，我没时间想其他任何东西。而且，科特的出现让我只觉头昏脑涨，我现在可没时间去处理这感觉。

我试着去看课文，但进度却一直停留在某三个词上，仿佛眼睛被黏在了那里。我深吸着气，试图让自己从科特那里挣脱出来，可他就像一只苍蝇般无休无止地分散着我的注意力。我没有再继续学下去，而是抬起目光望向了这宁静的公园的另一端，那里的老人们慢慢遛着圈，然后又疲惫地陷坐在长椅里，他们走不了几步路就得坐下来休息一会儿。现在已是初夏时分，但我同时也又一直在想，只有复习考试的时候才是真正的夏天。大考前那紧张的期待感让我心里觉得很愉悦，很有成就感。在这个时候，你每时每刻都会觉得有事情在发生。这是一种纯粹、简单而清醒的感受，它是一种情绪，但这种情绪是无害的，它带给人的只有刺激的欢乐。这场考试我们肯定不会不及格，而且，就算考差了也只有家长会注意到，只有他们会对着不好看的分数愁容满面。要是考好了，我们肯定会主动把成绩拿给他们看的。

我们看样子是已经差不多成功把科特孤立起来了。他现在正站在那里用脚搓着地，活像个害羞的小男孩。

"那车里还有一个男的坐在海勒身后。"看样子他袖子里还藏着最后的王牌，现在他把它亮了出来，以此最后一搏。

长椅吱嘎响了一声，我正要从座位上站起身来，图拉把脚伸在我小腿前，把我挡了回去。这一连串动作发生得如此迅猛，让科特都完全蒙了，根本没明白自己面前究竟发生了什么。

"哦，是吗？"图拉饶有兴味地问道。"那这个男的会是谁呢？你觉得海勒在欺骗我？还背着我跟别人在一起？"他的嗓音听起来就像个发怒的幼儿园女保育员。"我才不信她这么个可爱的姑娘能做出这种事。"

科特终于听出了这番话里的讽刺意味。"不……"他白痴地答道，"可我就是在想……"后面的所有字都减弱成了一阵咕哝。

"不过，我之前说了，"图拉继续说道，"雅努斯博士跟我都觉得《浮士德》里的玛格丽特 [①] 是如此动人，所以，我们很想安安静静地读完跟她有关的章节。"

卷毛狗科特就连成为梅菲斯特的一半都不可能。他永远只能是一条狗。

终于，这可怜的家伙消失了。

可我已是完全心不在焉。不知名的细菌又一次侵入了我那敞开着的伤口，我一直在身负着这伤口四处游走。那些细菌很快找到了通向大脑的通路，它们控制了我的思考能力，让我的精力不断分散下去。

我禁不住地开始想自己那每况愈下的糟糕境地。别人的前路都是越来越开阔平坦，可我的世界却依旧带着些许混乱。图拉和海勒还是一如往常，他们一起走路一起聊天，他们享受着对方，他们互相拥吻，他们在路上一直走一直

---

① 玛格丽特（Margrethe），《浮士德》中的女角色，浮士德对其产生爱慕，而后与其相恋。

走，除此之外，再不会有更多的事情发生了。可我到底又是为什么如此盼望他们之间能发生更多呢？从图拉告诉我海勒不愿意和他上床那天起，这个想法就一直占据了我的脑海。他们应该更紧密地结合在一起的。他们之间的结合应该坚不可摧，才能对抗得了容克森夫人的侵袭。或者至少，他们该被紧紧焊在一起，以此来抵抗这世界所有的恶意。他们两人的纯粹的团结，既是他们的力量所在，也是我的力量所在。

我从来没对图拉谈起我和海勒妈妈之间那桩可笑的小事。这件事重要又棘手，其实我很难做到不向他透露丝毫。他总是会知道关于我的一切的，可这次，我却对此只字未提。我一直在想我该如何向他开口，告诉他他该提防着她，可每到开口时，又总会出现什么东西把我吓退回去。我不知道到底是尴尬感令我退却，还是因为我在担心这事件太轰动会吓到他，逼他做出什么冲动的行为。而且我真的觉得他有可能这么做。他不会想听到这件事的。我手足无措。这件事成了埋在我心底的一个大秘密，它像块酵母一样在我肚子里不断发着酵，把它生产出的酸源源不断注入我血液，送向我身体各处。

自夏日别墅里的那场意外之后，我一直都在试着避开各种需要与容克森夫人独处的时刻，可她却对我们之间这不寻常毫无知觉。她对待我的方式还和先前一模一样。对她来说我只是那个"您"，那个雅努斯，是图拉的老朋友和好玩伴，是个她不得不忍耐一下的家伙。我还是会像之前那样和海勒和图拉一起去那栋腓特烈斯贝的"城堡"，坐在她的餐桌边听着她那机智的对话，那对话缓慢又确切无疑地把图拉卷进她的魔网。我有时会突然看到，就在图拉听容克森夫人说话时，海勒会打量着图拉，眼神流露出惊慌，就好像她正在眼睁睁看他慢慢滑向深渊的边缘，那深渊暗无天日深不可测，让人一眼都不敢向下望。我们还是在一起做着同样的事，一如先前。我们在一起的日子有着某种自己的节奏，它们像被施了魔法般保持着一成不变的仪式感。可我们之间还是出现了一个人，她就像是一直在跟随着我们，而我们三个就像是在步向一片属于未来的混沌，谁都看不清那里藏着的究竟是善是恶。

容克森夫人对我的挑衅激起了我心里的野性。她那份粗俗唤醒了我心中某种相似的禀性，它像是种恐惧感，让我想要挣脱。我结识了一个比我大四岁的女文员，我频繁地和她私会。我对待她的方式就像对待一头猪，这可能也是唯一一个让她想跟我在一起的原因。我们在一起时，我会极尽嘲讽，告诉她她是多么愚蠢、多么无聊、多么庸俗、多么难看、多么令人生厌，跟她说她身上臭得很，该多洗洗澡了。我们之间所谓的爱情，就是一场永不停歇的扭打、一场没有终点的障碍跑，我们在中间会精疲力竭地倒下，可过一会儿，我们又会强忍着饥饿和厌倦重新起身。她有一个自己的房间，我藏身于此，仿佛躲进了鸦片烟馆。有时我也会请她去看电影，但大多数时候，我所做的也只是走进她房间撕扯下她身上的衣服。

躺在她床上时，我眼前会浮现出图拉和海勒的身影，他们手牵手沿着某条长长的人道散着步，谈着有益又有趣的事。我除了唤她"老女人"和"蠢娘们儿"之外也没别的话跟她可说，而她也欣然接受这些称呼，就好像她在到现在为止的人生里一直都只被人叫作"洛丝"和"莉莉"，现在十分需要听些不一样的称呼似的。我跟这个艾琳在一起的时候毫无心情，顶多是会在某些时候冒出些冷幽默。有时，我在她狭小的洗手间里注视着镜中的自己，心里会忍不住地想："你好啊，保尔！你这蠢猪现在过得怎么样了？"

我想，我在艾琳的身上找到了优越感，可每次走在回家的路上时，又都会觉得自己如此愚蠢渺小。那伴着我走下楼梯的黑暗是如此真实可感。我离开她时会感到恶心，那恶心既是对我自己，又是对跟她在一起时的疲倦，此外也是因为我太缺少睡眠。我们在一起以后，我很多次都倒在她床上睡了过去，可又总会在噩梦中猛地抽搐一下醒过来，这时她便会惊愕地看着我，问我到底怎么了。我父母也从我的外表上觉察出了些不对劲，不过他们倒也对此一言未发。一定是爸爸拦住了妈妈没让她说我吧，可最近这那段时间里我也没太看到爸爸露出什么了然的目光。

每次去艾琳家时，我都是飞快地冲上楼，仿佛身后有人在跟踪我。还没待她把公寓的门完全拉开，我便一把抓住她把她扔进屋里。我对她又是咒骂又是吼叫，整个人就像一条茫然不知自己是否该张口撕咬的野狗。我对她的爱就像是一场接力赛，像个白痴般不停向远方跑去，只是为了把那无足轻重的接力棒递出去。此后，我便会像一头受了阉割的牛般轰然倒下，大脑空白，精疲力竭。

她试着跟我谈起她的工作，谈起学校生活和图拉，以此让我重归镇静，可我根本没时间跟她谈这些。我没有时间，我的时间不是耗在了与她纠缠撕扯上，就是耗在了躺在她床上做噩梦上，再则就是耗在冲出门走进楼下的暗夜上。可即便如此，她还是能在这几件事的缝隙中找到些空闲，从我口中套出不少话。

图拉是认识她的，我与她相遇时他也在场。那些跟我有关的女孩都是我在酒馆里认识的，她也不例外。那时，图拉和我偶然走进了一个地方，坐在那里到处翻找着钱，来为我们之前唯一点得起的那瓶啤酒付账。我们都还并不是酒吧老手，因而只是坐在那里，悄无声息地观察着周围发生的一切。

那酒馆里人不太多。我们刚从一个学生会的集会上出来，那时才刚十点。我们正对面坐着一对情侣，他们把脑袋凑在一起，坠入爱河的人和争吵之中的人在酒馆时都会那么做。那女孩纤细瘦小，一头黑发。他们看起来是在吵架。我在与图拉说话的间隙中听得到那男人骂她。最后，那男人站起身以一种气恼的动作拽过自己的大衣，快步冲出了酒馆。她依旧坐在座位上，双眼呆望向前方。可他不一会儿又折了回来，把五克朗拍在桌上，那甩出的脸色像是在对她说"我他妈现在再也不欠你的了"。她还是直愣愣地望着前面。那男人站在那里迟疑了片刻，就好像是在期待她的挽留，可最后还是脚跟一转消失在了门外。我和图拉斜眼窥视着这整场戏。

那女孩坐在那儿把玩了一会儿那张五克朗纸币，我俩也继续聊起了天。她看起来还是很可爱的。最后，我走到了她面前，鞠躬请她跳舞。可就在我站在那儿弯下身的同时，却忽然发现这酒馆里的音乐根本不是舞曲，这里也根本没有舞池。我一下子脸羞得通红。我根本没时间跟图拉解释我到底是想干什么，耳朵里也只听得身后的一阵哄笑。我一边直起身，一边嘟囔出几句道歉的话。我想，我对她的那些愤怒里，其中一部分正是来源于此。

这场尴尬以图拉邀请她来我们桌同坐作结，她也接受了我们的邀请。我们慢慢跟她道出了我们的"经济危机"，于是她又自己掏钱请我们喝了一轮啤酒。

然后我们便该回家去了。图拉朝另一个方向走去，而艾琳——她说她叫这个名字——跟我同路。那是个寒冷的十一月的夜，我几近恼怒地挎住了她的手臂。这令她很欢喜，一如她同样会喜欢上将要随之而来的各种事，就算它们一件比一件更为暴戾。

她是如此令人失望。她的那种纯洁只让人觉得幼稚，她的那份俗气跟那些除汗臭或除口臭产品的广告感觉别无二致。

她跟海勒与图拉，她跟容克森夫人，差距都相当大。可她喜欢我。她让我减压，让我可以不被激怒地感受自己的人生的中间点。我生活中的周末是图拉和海勒，是我们的林间散步。在平时我所做的，只是每个工作日的学习生活，还有那只与我有关的"夜班"。

我们几个曾偶遇过一次。那时我和艾琳刚从我们屈指可数的电影院之行出来，正沿着"走街"往回走。图拉和海勒恰在此时从我们对面走来，我看到他们时为时已晚，已经来不及拐进旁边的街，也来不及拽走艾琳躲进某个大门。我迈着绝望的脚步挎着艾琳朝他们走去。她还不明就里。我觉得自己就像个罪犯，像个低层的贱民。图拉和海勒像一艘亮着光的船，安稳从容地划过海面驶向我们，可我自己就像一艘意外浮上海面的潜艇，已经再没办法潜下海底去。

海勒看到了我们。她愣了一下子，可紧接着便喊了出来："嗨，雅努斯！"图拉也抬起了头。他看到我们时，脸上稍稍露出了些幽默的表情。"哈喽！"他说。

"嗨，两位。"我边说边把艾琳向前推了推。海勒正在摘她的手套。我刚想跟她说不必费事，艾琳就已经把手伸了出来。她正准备介绍自己，可图拉打断了她，告诉了海勒她是谁，然后又把海勒也介绍给了艾琳。我在一旁呆若木鸡。我们就那样站了一会儿，谁都没说太多，但我还是从嗓子里挤出了"我们刚才去看了电影"这句话。我注意到艾琳正仔细地端详着海勒，简直就是一个穷酸窘迫的姑娘站在了生活骄奢、声色犬马的千金小姐面前。

没过一会儿我们便分别了。我与图拉擦肩而过时，用手肘戳了下他，他也用手肘戳了回来。在回家的路上，我没跟艾琳说一句话。我在卧室里比任何时候都粗暴残忍地对待着她，她发出阵阵号哭，让我只想冲进洗手间自杀。她为什么不他妈把我直接踢出门呢？我不理解。我只是折磨着她，踩躏着她，脑袋里的血液都开始沸腾。

我重新一个人坐在家里时，整个人都陷入了躁动不安之中。我没法让自己干任何事，没法做作业，也没法读书。晚上的家庭聚餐上，大家都说我是个怪物。只有跟图拉和海勒在一起时我才能让自己放松下来。或者更准确地说，只有我们三个单独在一起、没有容克森夫人在场时，我才能让自己平静下来。

在那场私密相处①过后，我们之间也没再发生其他危险的事，可即便如此，每次看到她时，我还是禁不住会手心冒出冷汗。谁知道她会不会忽然放上一把火，掷出一枚炸弹，把整个世界化为乌有呢？可世界依旧风平浪静。她出于某种特别的原因推迟了这场终将到来的灾难，可我完全

---

① tête à tête，法语，意为"私密相处"。

不懂她这么做究竟是为了什么。她的对面还坐着图拉，他带着那样一张敞开心扉的脸，简直就是一面靶子。

我在目前的人生里还从来没把图拉视作过幼稚。他并不幼稚，可遇到海勒之后，他整个人却像是着了魔。这倒也是情理之中，可在容克森夫人面前他却像是瞎了一样。这让我百思不得其解，他可是一直都看得清一切虚假的。他接受容克森夫人也只是因为她是海勒的母亲，而不是因为他有多喜欢这个人，可她却还是对他饶有兴趣。他身不由己地以一种危及生命的方式与她相处着，她在把他占为己有。

图拉在其他任何方面都依旧远胜于我，可单单这件事却成了例外。他身上展现出的冷静、谦逊和幽默——尤其是幽默，都令人对他心生敬佩，几乎要拜倒在他面前。每个人都爱着他，绝大多数人都是就算被他戏谑也觉得享受其中。这毕竟好过被他视而不见。

可我却没法把我对容克森夫人的猜想和了解告知给他。每次我都会在刚开头时就被打断。他像是听不进去与此有关的任何话。

他留我坐在那里，内心升起一种奇异的背叛了他、企图用什么不实的东西欺骗他的感觉。我渐渐放弃了。我不想让这件事搞糟我们的关系。在时间的流逝中，我试图让自己慢慢相信我对容克森夫人的那些看法都只是自己的片面之词。

过去的一年可以说是无风无雨，没有发生任何轰轰烈烈的事情。我只是会觉得自己不堪一击。可复习考试的日子已经来临，它给了我解脱。我全身心地投入学习中，那些书本知识在我的身体里四处流淌，宛如一种洗涤。

我从《浮士德》中抬起头的一瞬间，忽然察觉到自己刚才一直在盯着相同的二十个词发呆。都怪科特。坐在我身边的图拉专心致志地看着书。太阳慢慢西沉下去，公园里已经有了冷意。

"要不要去我家喝杯茶？"我问。

"嗯——"图拉说。

我坐在那里观察着他，他此刻读着那篇《浮士德》，不写翻译，也不做笔记，只是不停地读下去。我低头看着我的书。这文章在我眼里是如此庞大愚蠢。我试着让自己重新集中起精力，但却怎么也做不到。

图拉放下了书，一根手指停在书上刚才他读到的地方。

"毕业的感觉真是太奇怪了。"他说。我们早已千百次想要谈起这个话题。

"奇妙。"我说着，沉了沉肩膀。

"我会戴着我的毕业帽把每条街都上上下下走上一遍，每见到一个人，都摘下帽子跟他打一遍招呼，"他继续说了下去，"我要把它挂在脖子后面。我们去趣伏里坐过山车的时候，我会记得把帽带在下巴下面系住。系着帽带会很好看的。我一直在想，毕业帽最棒的地方就是它可以被挂在脖子上。你还记得德军占领时期的那个场景吗？那时我们看得到很多学生上街游行，反抗史卡维尼斯 ① 或者什么类似的政客，他们下巴下面也总是系着帽带。"

"没错，"我说，"我可没法忍受就那么让它封在袋子里在家里搁着。"

---

① 埃里克·史卡维尼斯（Erik Scavenius），丹麦政客，1940 年任丹麦外长，1942 年至 1943 年任丹麦首相，其政策亲德。

一辆城郊列车开过我们身边，鸣着奇怪的汽笛声。

"我到时候会收到一套新西装的。"我告诉他说。

图拉抬起眼睛看着我。"那肯定是套吸烟装喽？"

我答了，又觉得为此而感到难为情的自己简直白痴。其实我很期待那套吸烟装的。

"是的，听起来很蠢对吧？可我爸爸想给我买这么一套。"我说。不知是出于什么愚蠢的原因，我忽然想到了艾琳。她应该不太乐意看我成为大学生吧。不过我可以穿着我的吸烟装去找她一次的。那看起来一定可笑至极。

"我们应该去一次动物园的，要是有机会的话。"图拉说。

我点点头。这主意不错。我们还没在夏天一起去过动物园。

"之后我们可以在动物园外面吃午餐的。"我说。想象这些事情让人觉得愉悦又平静。工作日的时候，动物园里人应该不会太多。

"之后我们再去游一次泳，"图拉说，"那将会是我们今年第一次下水。"他笑了笑。"你还记得之前在海勒的乡下别墅的那次吗？"

我那像旋转木马一样转着的思维戛然而止，开始进行一场快速的女性之旅。

"记得，那次出行棒极了。"我说。

"奇怪的事，自从那次之后，我们就再也没一起去过那里了。那里真的美极了。那么华丽的房子，天哪。"图拉把手中的书搁在了长椅上。

"对啊，很奇怪。"我说。

"但你那次不知怎么看起来好像不很高兴啊。"他疑惑地看着我。

"没有呀，我那次相当开心。"我紧张地答道。他现在是准备自己套出我的秘密了吗？

"你那次跟海勒的妈妈两人单独在一起洗了碗，对吧？"他戏谑地问道。"让你如此精疲力竭的就是这事？"

现在是时候了，我想。现在我该告诉他一切了。话已经挂在我嘴边就要脱口而出，可就在那一刻我又想到他大概是不会相信我的。他会笑我的吧，他会说这一切都是我那疯狂的想象力彻底失了控。

"对。那事让我很受不了。"我说。

我一下子便明白了跟他讲这些都是徒劳。我这故事早已年代久远，听起来只会让人觉得荒唐。就算他知道了这些，又能怎么样呢？他和海勒还是会在一起的。他们拥有着彼此，容克森夫人又能对他们怎样呢？

我幡然醒悟，至今为止，被卷入这故事中的只有我自己。我对未来的那些想象只是异想天开罢了。我是个什么角色，竟觉得自己能改变别人的命运？我有掌控命运的能力吗？此刻我那些荒诞不经的想法比任何时候都更显可笑。命运被改写的是我自己，改写得还相当彻底。图拉不是我，海勒也不是我，所以把自己和他们绑在一起是完全错误的。于我而言，图拉依旧是那最可靠的人，在他身边，我得以让自己发痛的脑袋得到稍许歇息。

"我们不一起去找家喝杯茶吗？"我问。

我们把书收进书包，踱出公园。一只骨顶鸡带着乱糟糟的羽毛从我们眼前游过，样子像极了艾琳。

"我还跟我们那天晚上遇到的那个女孩在一起。"我说。

"嗯，我可以理解。"图拉说。"你还知道让自己去适应。"

他语调里既没有讥讽，也没有愠怒和下流，而更多是透着宽恕，就好像是要以此告诉我他不必知道这些。

我低下了头。他对自己的语调毫无察觉。或者可能是我的鼓膜坏了吧，它在以异常的方式振动着。

"她是个挺可爱的女孩啊，"他说，"可你为什么从不让我们见到她呢？这都让人感觉她是你人生中的头号机密了。"

"不——"我说，"才不是。"

现在已是将近四点钟，街上响起了车流的隆隆轰鸣。人们都飞快地往家赶，就好像如果他们能尽可能快地回到那清汤寡水的家庭生活中，他们就会得到什么奖赏一样。我们慢慢走到自行车前打开车锁。然后，我们跨上车，融进街上的自行车流中。我们的速度比其他人要慢许多。

我把自行车推进地下室，图拉站在那里等我。接着我们便一起上了楼。我们进门的时候，我妈妈就站在门厅里。

"你好，你好，"她边说边把帽子扣在头上。"科特刚才来找你了。"

"他刚才去公园找我们了。"我说。

"啊，好。那他应该拿到他说要借的笔记了吧？"她说。

"对呀。"

"我们刚才对他很友好的。"图拉说。

"你们到底是为什么这么讨厌这个男孩？"我妈妈又问。

我用恳求的目光看向她。

"他这小伙子多可爱啊。"她继续说着。

"别说了，妈。"我的语调近乎乞求。

"我们对他可一直都好得不得了。"图拉脸上带着他最迷人的微笑说道。

"你们这可不太像是友好啊。"妈妈冲他笑了。

我站在一边不耐烦地用脚搓着地面。

"走啦。"我向图拉说道。

"嗯,你们肯定还有很多事要忙呢。"妈妈对图拉说。

"是呀,马上就到毕业考了。"他回道。

我转过身站着,只留下一个后背冲着他们。

"我们可是很希望……"妈妈低声说着。

图拉帮她把购物袋从地上拾了起来,又给她推开通向楼梯的门。

"你总是这么可爱,图拉。"妈妈说。

而站在一边的我用背影表达着责备。

"图拉要留下来一起吃晚饭吗,雅努斯?"妈妈问。

她就不能赶紧出去吗。我心里想着。我洪亮又清晰地答她:

"是,图拉要留在这里吃晚饭。"

"呐,太棒了,"她多余地说道,"太好了,现在我得安排一下我的购物计划了。我得想想今天晚上我们做什么……"话的后半部分跟着走下楼的她一起慢慢消失了。

图拉在她身后甩上了门,又对我笑了。我们一起走向我的卧室。

我把课本扔在写字台上。

"我去泡茶。"我说。

"棒。"图拉一边说,一边让身子倒在我的床上。"你听说我要订婚的事了吗?"他继续说道,语气云淡风轻得就像是在告诉我给他的茶里加些糖。

"跟谁?"我惊恐地问道。

"你个蠢货，当然是跟海勒了！"

"你们要订婚了？"想象海勒和图拉订婚让我只觉可笑至极。他们现在还不够亲密呢。

"她要在二十二号办一个派对，我们打算在派对上向上帝、也向在场的所有人宣告我们订婚的消息。"他把目光微微转向窗外。"这主意不是我提出来的，是海勒觉得这么安排最合适。"

"合适？"我问。"好吧，确实。"我用微弱的语调说道。这么安排最合适。可订婚这件事，本就与图拉不合适。

这么安排很合适，因为这样一来便可以牵制住容克森夫人。

"海勒说，如果我们正式订了婚，她妈妈会很开心的。我觉得订婚这事很可怕，可我也慢慢长大了，不愿再去抱怨什么。"他躺在床上，双手垫在脖颈后。"订婚就在毕业派对之后，有白色的毕业帽，有彩灯，还有灌木丛里的嬉笑。只差一个放酒瓶的托盘就完美了。"他呼着气。"一切都恰到好处。"

我手放在门把手上，低头冲他笑了。

那她到时候会同意跟你上床吗？我一个人想。

"订婚讲话可以让我来讲吗？"我天真无害地问道。

"那得看你到时候喝得多醉了。"他的声音从床上传来。"你要是到时候喝得烂醉如泥，那我可以特许你亲一下女方。是亲脸颊哦。"他说。

我把身子弓得低低的，走出门去做茶。

在走向走廊的路上，我不住想着这荒唐的情景。谈起订婚戒指和订婚派对时总是对自己的厌恶毫不掩饰的图拉，现在却自己要跳进这仪式里去了。里梅尔夫人对这件事又怎么说呢？她心里应该在偷笑吧。

我切了些白面包来配茶。

我可以带艾琳一起去海勒的派对啊，那样的话，它就会变成一个订婚派对了，一个真正的、美妙的、在最棒的交际圈的见证下、在最好的环境里举行的四人订婚派对。天哪，我跟这个老女人迈着磕绊的脚步跳起舞的时候，大家都会用什么样的眼神来看我们呢。那些烦人的家伙心里一定会又是嫉妒又是气急败坏。他们都将看到我是怎么对待艾琳的，可他们自己却依旧只能站在学校那窗前盯着对面换衣服的女孩流口水。至于他们回家后会干什么，人们心里也能猜个八九不离十了。当然前提是他们真的挨到了回家，而没有直接在学校的洗手间就解决掉了事情。我心中就快要泛起对他们的优越感了，可想到我和艾琳，再想到我们在一起做的那些事，我却一点都不觉得有什么特别值得骄傲的。我不知道图拉是怎么对待恋爱关系的，但想来也一定是以某种纯真高贵的方式吧。

我把水壶从灶上拿了下来，倒水烫了一下茶壶。认为海勒和图拉该订婚的是容克森夫人，这不知为何让我很是惊诧。她心里明明更期盼整件事情向着糟糕的境地一去不返，而不是像这样对某件我都知道她很厌恶的事发上一通宣告。可说不定这步棋是海勒自己想到的，她对容克森夫人出了这么一招，在这条蛇找到机会张开血盆大口之前，就以此扼住它的三寸。

"你从尘土而来，"我口中一边念着，一边把一勺茶撒进茶壶，"你将归为尘土。"这葬礼陈词的最后一个词跌落进了水中，嘶嘶地沉向壶底，把茶香溅向整个厨房。我一只手端起茶杯和装面包的托盘，一手拎起茶壶，走出了厨房。我用脚推开卧室门，走向了图拉。

我迈进卧室时，他正坐在床上看着书。我把茶杯和茶壶放在写字台上，其间一言不发。可接着图拉便抬头看向了我，对我说：

"你觉得这件事蠢透了，是吧？"

"唔……"我说。

"得了吧，"他说，"你就是觉得这件事愚蠢至极。"

"唔，好吧，可以说这有点出乎我的意料，但我当然很理解……"

"很理解什么？"图拉问。

"就是说，这么安排很合适。"我说。

"怎么个合适法？"

"这样一来你们就可以更强大地面对整个世界、面对……"

"这话怎么讲？"他紧紧逼问着。

"你知道我在说什么的。"我说。

"这样一来就没人反对我俩上床了？"

我摊了摊手。

"要是我们有了个孩子，大概人们也会宽恕地看待我们咯？"他朝着我往床下挪了挪身子。

"大家会宽容我们，因为我们订过婚了？"他说出口的话就像是审问。我什么都没说。他这番审问其实是在拷问他自己。

"可是，见鬼——说这些都简直荒唐，我们两人根本就没一起睡过！我从没跟海勒上过床。你是知道的，你明明一直都知道。"

"可是你俩要是订了婚戴上了戒指的话，她说不定

198

就……她说不定就……"

"放屁！"他打断了我的话。

自从他讲起保尔和他妈妈的那天过后，我就再也没见过这么暴躁的图拉。那空洞的表情又重新回到了他的脸上。

"我其实觉得莫名其妙，"他说，"她说她不敢。因为她妈妈，所以不敢。可这不是海勒的风格。她明明什么都敢做。"

"可你就不觉得，你们要是订了婚，她就会同意吗？"我温和谨慎地问道。

"我一点儿都搞不明白。"他只说了这么一句，整个人看起来松垮无力。

"我也不明白。"我说。可能我的期待与此不太一样吧。我所想象的可能更多是那种精灵的林中婚礼，衣襟飘飘，薄雾绵绵，精灵的山丘立在烧红的柱子上，伴娘们穿着白衣，耳畔响起仙乐。

"你会得到你想要的。"他的语调近乎控诉，那声音听起来像在撕扯布料。

"咦，好吧。"我说。

他又让自己重归平静。一种我前所未见的沉默蹿进了卧室，我的心脏跳得猛烈。

"雅努斯，你难道没看到这一切有多么糟糕吗？"他恳切地看着我。

是吗，还他妈有那么多人得经历比你更漫长的等待呢。我差点儿就脱口而出，但又把这句话咽了回去。我一瞬间觉得我们两个就像是交换了身份，图拉是我，而我是图拉，然后却又意识到，其实图拉比我更像雅努斯。我不由心生恐惧。

"你应该这么想，这件事总会到来的，"我说，"它总会到来的。"我不想再听他说下去。我不想看到他在我眼前变得孱弱渺小。他不能改变。我们上一次谈到这事时，情形可与现在完全不同。那次的谈话更轻松，那时还什么都没有发生。那时我还确信图拉总有一天可以搞定这一切，那时的他还是遥不可及。可他现在只是呆坐在那里，与先前的他判若两人。他的不安让我难以忍受。

"你不喝茶吗？"我问。他点点头。我把一只茶杯放在床边的小桌子上，那一刻我看到自己的手在微微颤抖。我们就这样坐在那里搅着杯里的茶水，好似两个转着转经筒的印度人。

真可怕，我们就这么仓皇地给世界上最后一份天真写下了死亡的判决。海勒已经成了一个等着被人射杀的猎物，她如果不在此刻就被杀掉，就会永远活下去。

"可是这根本没必要啊，"我全然不知该怎么把我的话说出口，"你们其实没必要这么做的。"我试图让自己的语气迫切一些，但它听起来却与我想的完全两样。我还没有习惯于给他建议。

"我也不觉得我做得到。"他说着，声音里满是绝望。我跌坐进椅子。

"我连引诱她都做不到，"他看着我说，"我根本不觉得我对她下得去手。"

那熟悉的想要夺门而出的冲动又一次猛地袭上我心头。

用这种方式跟图拉谈论这件事，简直是可怜又蹩脚。我们之前在对待这样的事情时，一直都是带着冷静的优越感，可现在我们却只能冒着汗并排坐着，谈话的语气也是严肃到不能再严肃。那些我自己搞不明白的事情，我也从不会对图拉说出口，至少在最近的一段时间里是这样；可我从来没有质疑过他的强大。从来没有。我不想去打扰他。在某些东西面前，我一直在试着保护他，以让它们不要破坏我们藏身其中的那场梦。可现在，坐在这里的他，就那么把好些我根本找不到答案的事说了出口。

"这都是些什么胡话？"我说。"简直胡说八道。"

"她已经跟我在一起这么久了，"他说，"可她一直拒绝我，一直乞求我不要这样，又一直提起她妈妈，到最后，我自己都没法做出这事了。"坐在床上的他身子缩成一团。

你不能这么说海勒的。我想。我永远不会允许你这么做的。

"喂，这只是你的想象罢了。"我说。这该死的天真。这该死的天真。

要是这栋房子现在塌了，我会很开心的。可此时出现的解围之神①却并不是我想的这样。我听到走廊传来了脚步声，那声音移近时，我听出了那是爸爸。我飞快地抓起了茶杯。

就在下一秒，我房间的门就推开了，我那亲爸踏着隆隆的脚步闯了进来，嘴里还不停冒出一个个词来：

"你妈妈跟我说图拉来了，我就过来跟他打个招呼。"他说道。他径直走向图拉，握住他的手热情地晃了晃。"你好啊，图拉，"他说，"怎么样，雅努斯跟着你也学了些东西吧？"

正常的生活在此刻又回来了。

---

① 原文为 Deus ex machina，拉丁语，原指古希腊戏剧中剧情陷入胶着时突然出现的解决难题的神明，剧中扮演神的演员会被用机关载送到舞台上。此处为"天降救兵"之意。

见到我爸爸让我很高兴。现在，他人生中一个值得纪念的时刻即将到来。他最小的儿子马上就要成为大学生，他也便功成名就了。他有三个儿子，三个儿子都成了学者。我的爸爸，他在此之后一定会成为一个幸福的男人吧。

"你肯定是要留在这儿吃晚饭吧，小伙子？"他问图拉。

"妈妈早就请他留下一起吃了。"我说道，语调里并没有嘲讽他的意思。

"我已经料到了。"他说。"你们复习得怎么样？"

"我们正复习德语呢。"我说。图拉正坐在那跟德语斗争着。

"喔唷，见鬼。"这老家伙说道，"德语我可从来都是大字不识一个。我唯一会说的德语词是'Pilsner Urquell'①，会说这个词也就够用了。我到现在还是一点都喜欢不起来这种语言的发音。"

"我们在读《浮士德》。"图拉说。

"我的老天，"我爸爸说，"Habe nun ach……"他用德语吟诵了起来。《浮士德》对他来说是如此陌生，对我们也是一样。我们刚才还讨论了格蕾琴②，现在她离我们还不算太远。问题只是我们怎么才能帮她从这繁重的道德枷锁中脱身呢。要是浮士德是个性无能，这一切可就困难重重了。可要单说环伺在我们身边的那条蛇和那条卷毛狗的话，我们还是对付得了的。

爸爸语无伦次地讲着曾经跟他同办公室的几个外国工程师的故事，他的叙述冗长又复杂。我正动手把我们用过

---

① Pilsner Urquell（皮尔森欧克），啤酒名，该种啤酒于 1842 年起源于德国比尔森（Pilsen，今属捷克）。

② 格蕾琴（Gretchen），玛格丽特的昵称。

的茶杯收起来端到厨房。卧室里不停传出这老头子的声音。他时不时还会笑起来，让我手里那摞茶杯都快要摔到地上去了，不过我也根本没有细听他在说什么。

　　图拉依旧坐在床上，脸上挂着礼貌的笑。他看上去就像个被拖去见圣诞老人的小男孩，他并不信圣诞老人说的话，可还是一直笑着，只是为了不让妈妈失望。

第十一章

开始准备考试后，我们便全然忘却了其他的一切。我们全身心地沉浸在了这场美妙的竞赛中，流转在一张张考试桌间，一切都来得那样迅猛，像是在还未开始时就已经结束。图拉对这场考试已经胸有成竹，我也是颇有准备。在一上午的学习过后，我们一般会在下午给自己放个假，要么去看电影，要么坐在某个公园里谈天说地放松自己。阳光倾泻而下，透过肌肤把暖意传进我们身体。我们完成着一件又一件的事，一点又一点地接近着多年间一直梦寐以求的目标，这种感觉带给人以巨大的愉悦。至少，我们学到脑子里的那些知识是没人偷得走的。从我们抽出第一份考卷开始，所有那些关于未来和过去的想法便都渐渐淡出了我们脑海，存留在我们意识里的，仅有眼前的这些日子。它熠熠生辉，激动人心，就好像一顶皇冠，它正被缓缓戴上我们头顶，我们心里又十足地确信它终将落在我们头上。我们从未因此骄傲自大过，只是愉悦万分地期待着毕业的到来。

最后考的一科是英语。图拉和我都安安稳稳地拿下了这场考试。英语可难不倒我们。

那时，我们全班都一起站在一个空教室里，等着考试开始。那里有种平安夜般的气氛。高中生活在几小时之内就要结束了，那些跟我们同窗多年的笨蛋们都站在那里激动得快要尿裤子。我是第一拨进考场的人，图拉是最后一拨。虽然大部分人在此刻都已经对考试成绩满不在乎，可他们还是在书桌边看书看到了最后一刻，恨不得把书看到发光。这时毕竟总是有点紧张的氛围的，于是，我们中的一半人都站在那里看书，但学不进去一个字，而另一半人正在肆意喊叫，到处飞奔，此刻就算有三十头河马从房顶上掉下来，我们也不可能听到声音。教室的一角放着许多白色的纸袋，里面装满了毕业帽。

格吕纳老师走进门喊出第一个"受审者"的名字时，教室马上便安静了下来。普雷本·门格尔走出了门外，同时还做了个意味深长的手势：一个砍头的动作。

普雷本的身影消失在门外后，教室里又吵闹了起来，仿佛世界末日来临了一般。艾克萨跳上一张课桌，嘴里喊道：

"本年度第一位毕业生诞生了——万岁！"接着，桌子下的人群便猛烈地抗议起来：有人喊着普雷本现在明明还不是毕业生，而且我们继续在这儿开这种玩笑的话他说不定真的要通不过考试了；有人喊他闭嘴，让别人安安静静看会儿书，要他赶紧滚下桌子。

我把一根汗湿的手指插在一本课本的书页间，翻找着关于华兹华斯①的内容。我目光紧盯着几段诗，但根本看不

---

① 华兹华斯（William Wordsworth，1770—1850），英国浪漫主义诗人。

懂那诗的内容。"或心神空茫，或默默沉思"①，这句诗忽然在我脑海中回荡起来。图拉正站在教室的一角和几个男生聊着天。"我孤独地漫游，像一朵云。"这可真是种轻松自在、心旷神怡的感觉啊。我把书合了起来，现在看书可太没意思了。图拉正谈着考到莎士比亚的可能性，他很希望能考到莎士比亚，可我却更希望能考到诗歌。而有关国情的内容才是我们共同的噩梦。

不一会儿，普雷本又回来了。我们都感觉他才刚出去没多久。他刚被考官们连珠炮般的问题攻击了一通。我们向他问起了最关键的问题：你考到的题目是哪个白痴作家？"当然是莎士比亚。""你考得怎么样？""当然得了优秀。"人们都笑了起来。接着，一场大戏拉开帷幕：校长脸上挂着开心的笑，昂首阔步地走了进来，他祝贺了我们中的第一位毕业生，又祝福了我们这所历史悠久的学校。我们站在一旁，心中满是真挚的感动。我们看到普雷本戴上了毕业帽，所有人的眼睛瞪得都快要掉出来。谢天谢地，戴着毕业帽的他看起来还不错，这难看的帽子跟他竟还很相衬。

然后，人们一个接一个走进了考场，最后又轮到了我。我踱着自信的步子踏上台阶，试图告诉自己说我的心脏只是因为上台阶才跳得这么猛，可我站上台阶的一刻却只觉脑中一片空白。像每次考试走进考场时那样，我觉得自己马上就要晕倒。这虽然是间我很熟悉的教室，可那里的桌子都被推向了两侧，考官和督查坐在正中，每逢此时，它便看起来相当陌生。

---

① 原文为 In vacant and in pensive mood，华兹华斯的抒情诗《我孤独地漫游，像一朵云》（I wandered lonely as a cloud）中的一句，意为"或心神空茫，或默默沉思"。

我试图观察着周围的一切，想以此让自己平静下来。眼前的场面让我想起了蜡像馆，此时我面前的这两个人——一位我认识，另一位我从未谋面——就像是两尊蜡像般被摆在那儿，用来吓唬那些被强拉来看蜡像的安静的小男孩。一秒钟还没过，我便已经抽了一张号码，面前的两尊蜡像也动了起来，他们把身子前倾向桌面翻开了书，动着嘴唇，可我耳朵里却什么都没听到。那声音就好像被摊在了一张面饼里朝我飞了过来，过了好长一会儿，我才反应过来格吕纳是想让我朗读面前的这篇课文。"读哪段？"这句话我根本不是说出来的，而是从紧闭的嘴唇中咕哝了出来。可接着我便发现自己面前的诗集上就是他们选出的那首诗，于是一下子便明白过来他想让我读什么。我竭力抑制着颤抖，仔细认真地读着那首《致秋天》的头几行，眼前渐渐云开月明。我不停地读着读着，心里渐渐越来越清楚这是济慈的诗，我知道自己对他很在行，完全不必紧张害怕。然后我又翻译了这首诗，翻译得可谓妙语连珠、行云流水、抑扬顿挫而又思维缜密，仿佛这诗是出自我自己笔下。我头埋在文章里，但还是瞥到了格吕纳老师给了监考官一个眼神，像是在问他是不是也觉得我才华横溢学富五车。我翻译了整首诗，又用英文讲了我对它的全部见解，仿佛现在是我在这世上最后一个能跟别人聊济慈和诗歌的机会，又仿佛这是世上最后一件能给我以快乐的事。我全然没有注意到他们跟我说了谢谢让我停止，我只想把我想到的东西全部讲出来，不让他们错过任何一字。最后我站起了身，脸上挂着个大大的傻笑向面前的两人鞠了一躬。他们也冲我笑了，让我都觉得自己现在该在他们面前喜极而泣才对。我都没用在走廊上等待成绩，格吕纳就走到了我面前，握起我的手恭喜我得了优异，说是已经没有更好的分数可以给我了。然后他又请我去叫下一位考生进来。

我走下楼去，感觉自己的心率此刻已经降到了每分钟只跳一下。可那是一种强劲又幸福的跳动，它让我的胸腔像一张扬起的巨大风帆般膨胀着。

我冲进了楼下的教室，无数双眼睛和无数张嘴巴都带着好奇一齐转向了我。

"优异。"我只说了这么一句。"下一个人该进考场了。"

"你考到了什么题？"其他人却又开始喊道。"你到底考到了什么题？"

"济慈。"我说。接着，他们便一起向我涌来，撕开了那装着我的毕业帽的袋子，把它安在我头上。那感觉很是诡异。

我微微转动着身子，寻找着图拉的身影。他就在我身后，向我伸出了手。我握住他的手时，他像往常般对我投来了庄重的目光。

"大学问家，"他说，"你太棒了！"

"没事吧你。"我说。我的心脏还在扑通扑通地跳。

"马上就到你了。"我用宽慰的语气对他说道。

"呼……"他说，"我已经有预感了。"

此刻的我可是对谁都起不了同情心。就算是对这个就站在我旁边的科特，我也只想拍着他的肩膀，说"加油伙计"。可我没这么做。

接着，我抓起了那些课本，把它们远远地扔了出去。校长恰好在此刻踏进了门，那些扔出去的书都快把他那张道贺的假面给砸掉了。可他却又让自己平静了下来，刻薄地笑着跟我说我考得很棒。待他走出教室后，我又走向了图拉。

"我得去趟街上，看看那里什么情况。我还得给家里打个电话。"

他点了点头。

"快去吧，"他说，"你个蠢猪。"

我冲下楼梯，那些刚考完试的毕业生们在楼梯上跑上跑下，我们冲着对方大喊着，开心地取笑着那些只是要去考个平平常常的考试的可怜虫们。到楼下的街上时，我控制不住地飞奔了起来，我跑到了一个电话亭，把一枚十欧尔①的硬币送进投币孔。

听筒里那一小阵噼啪的接线声震动着我的耳膜，一秒钟后，电话便拨通了。接电话的是妈妈。

"我考完了，妈！"我对着听筒喊道。

"你考完了么，我的小雅努斯？"她声音一颤。

"是的，妈，我英语拿了优异！"

她没再答话，可我听得到她在另一头喜极而泣。一切都不出所料。

"我拿到的题是济慈。"我说。儿时躺在床上被妈妈哄着入睡时心中那份温柔的感觉此刻又一次涌上了我的胸膛。

"祝贺你，小雅努斯，"她说，"祝贺你。"

"谢谢，"我说，"我该走了，妈，我得回学校看看图拉怎么样了。"我已经撒开了脚丫。

"替我问候他。"妈妈最后吸了一下鼻子。

"好的好的。"我说罢便挂上了听筒往学校跑。有这么一个人能让我与之谈起这件事情，而且对方也认为这是件

---

① 欧尔（øre），丹麦货币单位，1 克朗 =100 欧尔。

好事，这是种多么幸福的感觉。我根本没必要向往来的路人高声宣告我的好消息，他们在一百公里之外都感受得到我的兴高采烈。我加快了脚步，以此来挥霍掉那在胸腔和心房里不断膨胀的能量。

我像架歼击机般一转弯冲进学校大门。整个学校看上去就好像要解散了，大家都四处跑动着，高声谈笑，欢呼雀跃，这场景闻所未闻。我们跟学校的看门人像平辈般聊着天，他请我们喝了啤酒——这在此时也不再是什么不正常的事了。

图拉跟其他最后一拨候考的可怜虫们坐在一起聊着天，他们语气平静。这群人看到我时，忽然异口同声地喊了起来：

"毕业生！毕业生！"

图拉威胁般地站起身冲我走了过来。

"可以烦请你走开一下吗？"他压低声音说道，"赶紧从我眼皮底下滚开，毕业生！你跑来这儿炫耀你这顶蠢透了的毕业帽是什么意思？"

我把那帽子摘了下来，往图拉脑袋上扣去。

"现在你没法毕业喽，现在你没法毕业喽！"我唱道。他四处躲闪着那扣过来的帽子。

"救命！"他喊起来，整个走廊里都响起了回声。"下一个可就该我进去考试了。"

我们这小聚被出来叫图拉进考场的格吕纳老师打断了。我们都安静了下来，那两人消失在了门里。

"回见！"就在他身影消失的那刻，我朝他喊道。

我坐下来跟其他人聊了一会儿天。我都有点想给艾琳打个电话了，可想到这里，我心中却只觉一阵暴躁。她才不在乎我只有十八岁。她才不在乎我有没有顺利毕业，她可不会关心这些事情。我也根本就不知道她会关心什么事情，我永远都不知道。

"你怎么这么闷闷不乐啊，毕业生？"他们当中的一个问道。我急忙把思绪转向其他的事情，让自己振作了起来。

到最后我自己都管不住自己了。我跑到走廊上，又上了楼，想从那里看看图拉。四周一片寂静。考场里没传出一点声音。我走到窗前，从那里向外望着。

我的思绪整个儿放松了下来，大脑里飘来飘去的只有一团天堂般的幸福感。我的视线透过窗户飘向了对面在阳光下闪闪发亮的石板瓦屋顶，烟囱和风向标之间那片天空几乎是一片纯白。若不是远处有汽车的轰鸣声传来，此刻几乎可以让人觉得自己正身处一个空无一物的世界。我把身子温柔地倚向窗框，就好像那窗框也是幸福铸成的。

海勒推着自行车站在楼下那条街上。就在我看到她的那一刻，图拉所在的考场里也传来了椅子移动的吱呀声。我还没来得及向她挥手，考场的门就弹开了，图拉冲了出来。

"上帝呀，上帝！"他只是这般喊着。"英国国会上议院，我竟然抽到这么个问题。我的老天。"

我把他推到窗前指着楼下的街让他看，然后他便看到了海勒。他冲到窗把手前拽开了窗。他冲着楼下喊起来，那声音都快要把市政厅震倒：

"我考完了！海勒！我考完了！"他把我也拽到窗前。"看！"他喊着，"雅努斯毕业了！雅努斯也成为毕业生了！"

我摘下帽子挥舞着，然后也喊了起来。

"我们马上就下去！"海勒在楼下说了些什么，但我们谁都没有听清。可怜的她明天才能考完。我们依旧不停地朝楼下的她喊着。格吕纳老师站到我们身后轻叩着图拉的肩时，我们差点儿都没能让自己停下来。

"呐，你考得大概不太满意，是吧？图拉？"他微微笑着问道。

"唔，"图拉说，"还好没有更糟。"

"你对你得的这个'优秀'还满意吗？"格吕纳老师问。

图拉一言不发地伸出了手。然后，格吕纳老师祝贺了他。他几乎是甩开了格吕纳老师的手，转身跑向窗户朝海勒喊道："我得了优秀！优秀！"接着他又回过身，一把抓住格吕纳老师把他拖到窗前："我在格吕纳老师那儿得了个优秀！"

格吕纳老师朝着楼下的街笑了笑，然后又有些尴尬地抽回了身。接着我们便把他忘在了脑后，飞奔着下了楼。我觉得我从没像今天这样这么能跑。

谁也没法数出海勒究竟是亲吻了我更多下还是亲吻了图拉更多下。我们就那样在那里一直继续着，直到我们发现大半个学校的人都趴在窗前朝我们起哄着。

"快啊，小伙子们！"他们喊着，"别害羞！"

这让我们不得不转过身。我摘下了头上的毕业帽，图拉也想摘下他的帽子跟"顶层座席"上这些观众们挥帽致意，可我们此时才发现他还没拿到他的毕业帽。

于是这傻瓜又跑走了。不一会儿，他便拿着他的帽子跑了回来，欢呼着向楼上那群蠢货挥手。

那一天便就这般度过了。第二天的情形比之更可怕：海勒也考完了毕业考试，而且图拉在她学校里还闹出了一桩丑闻——在人家还在考试的时候，他乒乒乓乓敲着海勒学校里的垃圾桶来了一段军乐。我们干着所有毕业这一刻该干的蠢事，我还跟老爸一起唱起了瑞典的学生歌，唱到两人眼里都涌起了大朵的泪花。此刻的我脑子里根本没有艾琳，我脑子里什么人都没有。

我们一起去了趣伏里，然后又在我家开了派对。那是场盛大的欢庆，到最后我们既没去成长堤公园^①，也没能去看日落，因为科特已经醉得吐到不省人事，我们谁都不敢把他一个人留在那里。

第二天醒来后的我疲倦不已，一瞬间还以为已经到了晚上，该去海勒家参加聚会了。上次见容克森夫人已经是几千年前的事了。不论是她这个人，还是她的那些神态举止，在最近这段时间内我都几乎很少会梦到。

我在一个很平常的时间点醒了过来——快到下午一点的时候。午后的阳光已经开始洒进我的窗户。对面的桌子上还放着三个东倒西歪的啤酒瓶，它们正躺在那里，等待最后的遗体瞻仰仪式^②结束。房间里弥漫着浓重刺鼻的烟草味。我的毕业帽也躺在那里，它身上还带着些富有意义的污渍。我懒得起床。

听到走廊上传来妈妈的脚步声时，我又往被子里钻了钻，闭上眼睛装睡。妈妈打开了我房间的门，站在那里打量了我片刻，又走到我桌前把那几个歪倒的啤酒瓶立了起来，把烟缸往旁边推了推。而后她便向我床边走来。

"雅努斯，"她轻声说道，"雅努斯，有你的电话。"我竖起了耳朵。

---

① 长堤公园（Langelinie），位于哥本哈根市中心，小美人鱼铜像所在地。

② 原文为 Lit de parade，法语，遗体瞻仰仪式。

"唔嗯……"我答道。

"有个女孩打电话找你。"

我睁开了眼睛。

"谁啊？"我问。

"她也没告诉我名字。"她从我书架上拿出一本书翻动着。

"好吧，那看来我得去接一下了。"我说。我晃着双腿下了床，又把被子裹在身上。妈妈收走了桌上那几个啤酒瓶。

"今天感觉怎么样？"她问。

"相当不错。"我边答她边向门外走去，顺手拽下了我挂在衣钩上的晨衣。

打来电话的是艾琳。我已经跟她说了无数遍我不想让她往我家里打电话。一阵怒意在我心中激起。

"你他妈是有什么事？"我咬牙切齿地对着听筒说道。"跟你说了别往我家打电话。"

"我就是想问问你怎么样了。"她说。我没回话。"我就是想问问你考没考完。"她继续说着。我充满怒意地哼了几声。

"报纸上到处都是各种关于毕业考试的消息，所以我就想着，你应该也已经考完试了。"

"我考完了。"我咬着牙答道。

"祝贺你哦，雅努斯。"她说。我沉默着。

"我今天休班，"她又说道，"也就是说，今天我一整天都在家。你不来找我吗？"

我早就忘了她。我跟她之间早就结束了，我并不想去找她。

"啊，你知道的，我今天去不成，我刚考完毕业考，今

214

天晚上还得出趟门。”我心烦意乱地答着。

“你晚上要去哪儿啊？”她问。

“这不重要。”我说。

“就今天下午来一下也不行吗？”听到这话后我差点儿就摔上了电话。可我妈突然走进了客厅，我不敢站在她眼皮底下跟艾琳吵架。

“那好吧，行。”我换了种截然不同的语调答道。“那我今天下午过去。”

“雅努斯，”她在电话另一端道着，“雅努斯。”

我挂上了电话，回身用极快的语速吞吐不清地告诉妈妈说来电话的是海勒的一个女性朋友，她今晚也要去海勒家参加聚会，于是想叫我跟她一起为晚上的派对做些准备。我说了一大通这样那样的废话，像个白痴一样。接着，我便转身跑回了自己卧室。

我烦乱地把衣服往身上套去。她哪来的资格打扰我眼前这田园诗般的宁静与欢愉。也真是怪，这女人竟然如此不知分寸，不知道在这时候该让自己闪远些。我可是跟她说过的，我跟她说了几千次不要往我家里打电话。我只觉万分沮丧，身体抖得像只歇斯底里狂吠着的狗崽。我会给她点教训的。

我溜下楼梯靠在栏杆上，心里满是不堪。她到底是怎么一个女人，竟能把我搞得如此狼狈？我到底是怎么回事，竟可怜到这般田地？

我的心脏在胸腔里怦怦跳动——在喝进肚的那些啤酒的作用下，在上周抽掉的所有烟的作用下。还没等跨上自行车，我就已经开始觉得精疲力竭。几秒钟后，我跳上了自行车全速向城里冲去。我得去教训一番这婊子。我没戴我的毕业帽，我不想跟艾琳一起庆祝毕业。蹬着车向前狂奔竟也让我获得了些许满足感，我踩着脚蹬，大腿上的肌肉紧绷着，还发出些微刺痛。

街上的车流擦着我的肩呼啸而过。我超了一辆马车，骑过它身边时，那马转过头朝我嘶叫了起来。它有一双巨大的白色眼睛，那双眼睛直直盯着我，就像是忽然认出了什么。我猛蹬着车走远了。

在艾琳家门前，我把自行车停在了道旁的排水渠边，逼迫着自己跑上了楼。大门关上的一瞬间，空气锁发出咝咝的鸣叫，我就站在那门前呆住了。她等会儿要是哭起来，我一定打死她。我才不要跟她的眼泪扯上任何关系，我绝不想对与艾琳有关的任何事负责。她那天究竟是为什么，竟然就一直那样坐在那酒馆里一声不吭受着辱骂？就跟现在一模一样，受着我的蹂躏折磨，却不喊也不叫。不过，她要是真的站在那儿啜泣起来，我会动手把她往死里打。这一瞬间，我仿佛突然把自己劈成了两半，眼里一下看到了自己站在门洞里的绝望的躯壳。看到了这一切的那一半躯体想要逃离，可这劈成两半的状态却只持续了一秒，在这之后，我又迈开腿走上了楼。

我在她门前精疲力竭地停住，膝盖沉得快要跪到地上。心脏钻到了我的肋骨间，间歇跳动着几下，带给我一种反胃般的不适。那似曾相识的晕船般的感觉又来了，我只想躺倒在地上，在她门口的擦鞋垫上吐上一番。这便是我送给她庆祝我毕业的礼物。

门被打开了，艾琳站在门口看着我。可我根本没按门铃。她拉我进了门，或者准确一点说，是她往后退一步，而我自己迎上前来踏进了门厅。那扇门在轻响了两声之后合上了。我进了她卧室。那卧室一点都不令人伤心，一点也不。她关住了卧室门。

我觉得自己仿佛被裹在一个煎蛋里面，被一层一层包裹起来，中间却没有放鸡蛋。那房间太小了，不足我们两人容身。我抖着双臂，像只垂死的鸟。我拍着翅膀朝她扑腾过去。

"我可以要杯水吗？"我像沙漠中快要渴死的人一般问道。

"我这儿有瓶啤酒。"她说。

"不，来杯水就好。"我伸手在额前比了个意味深长的手势。她直直盯着我。

"我去拿水来。"她答道，然后走去厨房取水。

我在沙发上坐下身，把双手扣在大腿上，它们弯曲而紧绷，仿若船桨。我到现在还没有下手把她打死。

她端着一杯水走出了厨房，把杯子递给了我。我把舌尖伸进水里，像个疯子般把那杯水灌下了肚。那水向下涌进我的身体，仿佛击岸的浪花。或许我应该喝慢些的，那样还能赢得些喘息的时间。可我在喝到最后一口时才想到这一点，这想法让我嗓子忽然一紧，于是不得不把杯子从嘴边拽开，同时打出一个嗝，声音听来有如尖叫。我咳嗽了起来。

我像是想把所有的痴傻癫狂都咳出身体般猛烈地咳嗽着。或许，我可以咳得再猛烈些，让艾琳在那声波骇人的压力下炸成千只碎片。

肺里剧烈的震动声和穿堂风的咝咝声都如同一阵野蛮的雷鸣充斥了整间屋子，那声音激着我继续释放出更猛的体力。嗓子里那发痒的地方像是肿了起来，膨胀得宛如肿瘤。我大声地咳着，嘴里慢慢泛起血的味道。艾琳向我走来，大概是想要帮我拍拍后背，或者是想帮我把胳膊抬起来。冲她咳嗽着的我宛如一条喷火的龙。一种可怖的干裂感与疼痛感从我支气管里升腾起来，嘴里发出的声音听来仿佛我身体里藏着一只受了鞭笞的动物。

"别咳了，雅努斯，"艾琳说着，"别咳了，别咳了！"我看到了她脸上惊慌的表情，心里霎时又涌起几分优越感。一种垂死的感觉隐匿在我胃里，我的咳嗽声化成了怒吼。

她紧紧贴向我，抱住了我的头。我直冲着她的嘴咳嗽着，只觉嗓子眼儿那柔软的肉都被撕得破破烂烂挂在那里。我咬紧了牙用鼻腔咳着，那一声声咳嗽都化成了窒息般的呜咽。我的眼睛都快要从眼眶中脱落出来。她用双手抓住我的脖子把我拉进她怀里，跪倒在沙发前，把我的脸贴向她的脖颈。我嘴里冒出的涎水顺着她的脖子向下淌着。这阵咳嗽总算是止住了。

我任由她摆弄着，全身的肌肉都刹那间松弛了下来。我像个死人般重重地朝她倾去，两人缓慢地弯着身倒在了地上。她半躺在我身下，在我们两人彻底静止下来之前，我的脸颊一直在地毯上剐蹭着。我在她肩旁躺下来，嘴巴冲着地毯，一条腿伸在她的双腿间，感觉自己的内脏都像是被人一把抓住翻了个面。

"你怎么了呀，"她问道，"你到底怎么了？"她问得富有节奏，活似念咒。每呼吸一下，我都感觉像是有把手术刀在割着自己。

她想站起身，可我又一把把她拽倒了。我在她身上翻覆起来，屈着在她两腿之间跪坐下来，双膝沿路滑向她的大腿根。她扑腾着身子，像条被人抓在手里的鱼。我抓住她连衣裙的领口撕扯着那布料。她呜咽起来，挣扎着双腿，可她的裙子还被我紧紧拽在手里，她根本站不起身，只要站起来，裙子就会被彻底扯成两半。我扯破了她的衣服，她喊了起来，以一个笨拙的姿态又一次倒在了地上。

"别扯破我衣服！"她喊着。她哭起来，我松了手。

"你用不着把我衣服都扯破吧，"她说，"用不着吧！"我在她身边沉默地躺着。她这哭声并没燃起我想打死她的冲动。她用手提着衬裙。她把它提到大腿处时，又忽然踉跄一下跪倒在地，开始把连衣裙往头顶的方向拽。就在她整个人都被裹在连衣裙里时，我滚向了她。她轻喊一声，抗议着让我等一下。可当她最终意识到我想做什么时，她帮我解开了裤子。那整个过程生硬乏味，苍白无力，最后，那白色的液体在她两腿间那片地毯上洇成一摊潮湿的黑色斑迹。

我站起身把衣服穿好。她躺在我身后的地板上，就像一个没穿上衣的女人。她肚脐以上的身体都裸着，下半身被盖在连衣裙下，双臂无力地搁在身体两侧。刚才的水杯滚到了地上，却没有摔碎。

之前那精疲力竭的感觉在此刻化为了一种彻底的麻木，它支配了我全身。我犹如受了电击般完全失去知觉。

"快起来，艾琳。"我对她说着，语气仿佛她是个躺在地上撒泼耍赖的小女孩。

她没看我一眼。片刻之后，她半翻了个身侧躺着，地毯上那片污渍清晰地印在她眼底。她坐起身时，盖在她身上那条连衣裙顺着腹部滑落了下来。她抓起裤子开始往身上穿。她揪着裤口把裤子往高提，让身子稍稍放松了些，就在她寻找支撑时，她的手肘险些就落在了地面那块污迹上。我烦躁地跺起了脚。这蠢婆娘到底什么时候才打算赶我出门？

她站起来走向了厨房，不一会儿又拿着一块抹布回到了卧室，开始擦地上那块斑渍。她就趴在我的右脚边。我看着她，什么话都说不出来。

她就那样趴在地上擦啊擦，就好像如果她擦得足够用力，就能唤出那神灯里的精灵为她实现一个愿望。

"你晚上要去哪儿？"她问我。我把脚向她又移近了几分。她也没有躲，只是在那不停地擦着。

"你要去找那个海勒是吗？"我稍稍收回了脚。

"是吧？"她的手还在地面上来回摩擦着。

"你跟图拉一起去，对吧？"

这声问话终于让我抬起了脚，我的鞋尖踹上了她的大腿。她倒在地上，发出一声尖叫，那叫声很快又化为了哀怨的哭泣。她就那么躺在地毯上哭着，不停地哭着，双手不住绞着那块抹布。一阵迷乱恍惚的感觉笼罩着我，宛如吸食过吗啡。我不由自主地弯身环抱住她，把她扶进沙发。她把腿屈在身下蜷缩着，那握着抹布的手停在我的膝上。抹布的湿寒透过布料向我传来。

她浑身颤抖，但又渐渐平静了下来。我不停用手抚摸着她的发。终于，她整个人放松了下来。我把她的头抬高，自己在她身边坐下。她伸展了身体，我仿佛一下看到了她在我熟睡时是怎么把我揽进她怀里的。她的动作宛如逡巡在手术台前让人渐渐失去知觉的医生。这间卧室在我眼前消失了，它不断不断地膨胀着，撑爆了那上百层裹在一起的煎蛋。人在渐渐失去知觉的一刻，所谓的自由就是一场黑暗的爆炸。

在醒来的那一瞬间，我忘了自己在哪儿，心中只是可怖地想着晚上那场聚会自己迟到了。一瞬间我又看到了那沙发套的针脚，于是一下明白了自己正身处什么地方。艾琳并没躺在我身边。我从沙发上一跃而起，晕眩地站了一阵。手表告诉我现在是下午五点半。

那睡过了聚会的想法让我整个人都感觉糟糕透了。我环视着这间卧室，傍晚低悬的残阳正斜斜透过窗照进来。我快步向门口走去。现在是时候走人了。

我手正放在门把手上准备开门出去的一刻，艾琳走出厨房来到了门厅。她站在那里，手里端着两只茶杯和一个装着蛋糕的小盘子。其中的两块上面还涂着绿色的奶油。在我们这整场不堪之后再去看她这些家庭主妇般的贤惠，只让我徒觉恶心。

"咱们该喝点茶了。"她说。那话听来颇像一声我无法拒绝执行的命令。

"我得走了。"我已经半打开了门。"我七点钟就得到那儿，我到现在还没换衣服呢。"

她手里还端着咖啡杯和蛋糕，她现在可没法拦我出门。可她却还是向我伸出了手，像是想要把我紧紧攥住。我稍稍向后退了退。

"我的天，艾琳，你知道这场聚会我必须去的。你就不能请个闺蜜来陪你喝茶吗？"我竟已经渐渐变得如此冷硬粗莽，连这番话都说得出口。

请个闺蜜，可真讽刺。那绿色的蛋糕正紧盯着我，宛如一条毒蛇。这个婊子就算把这该死的蛋糕直接摔在我脸上也好。可她只是站在那里，一动不动。"你什么都不懂！"她说着。

这句话如果是喊出来的就更好了。那样的话，我一定会满房间追着踢这蠢货，可她也一定会次次爬起来，像只

221

乳猫一样爬向我的肚子。我可以凌辱她一番，再把她的屋子搞到乌烟瘴气，就算如此，她也一定还会像这样端着茶和蛋糕久久地站在我面前。

我把门完全打开，走下了楼梯，最后留给我的关于艾琳的影像和声音是一个被伸出来挡门的咖啡杯，还有我关门时那瓷杯撞在门上发出的小小声响。然后我便飞跑着下了楼，每次从她家出来时，我都是这样。

在回到家后，我也是飞跑着穿过了门廊和客厅。妈妈的目光紧盯着我，我只听到了爸爸的那句"这不是我们的毕业生嘛！"，那声音听来不过是外边什么地方传来的一阵微弱的震波。

妈妈已经把我该穿的衣服都摆了出来，那套吸烟装如同无头幽灵般躺在床上轻蔑地看着我。我愈发紧张起来，双手颤抖到几乎连剃须刀都握不住。我疲倦至极，成功地给自己下巴刮出了几道口子。我向前倾着身子用药棉清理伤口时，在镜子里看到自己眼睛下面挂着两圈眼袋。现在已经快到六点半了。

最后，我戴上了那顶毕业帽，走到爸妈面前去完成那毕业生该完成的仪式。妈妈转了几圈我的身子，帮我掸了掸衣肩上的褶皱。他们两人对我万分叮嘱，仿佛我是要去上舞台完成我的首秀。他们叮嘱我的那些我自己也早就想到了，毕竟妈妈早把我要用的东西都收拾了出来：我的白色胸帕，我的袖扣，我的烟盒，我所有干净精致的东西——它们是我进入知识阶层和上流社会的通行证。待他们最后拍过我的肩后，我便转身冲出门跳上了一辆出租车。

车子走在路上时，我发觉自己紧张得很。我向座椅里滑去了有半米，让自己放松下来。街上没什么车，而且——

谢天谢地——这出租车司机不是那种喜欢闲谈的人。十分钟不到，我们便到了海勒家，那城堡仿佛立在烧红的柱子上。我到达时，门前已经停了三辆出租车。

我小心地打开门下了车，司机走向我问我要车钱。我付了钱，还给了一笔不菲的小费。这里的环境和我身上的打扮都要求我这么去做。我慢慢让自己融入这里的气氛。我跟艾斯本和艾克萨打了招呼，跟他们微笑着说出得体的话也并非难如登天。他们从另两辆车里钻了出来，每人领着一个不同的姑娘。那两个姑娘都被眼前的盛大场面震撼住了，却偏偏又要在别人面前故做出一份突兀的傲慢。我们顺着花园小径向那栋灯火通明的宅子走去。两位侍女都站在"礼堂"里迎客——容克森夫人家这门厅确实该被叫作礼堂才对。男孩子们吵吵闹闹地笑着，眼里的惊叹却根本收敛不住，他们的眼神出卖了这场面带给他们的极大震撼。我同那位总是候在门厅里的侍女打了招呼，一瞬间觉得自己仿佛是这宅子里的常客。至少，我还是在他们的水平之上的。

门前的地毯引着我们轻飘飘地走进客厅，那客厅像是坐落在探照灯下一般，被灯光照得通明。到处都站满了人。我看到了科特，他正用饥渴的眼神贪婪地看着四周。这里保准也有端着托盘发鸡尾酒的男侍。图拉正被几对情侣包围着，他们全都向他投以赞美而又羡慕的眼神，宛如野花见到年轻的国王。海勒和几个没有女伴的男孩站在一起。她柔声跟他们讲着话，不时还会抹一把脸，就好像她脸前有块碍事的面纱，她想要把它揭开，以让自己能看清周遭的世界。我走到她面前向她问了好。她一定也和我一样疲倦，至少看起来像是这样。她看到我时，眼中闪过一道晦暗，可脸上还是挂着笑。我一只手指拨弄着头发，跟围在她周围的那圈人打了招呼。

侍者端着鸡尾酒站在那里，我端起一只冰冷的酒杯，向正喝着雪利酒的海勒祝酒。别的蠢小子们都正大口喝着鸡尾酒。痛饮这么多天啤酒之后，他们肯定也很需要来杯鸡尾酒。琴酒渗下胃里，缓和了那正折磨着我们所有人的紧张感和缺少睡眠的疲惫。就在一刻间，刚才的喧嚣便升腾成了上百阵不同的声音。

容克森夫人到现在还没有现身。我都快忘了她，可就在我站在那里嚼着第二杯酒后的第二颗橄榄、享受着胃里温热的感觉时，一间房间的门被推开了，她像一颗缓慢滑行着的彗星般在尾后拖着华丽的裙子滑进了客厅。屋子里的喧嚣声戛然而止，仿佛侍者迅雷不及掩耳地扇了每个围成小圈聊天的人一耳光。我还从没在哥本哈根这地方见到这场景。海勒的妈妈美得令所有人倾倒，在场的所有女孩都比她要小上二十岁，却都在她面前被衬得像群老麻雀。

她径直走向图拉那群人，他们正站在人群的边缘，如红海般被割裂开来。科特的目光追随着容克森夫人从房间门口走到图拉身边，他那张脸活像变色龙。她向他伸出了手，他握住她的手猛烈地摇晃着，就好像史丹利[1]在丛林里

---

[1] 史丹利，指亨利·莫顿·史丹利爵士（Sir Henry Morton Stanley, 1841—1904），英裔美国记者、探险家，以其远征中非寻找戴维·利文斯通的事迹而闻名于世。1871 年 3 月，史丹利曾率探险队前往非洲，从坦桑尼亚桑给巴尔穿越雨林寻找与外界失联已久的利文斯通。1871 年 11 月 10 日史丹利于坦噶尼喀湖附近的乌吉吉找到了利文斯通，其时曾有相当著名、充满戏谑的一句话传世："Dr. Livingstone, I presume？"（我想，您就是利文斯通博士？）

意外地遇到了莎拉·伯恩哈特①而不是戴维·利文斯通②一样。他们谈过几句后，她又开始跟周围其他人打招呼。此时，人们又开始了低声细语，不一会儿，大家又都高声闲谈起来。容克森夫人从哪一群人处走开，人们就能在那撮人中看到女孩子们倒在男生身上柔声耳语。她像条金鱼般到处游荡着，又跟我简短地打了个招呼，让我先前那宅中常客的感觉彻底烟消云散。科特以他那惯用的手段跟她搭着话把她留在了自己身边，因而她不得不多在他身边停留了一阵子听他那无聊透顶的唠叨。他趁此机会近距离地偷看着她的领口。

海勒端着托盘站在我身边，我又从她那里拿了一杯鸡尾酒。

"你还可以再来一杯的。"她说。

"谢谢。"我打量着她说道。她脸上的笑意已经不剩多少，准备这场派对一定辛苦至极。

所有来客都向女主人打过招呼后，餐厅的门打开了。客人们又喧闹了起来——这次是在一张无比宽大的餐桌前，它从那大如礼堂的餐厅的一端延伸到了另一端，它身上是一片银器、鲜花和陶瓷组成的海洋。

走廊里的侍女给每位客人都发了一张桌位卡，这时我才惊喜地发现海勒是我的餐桌女伴。我走过去牵起了她的手。在这之前，我从没与她牵过手，可此刻我却如此自然地牵起她向餐桌走去，仿佛与她订婚的是我一般。与此同

---

① 莎拉·伯恩哈特（Sarah Bernhardt），20世纪初法国女演员。

② 戴维·利文斯通（David Livingstone，1813—1873），英国探险家、传教士，生前致力于在非洲传播基督教，也是维多利亚瀑布和马拉维湖的发现者。

时，我又闭上眼睛咬住了下唇，因为我忽然闻到一股微弱的气味，它挟卷着今天下午的记忆重重地朝着我肩胛骨之间的位置击打过来。可那喝下肚的三杯鸡尾酒已经控制了我，让我把艾琳和她所做的一切都彻底忘在了一边，注意力只集中在我牵着的那只手和我们面前的那张桌子上。海勒把她的手从我手里挣了出来，可在那之前，她又轻轻捏了我的手一把，那一捏如此微弱，让我都难以知晓它究竟是不是真的发生过。她站了起来。

海勒敲着一只玻璃杯，望了垂着头坐在那儿的她妈妈一眼，然后又向我们致了欢迎辞。她说她和她妈妈都很高兴我们今天来参加这场宴会。图拉把头转向了海勒，用自己的目光拥住了她。他的餐桌女伴是容克森夫人。海勒的欢迎辞结束后，我们唱起了毕业歌。

看到那张餐桌时那麻痹的感觉慢慢消退了去，没过一会儿，晚餐便正式开始了。两位男侍和两位女侍给我们的餐盘里一刻不停地装上各种佳肴。我渐渐开始感到了醉意，其他那群蠢小子们也是一样。煎肉还没吃多少，红酒也还没喝几口，谈话的喧嚣声就又一次占据了整个餐厅。我不停和海勒碰着杯，她没喝多少酒。她还在小口呷着同一杯酒，而我杯子里的酒却不停被喝空又灌满。

"你不吃点东西吗？"我把身子俯向她问道。

"别忘了我今天可是女主人哪。"她说。

我机械地点了点头，就像人们在喝过酒后会做的那般。

"我以为你妈妈才是女主人。"

"她也是啊，雅努斯，可这是我的派对。"她用一种倔强叛逆的眼神向她妈妈望去，她妈妈正在和图拉忘我地聊着。

"等会儿我就站起来说在座的他们都是一群蠢猪。"我对海勒说道。她冲我笑了。然后，比约尔便站起了身提议大家一起唱歌，他说要是不唱歌的话，大家就都不会口渴，这些红酒就没机会被喝光了，他觉得这样太遗憾了。他说完后，我们都笑了起来，然后喝得越来越醉，怪声怪气地唱着歌。

我试着让图拉和容克森夫人过来跟我们一起喝酒，可却徒劳无功。她正用她的下巴勾引着他。图拉斜倚着她坐在那里，回应着她嘴上的动作，像是不敢错过它做出的任何举动。

我环视着这整张餐桌的全景，在漂浮游移的目光里浮现出了无数双神采奕奕闪着光芒的眼睛，无数只穿梭于玻璃瓶和酒杯和刀叉之间的手，还有无数张开开合合发出阵阵噪声和难懂的话音的嘴巴。有一个女孩一直笑个不停，那笑声听起来就像有人在按着小婴儿的肚皮催嗝。然后我又把视线收了回来，此刻我看到的，是盘子里的一小摊酱，一块肉，还有一双交叠在一起的刀叉。我右边是海勒的手，还有一条法棍残留下的碎屑。我盯着它们看了许久。然后，我跟自己说该看看海勒了。我如一台被遥控着的起重机般把头转向了她，她也正像我一样坐在那里盯着自己的盘子发呆。我目不转睛地看着她。

"你才是今天的女主人，"我向她说道，"这是你刚才自己说的。"我盯着她。"所以，该打点一切的应该也是你吧。"

她把头转向我。

"可以帮我倒点红酒吗？"她低声问我。

我转身取来了装酒的大玻璃瓶，给她几乎还满着的杯子里添上了酒，然后也满上了自己的杯子。没人察觉到我们的沉默。我正坐在世界上最纯洁的天使身旁，我不该在一堆面包屑上牵她的手。现在我们就算是坐在这里接吻，也没人会发现，连图拉也不会。多么好的机会。

"你不开心吗？"我问。

她摇了摇头，又对我说道："我只是有点紧张。妈妈今晚就要向全世界宣布我和图拉订婚的消息了。"她嘴角泛起微笑。"不过我们不会戴戒指。"

内心的一个声音告诉我这里有些事情不太对劲。一瞬间，我忽然想到我的餐桌女伴竟然是海勒，一场订婚晚宴怎么能这样呢，明明两位要订婚的新人应该坐在一起才对的。我疑惑不解地看着她，然后端起了酒杯向她敬酒。

"可以允许我现在提前送上祝福吗？"说罢，我们碰了杯。

"所以，我现在应该可以吻你了吧——还是得等到你们结婚之后？"我脑子里不停想来想去，试图想出海勒和在场的宾客还有这座次安排到底那里不对劲，可兜兜转转却还是回到了那最熟悉的结论：只要有我在，事情就会糟糕起来。

"你不应该坐在图拉旁边吗？"我直截了当地问道。紧张感已经蹿到了我的指尖。

"是啊，其实本该是这样的，"她语速飞快地说道，"可在晚饭前妈妈又重新安排了座次。她问了我你要带谁一起来，我告诉她说你自己单独来，然后她就说我应该跟你坐在一起。我又不想跟她多事。"她的样子看起来很不开心。"啊，雅努斯，我意思并不是说我不想跟你坐在一起，你懂我的，可我只是在想，今天……"我把手覆在了她的手上，我们就这样坐了一会儿。然后，我发现科特正暗中观察着我们，我感到脸上一阵发热，于是松开了海勒的手。桌对面艾克萨的女伴倾着身子跟我搭起了话，我们两个碰了杯，不久，我们便开始跟桌子另一端的所有人推杯换盏，不停站起身又坐下，在奶酪和红酒的陪伴下唱着歌，直到我开始觉得眼前几乎一片模糊。

"订婚的消息该在吃甜点的时候宣布了吧。"我想着。可什么都没有发生。容克森夫人没有站起身敲玻璃杯示意大家安静，也没有对来宾说她很高兴图拉和海勒选了今天来订婚，这是个美好的日子，幸福喜悦的年轻人带着白色的毕业帽，双眼神采飞扬，年轻的心充满朝气地跳动①。她只是坐在那里不停跟图拉谈着谈着，就好像他是个间谍，身上不能带纸质文件，只能把司令部的所有秘密情报用脑子记下来。

餐后甜点有香槟提供。那些蠢小子早已酩酊大醉，可香槟瓶的软木塞拔开的声音传到耳边时，他们又都一个个瞪大了眼睛。

五分钟后，一层浓郁醇厚的香槟酒泡沫浮在了我眼前，我近乎失去知觉。我站起了身，耳内一阵轰鸣，脑袋里一跳一跳，在一片混沌不清中听到人们在跟主人说着谢谢今晚的招待。不知什么时候，我发现我自己也伸出手站在了容克森夫人面前，她的声音远远地传来："不客气，雅努斯先生。"

其他房间里传来震耳欲聋的喧闹声。一位侍者过来给大家分发烟草，好多男生都点着巨大的雪茄吸起来，样子看起来就像是刚受了坚信礼的孩子。

---

① 充满朝气地跳动，原文为瑞典语，"klappar än med friska slag"。

我把身子沉进沙发里，无力地垂着嘴角，跟一个我不知是谁的傻瓜谈着话。我们喝着干邑白兰地，坐在那里谈论着这种酒，就好像我们真的是行家。

旁边的人群跳起了舞，我几次试图让自己站起来，最后还是因为快要憋不住尿才终于成功站起了身向花园里冲去。树下和院墙下都是向花园走来的人，不过我最终还是找到了一个僻静的地方解决了这燃眉之急。

在走回宅子的路上，我大概撞上了有五十棵树，可我完全没有知觉。世界就像是一片广袤而温和的混沌，柔软地包裹着我。

我跌跌撞撞走上阳台，那印第安人正孤身一人站在那里，指间夹着一支雪茄。这是我今晚头一次与他独处。

"呐，你出来观察天气了吗？"我说。"海勒哪儿去了？"

"不知道。"他答道，就好像海勒在哪里对他来说完全无关紧要。

他完全可以觉得这不重要。我想着。他们到现在都还没正式订婚，所以他完全可以觉得这无关紧要。我从侧面拍了拍他的肩："大傻瓜，"我说，"恭喜你啊！"他微微抬起头，我看到他比我醉得更厉害。

"你是这世界上最后的明灯，"我说，"你是这世界上最后的明灯。"我把身子稍稍靠向他，我们两人就那样互相支撑着站在那里。我才不在乎这些，我想。我早已沉沦至此，这些事对我来说没有任何意义。可至少，我还有你，不是吗？有你的话，这所有的一切就都无关紧要了。我一只脚迈下台阶，绕过他的肩，整个人几乎半摔出了阳台的玻璃门。

大厅里的景象几乎就是第二个所多玛之城。所有沙发上都躺满了人，我连一个落座的地方都找不到。最后，我只得在一张小三角桌旁席地而坐，那桌子上还立着一瓶琴酒。已经十一点钟了。我抓起那瓶琴酒喝了几口，然后便沉沉睡去。

我再次醒来时，所有的灯几乎都熄了。顶灯被人关掉了，屋里什么都看不见。我只觉脑袋里面一阵疼痛，想吐的感觉向我袭来。那琴酒瓶一定是从沉睡过去的我的手中滑落了，然后又被侍者捡了起来，现在我身旁只留下一片潮湿的酒污。我在地面上四脚着地爬行着，胃里蹿上一阵阵可怕的痉挛，口水从我嘴里涌出来。我撑着一张躺椅的靠背站了起来，踉踉跄跄地走出门去找卫生间。

楼下的洗手间的门半开着，我拉开门后却看到古雷格斯身子横在门槛和马桶之间睡在那里。他身上散发出难闻的酒气，于是我又摇摇晃晃地走了出去，摸索着找到了楼梯，准备去楼上的洗手间。每上一级台阶都是如此艰难，可我还是拽着扶手爬上了楼。

楼梯上到一半时，我看到了海勒。她贴着楼梯平台处的栏杆走着，我霎时差点儿以为这走来的身影是传说中穿着白衣的女怨灵。她脚步并不摇晃，只是撑着栏杆慢慢向前挪着，然后又走下台阶直冲着我而来。我停在了那里，根本没法再让自己往前移动一步。她走到我面前时，沉默地站在那儿看了我一会儿，仿佛我是她的一个远亲，在我们开始正式重要的谈话前，她不得不先打量上我一眼。我刚想问她她脸上怎么搽着绿色的粉，可她却径自向我旁边迈了一步，继续向楼下走去，一只手攥成拳垂在一边。"海勒也喝醉了？"我想着。"海勒喝醉的样子就是这样的？"我胸腔中又泛上了反胃的感觉，于是不得不继续向楼上走去，以让自己不吐在这里。

我刚让自己上到楼梯平台上，就看到图拉从走廊尽头的一扇门里走了出来，迈着跌跌撞撞的脚步向我而来。我目不转睛地看着他，本想向他招手，却看到他的夹克和裤子都没了，只有一件撕得破烂的衬衫挂在身上。我的双腿又僵在了原地。他向我走来，刚想避开我的目光绕过我，可我伸出胳膊挡住了他，环住了他的身子，他不得不停下了脚步。他稍稍动了动身子想挣脱我，可我环紧了他。我看到他在哭。他挣开了我，可我又一次拉住了他，把他紧紧抱在怀里。

"我得跟海勒谈谈，"他说着，把头扭向一边。"我必须跟海勒谈谈。"他不停说道。

"可你不能这个样子下楼呀。"我在他耳边说道。"图拉，你不能这个样子下楼。"我晃着他的身子。"你的衣服都哪儿去了？"

"我没办法回去拿衣服。"他说。

"天哪。天哪。"我说着，用腿绊倒了他。我们摔倒在那楼梯平台上。他大大的身躯半倒在我身上，压着我的大腿。我把他圈进自己怀里。后来我站起了身，顺着走廊向前跑去。容克森夫人所在的那房间一片漆黑，可我还是认出了躺在床上的她。一瞬间，我惊慌失措地呆在了门口。然后我摸到了一个开关，点亮了灯。她依旧一动不动地躺在那里，只是用那双眼睛紧紧盯着我。我该杀了她的。

地上躺着图拉的衣服，我把它们收了起来。我看到她动了下胳膊，然后终于开口说话了。

"谁让你进来的？"我还在地上翻找着图拉的袜子。"你这条狗，能不能赶快滚开？"

我趴在地上，把他的夹克卷了起来拿在手里。我趴在那里收拾着图拉的衣服，而他半裸着身子站在门外。

"不过我得安慰你一下，"她说，"他这家伙还不算太糟。只不过这么个小家伙还是需要费点心思的。"

我猛抽一口气。世界末日是真的降临到我们头上了吧。我看到图拉正在下楼，于是也开始往楼下跑去。楼下的人聊起了天，我冲到他面前又一次抓住了他，把他带进了海勒的卧室。

他几乎没法自己穿衣服，我像在拽一个倔脾气的孩子一样对他拉来扯去，最后终于费力地把他那撕破的衬衫裹在了我的吸烟装下。然后我们一起下了楼。

我们走到楼下时，侍者已经在动手打扫那令人不适的片片狼藉。人们现在又能站起身来了，他们现在正围坐在一起，舔舐着自己的伤口。到处都没有海勒的踪影。四下寻找海勒时，我们像两只寻血猎犬①般绕着对方身边迷茫地跑来跑去，边嗅边哀鸣。图拉都已经跑到了外面的大街上，沿着篱笆来来回回地跑着，却也没在那里看到海勒的任何踪迹——或许，他自己此时也根本不清楚自己现在在干什么吧。他把头垂在肩膀里，渐渐明亮起来的天光下，他看上去就像只在天空中盘旋了一整夜的猛禽。

最后，我们彻底放弃了在外面找她。穿过那扇玻璃门走回宅子时，一大阵嘶哑的呼声向我们袭来，像是在为这即将到来的新的一天呈上朝拜。餐厅里已经摆上了丰盛的冷盘，几个小鬼已经在那儿喝起了烈酒。我拉着图拉往厨房走去。就在穿过餐厅时，容克森夫人迎面拦住了我们。

---

① 寻血猎犬，猎犬品种名。

在看到她的一瞬间，图拉口中忽然喊了些什么。她换了一件连衣裙，整个人都闪闪发光。她高兴地抓住图拉的手腕，拽着他向餐桌走去。然后她又开口说起了话："昨天晚上有些人很失望，他们一直在期待某件事，可那件事到最后也没发生。不过，我并不是忘了这事，我只是想，等到清晨降临到我们窗前的这一刻我再宣布，感觉会更美好吧……海勒哪儿去了？"她环顾着餐厅。"我们得把海勒叫过来啊。"

图拉挣开了她的手，餐厅里传来人们震惊的声音。站在一旁的我抓住了他的胳膊。他张着嘴想说话，可却什么都没说出口，取而代之的是一声尖叫。那叫声起初还是在远处，然后便越来越近地向我传来，像是穿过了一只扩音器，不断不断被放大。那是种人在精神上忍耐到了极限时才会发出的叫声，那是疯子才会发出的叫声。它从这栋房子的最深处而来，又一点点向餐厅靠近，越来越响，越来越强烈。整个餐厅里的人都已被这喊声冰封，唯一还在动的只有图拉的脸。我们长久地立在那里，直到那最年轻的侍女猛推开门闯进来，她一只手握成拳举在嘴前，像是想要把嘴边的尖叫重新咽回嗓子，以在客人和女主人面前保持礼貌和风度。

"我得再取一个桶。"她说。接着她便哭了起来。"海勒小姐在楼下的车库里。"

我们跑过走廊，来到房内的一段楼梯前。方才的那尖叫此刻甚至像一长排钉子般嵌在了墙里，不住撕扯着耳膜。

海勒坐在汽车的后座上，脸色比我最后一次见到她时愈加苍白。密闭的空间里盘旋着皮座椅和汽油的味道，犹如一阵惊雷。她的样子像是在熟睡。她头垂了下来，斜斜地垂向肩膀，马达的空转声此时听来宛如一曲声音微弱的摇篮曲。

我身后有人尖叫起来，与此同时，我看到了从车门渗出来淌到踏板上的血迹。她双手垂在身体两侧，手腕已几乎不再有血淌出来。不知是谁关掉了汽车马达，刹那间，这空间里一片寂静。车库的百叶门咔嗒咔嗒向房顶卷去，青绿的晨光挟着干燥的凉意向内涌来。

我看到图拉走出了车库大门，走下车库门口那通向花园大门的斜坡，身影渐渐消失。他的脚步看起来既不像是清醒的人的步伐，也不像是在夜游，而是带着某种诡异的、无意识的坚定向前行进着，仿若走向一片渴盼已久的幸福。

我想追上他，脚步却被定格在原地。一个侍者进来把所有人都叫到了客厅。女孩们低声抽泣着。淡薄的光线下，眼前一切都看起来丑陋又斑驳。我再也没见到容克森夫人的影子，可整个回家的路上，我脑子里却无休无止地响着不同的声音，仿佛身处混音室；我跟自己说，那房子里竟有剃须刀，简直诡异至极，平时明明没有任何男性住在这个房子里。住在这里的女士们也从不用剃须刀片。她们才用不到剃须刀片。她们肯定是用那种女士专用的脱毛膏。所以，这剃须刀片，又是怎么回事？

第十二章

　　沿着街走来，穿过一扇大门。再路过几个闲坐着看报纸、偶尔注意着进出的人的看门人。走进大门后，眼前便是一片巨大而开阔的空地，每个边沿上都坐落着建筑。门口立着很多指示牌，告诉人们去哪个片区该怎么走。只需来上几次，便轻车熟路了。

　　这里的路我已走过无数次，就算在睡梦中，我也能闭着眼找到方向。进门后左转，再沿着玫瑰花坛后一栋低矮的二层小楼一直走，便会看到一段楼梯，那楼梯以一种很有意思的方式引人穿过一栋楼，就好像它是被建在这栋建筑之下的。这栋楼跟刚才路过的二层小楼刚好形成一个直角。这段路像是在穿越隧道，走过它便会让人觉得自己跟这整个医院的关系都更亲密了。重新从这隧道走上地面后，面前则是一栋黄色的新楼，它包围着草坪和玫瑰花畦，包围着这里唯一一片灌木丛。从台阶上来时，阳光会暖暖地照向脖颈，周围四散坐着的病人们看上去也真的很享受这美好的天气。他们向后仰着头，把整张脸庞都置于阳光下。他们大概已经有些日子没见到太阳了，于是要趁现在抓紧时间享受这阳光。

　　走过这片地方后，前方的布局便复杂了起来。这里的指示牌不太多，稍不注意便会迷路。若是选了那宽阔安静、转向左方的大路向前，便会马上觉得自己成了个野人，来到了一个根本没打算来的地方。这条路通向的是医院的厨房和洗衣房。医院厨房也是个很压抑的地方，人们忙碌在巨大的锅前，为如此多的人烹制着餐食。那里的味道也不太好闻，可要是不太走运地走上了向右转的那条路，便会发现，自己不得不再折回那岔路口，鼻腔里还被灌满了潮湿的肉丸的味道。

不，这么说也不完全对：若是稍加留心，很容易就会发现一条小径，它顺着木栅栏向前延伸，拐着一道弯，直通到医院最深处的一部分，那里的风景也和来时路过的那片有着玫瑰、灌木和草坪的地方一样可爱动人。走过那条小径，再路经一栋外面时不时会堆着煤堆的建筑，便会来到医院的尽头。那里坐落着一栋相当现代的房子，房子前是一大片绿地和一个公园。不需卧床的病人们来到草坪上躺下来，若是走上那里的一间屋子向下看，穿着蓝色病号服的他们就好像绿色的草地上点缀的鲜花。这一片的病人有男有女，他们被分开安置在房子的两翼。

我来看图拉时，他总会坐在紧邻入口的一张白色长椅上。他皮肤晒得很黑，好看得很，病号服样式诡异的裤腰带让他看起来竟有几分像西班牙斗牛士。他的肤色足够深，完全可以是一个西班牙人。大多数时间他都独自坐在那长椅上，有时候，他也会和其他的病人说几句话。在远处是听不到他们在谈话的，不过这里是医院，就算是在室外，人们也会不自觉地压低声音。

我只要一出现，图拉便也会几乎在同一时刻把目光转向我。他已经如此习惯于我的探望，就好像身体里已经有了一种直觉，那直觉会告诉他什么时候该抬头望向那小径和门前堆着煤堆的建筑的方向。

我向那张长椅走来时，他就一直坐在那里，待我走到他面前，他便会站起身，我们会一起在附近的小道上散散步。有时他也会变得很难交谈，但大多数时候，我们都能不停歇地聊起各种各样的事。我会讲城里发生的事情给他听，讲到我在城里遇到的人，讲到我最近在影院看的电影，讲到我去探望了他妈妈。我们在那些小道上来来回回散着步，穿过一个个灌木丛。碰到其他病人时，我们会向他们点头问候。时间一久，我也慢慢认识了这里的大多数面孔。

人们几乎看不出图拉是个病人——有可能也是因为我习惯了他的样子。他有时会很沉静，但那种沉静却更多像是一种出于礼貌的内敛。我在讲话给他听时，他脸上会浮现出不易察觉的微笑，可大多数时候我又确信他并没有真的在听。我会间或向他提出一两个问题来确认他没有睡着，他却也总答得上来。从某种程度上讲，他被分离成了两个不同的个体，一个在倾听我的讲话，另一个却在听着其他的什么东西。

我们很少谈到医院，也很少提及他身上那些旧事。在这里的他就像是在疗养，又或是像出于外界的喧闹和烦扰之类而把自己与整个世界彻底剥离了开来。一年的时间里，人也定能习惯于像这样只从一个来探望的报告者那里获知外面世界的一切消息。

我也让他开口讲起了医院是如何为他进行治疗的。他们会给他打上麻醉，然后对他进行电击。他们会首先给他身体里注射上一种特别的蛇毒，以防止他在电击中折断自己的脊骨。这样一番治疗结束后，他又会被送回床上躺着。

他若是在我来探望时没出现在那长椅上，我便可以准确地知道当下的时间点了。不过病区内部也一定很漂亮就是了：穿过两扇玻璃门走上楼梯，便会看到每个楼梯平台上都摆着绿植。开始的时候，我还会觉得那里的门把手样子很奇怪，转的方向与普通门把手完全相反，里面那些镜子也不是玻璃，而是金属。可没用多久，我便已习惯于此，不再注意到这些。

图拉住的是一间八人病房。每次我走进他的病房时，他都在床上平躺着盯着天花板，可之后我便会察觉到自己有必要在他身边坐下来，而且不要说任何话。无须太久，他就会自己转过头来跟我打招呼，接着我们便会聊起各种不同的事，一直聊到探病时间结束。我观察到在这样的日子里他很容易就会觉得疲倦。在离探病结束只剩一刻钟时，他的脸色就会开始变得苍白，可他还是不停与我聊着，聊到我们不得不分别。

当然，那段时间里我也并不是每天都会去看他。一般都是里梅尔夫人和我两人轮换着去探望。可即便如此，这所医院也成了我生命里相当重要的一部分。现在的我自己也慢慢重归了平静，因此我可以清晰地意识到这一点。不难想象，我一想到过去发生的那些事时就不得不拼命地控制自己的情绪。在很长一段时间内，我根本不敢去看他，我害怕自己会突然失控地尖叫，然后也被关进这医院。

过去的半年间，我渐渐理解了我的探望对图拉的意义。虽然我们只是以一种礼貌拘谨的方式与对方相处着，或者说只是像好同学一样相处，或者——天知道该怎么描述这种方式，可这种纯粹如以太般的相处却是能将我们与我们的过去连接起来的唯一纽带。我们很少用言语来论说这种相处，可我依然感觉得到它就那样存在于斯，以一种奇怪的方式生长在我与他之间。

我不知该怎么去解释我们的过去。也不能说我们就这样认了命，或许，我该把其称之为一种断念。我们不再谈起那些逝去的日子，可我们之间的这种"机制"却依旧是围绕着那些日子而存在的。我的双手开始变得过于燥热时，我会不停地用力来回甩它们，让它们凉快下来。然后，我们会接着散步，继续谈天说地。

我家里的情形也慢慢好了起来。爸妈知道了我们所有的事，那躲在我内心疯狂吞噬着我的噩梦也渐渐有些被忘却了。现在，我可以让自己平静下来听爸妈跟我说话了，而不再像之前那样会突然反胃想吐。慢慢地，我也能静下来读书了。

接下来这件事也许无须赘言——图拉并没去讲两年前的那场毕业生讲话。他根本就没去参加毕业典礼，我们的毕业典礼也因此没了毕业生致辞。那场典礼沉闷压抑，本该有的那种盛大的欢庆氛围消失殆尽。就连低年级的学生都没再叽叽喳喳地说话。谣言飞快地四下流传开来，巨大的震惊与不幸混合着反胃的不适感充斥了整个礼堂。我不知道自己究竟是为什么要来参加这毕业礼。

我也不知道我在海勒的葬礼上都做了些什么。图拉没有出席她的葬礼。那天并没有多少人来，我唯一记得的只有教堂一张帘幕后两个唱诗班的人，他们的声音那么尖锐那么骇人地刺着我的耳膜。

在之后到来的暑假里，图拉被送到了乡下某个人的家里。其间，我和容克森夫人谈过几次。每每去看她时，我们两人都只是坐在那里沉默着，直到我们再也忍受不了那死寂。在我离开时，她会撕心裂肺地哭。

九月份，我和图拉都进了大学。我们谁也不知道我们为什么要上大学，我们也很少很少说话。图拉每次的出现都会引起一场大轰动，他身上的谣言如蝇飞般传遍了整个大学校园。

到了春天，图拉整个人便失常了。他停止了大学的学业，我也没再见到他。我到他家看他时，他有时会接连几个小时一言不发，连一声叹息都没有，而大多数的时间，他都只是躺在床上睡着。整个春天他几乎都是沉睡过去的。然后他便被送进了医院，直到现在还在那医院里。不过，至少他彻底恢复的希望还是很大。

今天我又来了这里看他。今天的他看起来像是终于把包裹着自己如此之久的一层厚重的毛毯卸了下来。在这一瞥间，我仿佛又重新看进了他的内心。

我们坐在公园里一张长椅上，图拉向后仰着身子，抬起头迎着阳光。我们坐在那里看着一只乌鸫飞来飞去给一只幼鸟喂食，那幼鸟也应该马上就会飞了。

"你一直都很相信我，不是吗，雅努斯？"他忽然开口问道。这句话让我猛地一颤。他身子愈加向后仰去。

"你一直都相信我做的所有事都是对的。"他坐起了身看着我，把双手夹在两膝间。

"可我不是一个人独活在这世上的，雅努斯。掌控一切的也不是我。"他看向我的眼神如同在起誓。"你希望我能既对你好，也对自己好，还对其他所有人都好，可这要求对我来说太多了。谁也做不到这样。谁也做不到在强大的同时还能保持纯真。这两者之间总会有产生裂隙的，雅努斯。我们是人，我们到不了天堂。"他又把身子向后仰去，阳光刚好洒上他的脸庞。

他说的话我很懂，我也早有了相似的想法。完美的结局不可能不以残忍无情来交换，一棵树也永远无法长到天堂的高度。

我对他笑了，可他并没看到。不久，我们便站起了身，图拉随我穿过整个医院走到了大门前。我一条腿站在地上扎着裤脚时，他轻轻地推着我。他的神态不再像先前某些时刻那样完全游离，现在我可以比之前更长久地凝视他。他身上各种耀眼的标签都已被尽数剥下，可此时的他看起来却像是卸下了身上背负的一切沉重，曾被压垮的肩头现在背负的只有解脱。

今天向他告别时，我心里的那份轻松感与我之前每次离开他和这所医院时所感到的那种截然不同。之前的那种轻松感只是两场噩梦之间的一阵喘息罢了，可在最近一段日子里，尤其是在今天，我所感觉到的，是真正的解脱。我走出大门，向停车架处的自行车走去。现在我们两人也许变得更像了呢——谁知道。

在跨上自行车前，我又一次转过了身看向身穿蓝色夹克站在门拱正中的他。我禁不住向他喊了起来：

"再见！……再见！"

图书在版编目（CIP）数据

慢性天真/（丹）克劳斯·里夫比耶著；王宇辰，于琦译.—北京：中国国际广播
出版社，2019.1（2024.1重印）
（北欧文学译丛）
ISBN 978-7-5078-4218-0

Ⅰ.①慢… Ⅱ.①克…②王…③于… Ⅲ.①长篇小说—丹麦—现代 Ⅳ.①I534.45

中国版本图书馆CIP数据核字（2018）第243215号

著作权合同登记号 01-2017-7561

DANISH ARTS FOUNDATION

慢性天真

出 品 人	宇　清	
总 策 划	王钦仁	
策　　划	张娟平　凭　林	
著　　者	［丹麦］克劳斯·里夫比耶	
译　　者	王宇辰　于　琦	
责任编辑	笑学婧	
装帧设计	Guangfu Design	张　晖	
责任校对	张　娜	

出版发行	中国国际广播出版社有限公司 ［010-89508207（传真）］
社　　址	北京市丰台区榴乡路88号石榴中心2号楼1701
	邮编：100079
印　　刷	天津鑫恒彩印刷有限公司

开　　本	880×1230　1/32
字　　数	160千字
印　　张	8.25
版　　次	2019年1月 北京第一版
印　　次	2024年1月 第四次印刷
定　　价	49.00元